COLLECTION FOLIO

Héléna Marienské

Rhésus

Gallimard

Héléna Marienské a publié son premier roman, *Rhésus*, en 2006, qui a été couronné par de nombreux prix. Agrégée de lettres, elle se consacre désormais à l'écriture et vit entre Paris et l'Auvergne. Elle a également publié *Le degré suprême de la tendresse* (2008), récompensé par le prix Jean-Claude Brialy.

SELON RAPHAËLLE

Elle ne sait pas encore comment elle va me tuer.

Elle attend.

Elle attend, je sais, que je dorme enfin. Comment fera-t-elle son coup ? Je la verrais bien appliquer l'oreiller sur ma vieille tête, s'asseoir dessus. Je gigoterai combien de temps : trois, quatre minutes ? Même pas : elle m'aura sans doute assommée d'abord d'un coup ferme sur l'occiput. Elle me préfère docile.

Ou alors un coup de cutter, une entaille à la naissance du cou. Il suffira de suivre le pointillé de la ride. Elle ne m'a jamais pardonné d'avoir vieilli.

Elle foutra peut-être le feu, une bonne fois pour toutes.

Qu'elle se débrouille, je suis fatiguée.

(Je vais laisser traîner ce papier.)

Trois jours après ?

Elle a trouvé mieux, finalement. Hériter d'un appartement calciné, ça ne faisait sans doute pas son affaire... Le duplex sera tout de même très beau, quand j'aurai débarrassé le plancher. Grand, surtout. Aujourd'hui encombré par mes « choses », comme elle dit. Je vois ça d'ici. Un petit rafraîchissement, et puis des harmonies de noir et blanc, un esprit très zen, quelques meubles italiens, sobres, ce sera bien, ce sera radical.

Maintenant, je note tout ce qui m'arrive. Ça peut toujours servir.

Elle a fait ça tôt un matin, le matin me prend toujours de court. Ça a été vite réglé, j'étais encore à moitié endormie. Elle m'a servi du thé, la chérie, elle a posé un plateau sur la table de nuit. Le journal, des viennoiseries et des confitures, que d'égards.

Je n'allais tout de même pas lui faire le plaisir de mettre mon dentier devant elle.

— Je prends Baboune ?

— Non, ils ont été catégoriques. Je sais que tu l'adores, mais.

Ça commençait. Ma fille allait aussi laisser crever la chatte.

Je n'ai pas commenté.

Je me suis poudrée, parfumée. Je suis passée dans le dressing, j'ai glissé le petit revolver dans mon sac. Ça aussi, ça peut toujours servir. J'ai choisi un tailleur clair avant d'enfiler mes bagues. J'ai pris mon temps, une à chaque doigt ou presque. Un manteau bien chaud.

Je me disais : comment me traiteront-ils, comment vont-ils me ratatiner ? Combien de médicaments me feront-ils ingurgiter de force, moi qui ne prends rien ?

Aussi : j'espère qu'ils mettent les alzheimer à part.

Faudra que je me tienne bien sage, si je ne veux pas qu'on m'euthanasie.

J'étais prête.

Ingrid d'un geste tendre m'a passé un châle sur les épaules, chaud comme un linceul, m'a accroché le bras et guidée vers l'ascenseur.

Un tour de clé. Adieu, le quai des Célestins.

Adieu, tout.

Mardi, 11 heures du soir
Hiver, autour de novembre je crois

Maintenant, j'attends.

Lundi, avant Noël

Muret vient les lundis et les vendredis.

Mme Cadot = Gisèle / Deux enfants au moins, adultes.

Vieux et vieilles :

Claudine Arsine (c'est celle qui a des boutons jusqu'aux oreilles).

Aquitaine (pédant (pédé ?), immense, maigre, avec une moustache et de grands airs).

Ténorio (le bellâtre). Il regarde toutes les femmes comme des déesses. Il n'entend que de l'oreille gauche.

Morel (chauve avec juste la houppe, comme Riquet).

Impossible de retenir le nom des autres vieilles. Je les mélange. Je leur dirai « Madame ».

Théralène : pas plus de 15 gt sinon gaga tout le matin.

Tenir, ne rien montrer, pas d'attendrissements.

Le dimanche d'après

Le deux-pièces est correct, mais pas assez chauffé. Je vais en parler à l'intendante. Apparemment, tout passe par elle.

Les fenêtres donnent sur un parc. C'est tout blanc de neige. Ingrid a fait venir mes meubles et un carton de livres. Il faut que je lui demande des vêtements, je porte le même ensemble depuis presque un mois. Fille indigne.

Quand on m'a reçue, le premier jour, on m'a dit que j'allais avoir de la visite. Un quart d'heure après, le docteur à frisettes était là. Je me suis dit, cet homme, il faut que je retienne son nom. Il s'appelle Muret. Il a un sourire de Chinois. Et il sourit même pour vous dire le pire, cette tête à claque. Il pue. Il m'a déclaré : « Ici vous serez bien prise en charge. » Il s'obstinait dans des airs sympathiques. Je lui ai expliqué que je ne prends rien, sauf des trucs pour dormir, et encore pas toujours. Il dit qu'il faudra faire un bilan.

Un infirmier l'a suivi peu après. Ludovic. Il s'est obstiné à me parler du bassin, et à quelle heure, et comment, et faire bien attention de ne pas salir sinon la femme de ménage, faut la comprendre... comme si j'avais du mal à me débrouiller toute seule. J'ai l'air si vieille que ça ?

Il n'a pas l'air franc, ce jeune homme, avec ses bassins.

Visiblement, ça arrangerait tout le monde que je sois malade, une bonne fois pour toutes.

Mais non, je suis en forme ; je marche dans les couloirs, je me bouge. Dès que j'aurai mes affaires, je sortirai. Je ferai des footings, j'ai vu cet échalas d'Aquitaine, l'autre matin.

Le moral est encore mauvais. Il zigzague du moyen au très bas avec des pointes dans l'apocalyptique, mais c'est normal. Ça va passer, j'en ai vu d'autres.

Heureusement, j'écris dans ce carnet. Ça me maintient.

Lundi, janvier 2004

Il ne se passe rien.

11 heures

J'ai froid.

J'ai fait envoyer un télégramme à Ingrid : qu'elle m'envoie Baboune, au moins. Mme Cadot m'a dit d'accord, à condition qu'elle reste dans mon appartement.

Tard

Je n'ai jamais tellement écrit. Les lettres sont très grosses, maintenant, à cause de mes mains et de leurs rhumatismes. Mais tant pis, comme ça, je peux me relire.

Mardi

Au restaurant, il y a deux clans. Celui de Mme Galuchat, et celui de Claudine Arsine. Du côté de la Galuchat, il n'y a que des femmes, à part un ou deux vieux complètement ratatinés. De toute façon, je m'entends beaucoup mieux avec Arsine. Elle me fait mille civilités. Peut-être à cause de mon nom, qui fait chic. Peut-être qu'elle pense que je suis une baronne ou une princesse. On a toujours dit de moi que j'avais beaucoup de distinction... En fait, mon pauvre mari était vicomte. L'argent venait de ma mère, mines de Carmaux. Tout a périclité, mais il y a de beaux restes, immeubles, placements. Rochefide a toujours été de bon conseil, il a carte blanche depuis la mort de Louis.

Autre mardi

Depuis que je suis arrivée, Arsine m'a proposé plusieurs fois de dîner à sa table. Aquitaine parle tout le temps derrière ses moustaches, je connais tous ses exploits. Il m'agace déjà. Léonce est amie avec Arsine. Elle a un petit mouvement de tête qui dit « oui, oui, oui » tout le temps, pendant qu'Arsine semble répondre « non, non, non ». Je ne sais pas laquelle des deux bave le plus. Léonce avale dévotement toutes les pilules qu'on lui donne, que dis-je, elle les gobe. Je crois qu'elle est idiote depuis toujours. Elle a le regard vide et plus du tout de cils. La plus à plaindre, c'est l'Arsine : des chevilles, la pauvre... Gonflées, larges comme ses cuisses.

Morel et Ténorio disent du mal de tout le monde, surtout de Mme Cadot, l'intendante, et de Céleste

Fontechevade. C'est une romancière, paraît-il. Ils en parlent comme d'un monstre.

D'une manière générale, ça ne vole pas haut. Il n'y a qu'une chose qui les passionne : ce qu'ils vont manger, et que ce soit pile à l'heure. Des ventres. Jamais contents.

Je ne peux tout simplement pas croire qu'on m'ait planquée ici.

Jeudi

C'est très chiant, de vieillir. C'est peut-être pour nous préparer à mourir. Qu'on ait moins de regrets, qu'on se laisse partir.

Mais ça ne marche pas, mourir aussi me fait chier, plus que jamais. Évidemment, si Dieu existait, ça ferait moins vide. Donc, Dieu, si tu veux te manifester, c'est le moment.

Regarde, je me mets à genoux.

Vendredi

La coiffeuse est passée. Elle vient dans les chambres. Elle m'a fait ma mise en plis. Elle a trouvé que j'avais de beaux cheveux. Si elle m'avait vue, avant…

Il y a un nouveau, Hector (Hector Torregrossa, si j'ai bien compris). Il a l'accent de Marseille.

Ça a fait toute une agitation, quand il est arrivé. Il paraît qu'il y avait des journalistes, je n'ai rien compris à cette histoire. Je suis descendue une minute, pour voir. Bof.

Mais ça ma permis de voir Mme Fontechevade, dont tout le monde parle ici comme d'une redoutable. Appuyée sur sa canne à rubans, elle m'a regardée de pied en cap : un maquignon ! J'étais mal à l'aise et silencieuse comme une enfant en pénitence. Il paraît qu'elle a été un écrivain reconnu, qu'elle a eu le Goncourt ou quelque chose comme ça, mais qu'elle n'a plus rien fait depuis. Ça lui aurait causé comme une dépression, et on raconte qu'elle dort tout le temps. Je ne sais pas si c'est vrai, cette maison est pleine de légendes.

Elle m'a déplu, avec ses grands airs. On n'en est plus là, si ?

La nuit

Ça y est, j'ai trouvé une cachette pour ce cahier. Je note tout, j'ai la mémoire comme un lapin.

Samedi 17, 6 heures du matin

Je n'ai pas dormi. J'ai beau essayer de chasser toutes les idées qui m'assaillent, ça tourne et retourne là-haut. On m'a enfermée ici, et c'est comme si on m'avait mise en prison avec une peine de perpétuité. C'est exactement ça : je ne sortirai d'ici que morte. Mais qu'est-ce que j'ai fait de mal, bordel à queue, à part être un peu plus vieille tous les jours ? Je me débrouille toute seule. Je suis autonome, comme ils disent. Il faut que je voie comment sortir d'ici. « The sooner, the better. » J'ai essayé d'avoir Rochefide, mais c'est toujours une secrétaire ou un répondeur. Je ne dis rien, je veux l'avoir directement.

Midi, pas faim. Je ne mangerai rien

Dans ma tête se bousculent toutes les scènes d'avant, à Paris. À la fin, Ingrid m'accusait de tout : que je laissais le gaz ouvert, que je perdais mes clés, que je montais sur l'escabeau comme une vieille folle pour enlever la poussière sur le cadre des tableaux. Mensonges. Calomnie. J'encombrais, quoi. Je n'ai pas vu venir la ruse. Elle a bien caché son jeu, toute mielleuse, comme si elle se souciait tendrement de sa maman... Je n'ai pas compris ce qu'elle complotait avec Dubois, le cher docteur qui me faisait tant de courbettes.

Remâcher tout cela me met en rage.

Si Ingrid était devant moi, je la tuerais sans hésiter, et avec plaisir.

7 heures

Ou alors, je vais me tuer.

Vendredi fin janv.

Ingrid m'a fait porter mes cartons. Évidemment, elle a gardé Baboune.

Je décore, c'est mieux que de tourner en rond. J'ai mis un tableau sur le miroir de la salle d'eau, pour le cacher. Je suis devenue trop laide.

Je ne me maquillerai plus.

Le petit docteur passe toutes les semaines, deux fois. Il frappe un coup sur la porte, et je n'ai pas le temps de dire « entrez » qu'il est déjà dans mon dos.

— Comment elle se sent, notre Raphaëlle, il m'a fait, en plongeant son menton dans son cou et en se frottant les mains. Il souriait, l'œil dans le vague.

— Bien, docteur, j'ai reparti, elle va parfaitement bien.

Il y a eu un silence. « Elle vous remercie », ai-je ajouté. Je regardais par la fenêtre.

Je lui demande, à lui, comment il va ? Je l'ai sonné ?

C'est normal d'être un peu déprimée, il a fait tout doucement.

Petit con. J'ai été très ferme. Je lui ai expliqué

que j'avais à faire. J'ai ajouté que quand j'aurai besoin d'un médecin, je le lui ferai savoir.

C'est un choc narcissique considérable, l'arrivée en la maison de retraite, Raphaëlle, c'est normal de se sentir un peu *down.* Tout le maillage relationnel s'effondre.

Il y tenait, à sa petite chanson. Il souriait de plus en plus, le Freud du Manoir, toujours le regard ailleurs...

Je n'ai jamais supporté la familiarité des inférieurs.

Il avait visiblement très envie de me donner des médicaments. Je n'ai plus assez de muscles pour mettre aux gens des coups de pied dans le cul. Alors j'ai souri, et j'ai attendu, sans parler. J'ai tellement souri qu'il a fini par sortir.

Lundi

Je ne sers plus à rien.

Vendredi

Hector mange tous les midis à notre table.

Samedi

Tout le monde ne parle que d'Hector Torregrossa, ici. C'est une vedette.

On l'appelle Toro.

Au début, ça m'étonnait de voir un homme pareil ici, et je ne voulais même pas lui adresser la parole.

Il ne ressemble pas du tout aux autres. Il est très mal élevé. Il vous coupe à tout propos, sans s'en apercevoir. Il mange salement. Il ne sait pas tenir les couverts. Et il fait de ces bruits... c'est un poème. Mais je l'aime bien, il rit tout le temps.

Le soir

Je connais l'histoire d'Hector. Il m'a tout raconté. C'est moi qu'il préfère, ça se voit tout de suite.

Sa vie a changé il y a quelques années, en novembre 2001. Je rapporte les faits comme il me les a présentés. Je ne sais pas si tout est vrai, il arrange peut-être, pour m'amuser. Je ne m'en plains pas. Un samedi, il buvait l'apéritif avec des amis dont il parle souvent, Ferri et Lino. C'était son anniversaire (quatre-vingt-dix ans, je crois) : il a donné un billet de cent à une infirmière, la petite Lisette, comme il l'appelle, pour qu'elle aille lui acheter un billet de Loto, un flash.

Il a gagné une super-cagnotte de soixante-six millions.

Quand il me parle de ses millions, ses yeux se remplissent de larmes. Ça lui a vraiment fait plaisir, cette affaire. Je lui ai demandé : mais à quoi ça vous sert, maintenant ? Il m'a regardée, surpris. Il a fait : « Mais, Madame, à tout ! à tout ! C'est le nerf de la guerre. »

C'est drôle : il est encore prêt à toutes les batailles. Je lui ai expliqué que je ne me suis jamais occupée d'argent. C'est le banquier qui s'en charge, et Me Rochefide. Hector, s'assombrissant un peu, m'a dit que nous n'étions pas du même monde, mais qu'il avait l'esprit large.

Pour lui qui ne possédait rien, soixante-six millions, ça devait représenter une somme tellement inconcevable, tellement moderne, que c'est comme s'il avait gagné l'éternité.

Dimanche matin

Mme Cadot n'est pas si méchante qu'on le dit. Je lui ai fait remarquer que je manquais de vêtements pour me changer. Tout m'est trop grand, j'ai tellement maigri depuis que je suis là. Elle est allée me chercher un catalogue de la Redoute, et m'a annoncé : « Il est à vous, Madame. »

J'ai commandé quelques robes et quelques chemisiers élégants, des bas, et du linge de corps. J'ai demandé des soutien-gorge modernes. Ça s'appelle wonderbra. D'après les photos, cela fait des miracles.

Dimanche soir, après dîner

Ingrid est venue me voir. Elle a mangé ici. Chère petite... Elle voulait me faire signer des papiers. Elle est partie fâchée.

Je lui ai dit que j'allais peut-être vendre l'appartement. J'ai besoin d'argent, moi aussi, après tout. Moi aussi, je suis en guerre. Elle n'arrive pas à se faire à l'idée que j'aie l'intention de vivre encore. Ça la sidère. Et le pire, qu'elle ne peut pas comprendre :

JE SERAI VIVANTE JUSQU'AU BOUT.

Mardi 24 février 2004

Claudine Arsine part à l'hôpital pour quelques jours. On va l'opérer des pieds, à cause de son diabète. Deux orteils, je crois.

Jeudi

Pendant que Claudine n'est pas là, je m'occupe de tout. Ils sont comme des enfants, sinon. Gagas tous, plus ou moins. Et d'un relâché… Passons.

J'ai reçu une lettre de Me Rochefide. Il me parle de succession. De donation entre vifs, de choix fiscaux. Je me demande s'il n'est pas passé à l'ennemie. Il faut absolument que je lui parle directement.

Hector m'a fait livrer des fleurs. Je lui ai dit non, pas de ça, Hector, ça me fait des étouffements. J'ai dit merci quand même.

Il est gentil, Hector, un peu têtu, un peu m'as-tu-vu… C'est un drôle d'oiseau. Il aime le luxe plus que tout. Alors, un manoir, tout de suite… Le chiqué le rassure, ça le rend serein, ça l'attendrit. Plus rien du monde et de ses misères ne peut l'atteindre. Il oublie la mort.

Dimanche

Je continue d'écrire sur Hector, ça m'occupe. Il paraît que quelques jours après l'événement, la Française des Jeux lui a envoyé à Béziers une équipe de « soutien psychologique ». Hector les a reçus en pyjama, dans la petite chambre qu'il partageait là-bas avec ses deux amis, Ferri et Lino. On lui a expliqué qu'on s'inquiétait pour lui, qu'on craignait qu'il ne tienne pas le choc. Toro a cru à une blague de Ferri.

Mais non. D'après ce que j'ai compris, Ferri et Lino ne blaguent plus depuis longtemps. Ils boudent, d'après Hector. Ils sont amis de toujours, pourtant. Ils ont lutté ensemble, il m'a dit. Le Midi rouge, la Résistance, *L'Humanité-Dimanche* qu'ils vendaient sur les allées Paul-Riquet. Il paraît qu'Hector était l'âme de la cellule, dans le temps. Qu'il faisait adhérer les bourgeoises, et plus si affinités.

Je n'ai pas bien compris ce qui s'est passé, entre eux : il y aurait eu une fâcherie terrible parce qu'Hector aurait refusé de voter Lajoinie. Lorsqu'il aborde ces sujets-là, il parle tout bas, comme si c'étaient des affaires d'État, et qu'il fallait se méfier des indiscrets.

Quand il m'a raconté tout ça, ça m'a ragaillardie. Lajoinie, vous vous rendez compte ? ça remonte à quand ? C'était avant ou après Pompon ? Non, c'était bien plus tard… Les diamants, alors ? Je ne sais plus, tout se mélange depuis que je suis ici. Je me demande si ce n'était pas à l'époque de ce collaborateur de Mitterrand.

Hector, d'après ses amis, « a trahi sa classe ». Ils l'appellent « le Renégat ». (Lui, il dit « rrrRRRRRrenégat », il renifle bruyamment, il faut le voir et l'entendre, cet homme…) Il leur a dit simplement que le camarade Lajoinie n'avait pas l'étoffe, qu'il avait l'air nouille. Et il a déchiré sa carte.

Lino et Ferri lui ont dit qu'il quittait le navire avec les rats de la social-démocratie. « Qu'il n'avait pas le droit de leur faire une vacherie pareille »…

Il l'a pris.

Hector, par principe, a tous les droits. C'est son charme.

Il devrait se laver les dents plus souvent.
Je le lui dirai, l'air de rien.

Jeudi (il a fait beau), c'est déjà mars

Cet après-midi, j'ai revu Céleste Fontechevade ; il paraît qu'elle est là depuis quinze ans, au moins. Elle m'a regardée comme si elle voyait la Vierge. Elle ne parle à personne, ou alors trois mots et puis s'en va.

Minuit, je ne dors toujours pas

Au Loto, ils ont cru qu'Hector allait perdre le nord. Les pauvres ne savent pas y faire avec l'argent, tout le monde sait cela. Un jeune couillon lui a expliqué que c'était très grave, ce qui lui arrivait. Voilà la théorie : les déshérités devenus riches dilapident, se retrouvent en prison, et finalement se suicident. Hector, d'après le freluquet, devait rester un certain temps à l'Oustalet, près de Béziers, et continuer à voir les mêmes amis. Deux autres ont prêchi-prêché pendant des quarts d'heure : « Restez donc ici, pépé, changez rien, vous verrez plus tard, si vous avez tenu le choc. » Un dernier a conclu en détachant les syllabes : « Il faut préserver les routines. » Au bout de quelques pastis et pour s'en débarrasser, Hector a demandé aux Mousquetaires du Loto combien ils voulaient. Ils ont fini par filer avec des airs vexés.

Hector m'a dit : « Vous croyez que j'allais me laisser impressionner ? J'avais pas envie de rester à l'Oustalet, moi. Je voulais voyager, je voulais voir le monde, avant. »

Il a eu un air grave : « Vous ne connaissez pas la misère, Raphaëlle, vous ne pouvez pas imaginer. Les odeurs de pisse et de chou-fleur ensemble, les escarres. Dans la chambre à côté, il y avait la Guitte, qui est arrivée avec la gale. Ils l'avaient mise avec des grabataires, elle gueulait tout le temps. Et le Dr Prunonosa qui nous enguirlandait, et allez-y, comme les infirmières, comme la mère Boussagol, cette carne. » Il m'a dit tout cela dans un souffle, et s'est tu brusquement. Au bout d'un moment, sans rien dire, je lui ai pris la main.

« Pour la toilette, ils me foutaient à poil sur un fauteuil de camping, et au jet ! » Plus rien encore, pendant une minute, et puis : « Et fallait voir comme ça rigolait. »

Il pleurait, il regardait ailleurs pour que je ne voie pas ça. Il ne voulait pas tout m'infliger, mais c'est sorti : « Et ceux qui hurlent quand ils meurent, ceux qui gémissent. Ça coûte trop cher, chez les pauvres, de faire passer les douleurs de la fin. Ils font ça à l'ancienne, à la dure. »

Après, Hector ne pouvait plus du tout parler.

Il est allé chercher l'argent à la banque, tout seul. Il a tout pris en liquide. Il paraît que ça leur a pris des heures, d'abord trouver les fonds, puis compter... Il a tout rangé dans sa valise à roulettes, et il est allé sous les tropiques, goûter aux vahinés, si j'ai bien compris. L'hôtel était très beau, paraît-il, mais il faisait trop chaud, le cœur n'aurait pas tenu. Des vahinés... Franchement, à son âge...

Il a voulu une institution chic, près de Paris, pour être sûr d'avoir des médecins compétents pas loin. Il se plaît bien, ici. Personne ne s'avise de le tutoyer, jamais.

Je commence à le comprendre, cet homme. Il a voulu passer à autre chose. S'offrir ce qu'il y avait de mieux, et tant pis pour les idées, liberté, égalité, fraternité et révolution. Il a décidé de vivre chez les rupins, et longtemps, m'a-t-il dit, plusieurs années. Il aime battre des records. Il se sent d'attaque.

Il a reniflé dans son grand mouchoir à carreaux, et il m'a fait le grand sourire. « Il vous va bien, ce corsage. »

C'est pas formidable, les gens comme ça ?

Je ne m'arrêterais pas de parler de lui.

(Amoureuse ?)

(Ce serait la meilleure.)

Quand il a mouillé le lit, on ne se moque pas.

Lundi, 8 mars 2004

Arsine est revenue, mais elle garde la chambre quelque temps. Plus d'orteils au pied gauche. Elle restera dans un fauteuil.

Samedi, nuit sans lune

Quand on s'est habitué à l'odeur, on est prêt. (Rire macabre)

Mercredi 24

Le docteur m'a pesée, il paraît que j'ai retrouvé mon poids. Il avait l'air très content pour moi. Il est peut-être gentil, lui aussi, qui sait ? Ce n'est pas bon de maigrir, à un certain âge.

Je lui ai fait remarquer qu'on mange fort mal et fort peu, ici. Je ne sais pas où j'ai trouvé les kilos que j'ai repris.

Il a soupiré « oh, je sais » et n'a rien ajouté.

Dernier jour de mars

Parfois, je me dis que je suis mieux ici que quai des Célestins, avec Ingrid et ses airs de vautour.

Vend. 9 avril 2004

J'ai quatre-vingt-deux ans et demi aujourd'hui, mais je ne suis pas vieille. Mes rides ne m'ont jamais beaucoup gênée. Il me semble qu'elles ne gênent pas Hector.

Elles ne gênent pas la Céleste non plus, à ce que j'ai pu voir. La romancière. Elle est venue me voir de près, plusieurs fois. Si elle croit que je ne vois pas son petit manège. Toujours très rapide, fuyante. Trois petites phrases, et elle file sans un au revoir. Qu'elle est drôle, cette femme… Quand elle cause, on dirait qu'elle cite un livre. Il paraît qu'on a parlé d'elle pour le Nobel, autrefois. Je pense que ce sont des contes. Aquitaine et Morel font toujours les intéressants.

20 avril

Ce matin, je prenais le bon air sur le perron. Hector était encore en train de me raconter ses luttes révolutionnaires et les effets pervers du capitalisme monopolistique d'État quand elle s'est plantée entre nous. Elle l'a écarté d'un coup de canne. Du genre poussez-vous de là. Je ne l'avais même pas vue arriver. J'ai tout de suite oublié Hector et ses millions... Sacrée Céleste... C'est vrai qu'elle est laide.

Depuis que j'en entends parler... Jamais je n'avais pu la voir vraiment. Elle m'évitait, elle évite tout le monde.

Depuis mon arrivée, je l'ai fait inviter plusieurs fois, je suis allée voir dans la salle de billard. On m'avait dit qu'elle y traînait, la nuit. Mais rien.

Et puis voilà, Hector me tourne autour, la Galuchat bisque parce qu'il y a plus de monde à ma table qu'à la sienne, et Madame la romancière rapplique.

C'est comme dehors, ici, en somme.

Deux heures

Je ne dors pas. Cette femme a été célèbre. Je la veux. La grosse, la gigantesque Mme Galuchat en fera une jaunisse.

Et surtout : la tête d'Ingrid, si elle vient me voir... Céleste lui signera bien un autographe.

Samedi (c'est déjà le mois de mai)

Hector me fait rire. Il m'a dit comme ça, à midi, en mangeant le poulet avec les doigts : « Je n'ai jamais autant bandé que depuis que je suis entré au Manoir. » J'adore causer d'Hector, c'est gai. Depuis qu'il a été « admis » ici, il est plus fougueux, m'a-t-il confié en baissant le ton, que quand il était jeune.

Jusqu'à quarante ans, il croyait que c'était un os, « comme le bon roi Henri ».

D'un ton sérieux, je lui ai demandé son avis sur le Viagra. Il m'a fusillé du regard : son érection sera naturelle ou ne sera pas, qu'il dit.

Tant que le cœur tient…

Mardi

Depuis que Céleste me fréquente, les langues se délient. Tout le monde la déteste, ici. Il y a autant de ragots sur elle que sur l'intendante, qui nous fera crever de froid et de faim.

Je demande, l'air de rien : Mais comment s'occupe-t-elle, cette femme, toute la journée ? Elle écrit toujours ?

— Mouais non : elle pionce,

— Elle roupille, ronfle, traîne un peu puis se rendort,

— Mourir, dormir, la différence ? shakespearise Aquitaine, elle doit être morte.

Tout cela me fait rire. Les femmes qui dorment me changent de mes insomnies. En général, Ténorio orchestre (il planque les soubresauts de son parkinson dans les poches de son pantalon) : « Infréquentable, la Céleste, qu'il fait. Odieuse ! Pédante ! Et toujours à vous enfumer. Je tousse dès que je la vois approcher : elle nous tuera. »

Morel ébouriffe les quelques mèches qui lui restent tout en haut : « Une de ces garces, les amis ! Le genre qui continue à vivre rien que pour le plaisir de vous cracher sa haine… À éviter, franchement. »

Autres choses entendues (tout ce que j'écris dans ce cahier est authentique, pourquoi je mentirais ?) :

— C'est la méchanceté qui la fait tenir, flûte la bonne Léonce (elle sucre les fraises, la Roquefeuille). Tenez, m'explique-t-elle en se décrottant les narines, et comme si elle venait de le découvrir : elle est laide à vous donner des frissons. Et vous avez remarqué : toujours en rouge, comme le Diable. (Trois mouvements de croix et un petit Pater.) Je n'y vois plus beaucoup (et en effet, double cataracte), mais assez pour me rendre compte.

— Ancienne gloire littéraire tombée dans l'oubli ! entonne Aquitaine en mâchouillant sa moustache. C'est le plus vachard de tous. Il fait toujours des phrases, cet homme. Toujours sa vieille fourrure sur le dos et le nez pointé vers l'azur. « Elle a fini par se fâcher avec tout Paris (qu'est-ce qu'il en sait ?), elle a déçu toutes les attentes, usé toutes les patiences, trahi tous les fidèles, barbé toutes les groupies. Une Duras qui aurait trop duré (personne ne comprend, personne ne rit, il enchaîne). Mégalomane et paranoïaque, la vieille... Elle méprise, sans exception, tous les écrivains qui ont osé écrire après elle. Ah je vous jure... (nous attendons la suite). Elle compte sans doute sur les éloges de la postérité. Laissez-moi rire. » (Il hoquette et nous rions tous.)

— Un monstre... C'est le tour de Ténorio, qui se déhanche et darde son admirable coccyx tantôt vers Morel (qui admire en connaisseur), tantôt vers moi (mais les vieux beaux, pas encore). (Je suis sûre qu'il est toujours fier de sa silhouette, cet antique don Juan. Dans ces moments-là, il nous fait un petit rentré de ventre pour effacer l'épaisseur des couches que lui file Cadot. Le fessier, pour le coup, paraît avoir conservé le galbe de la jeunesse. Je deviens méchante, à les entendre dire du mal toute la journée.)

— De la pire espèce, une vermine, grimace entre deux chocolats pralinés Claudine Arsine, tout en gratouillant son prurit.

— Mais pourquoi elle reste ? se demande Ténorio. Elle est toujours valide, elle pourrait frimer dans sa villa de la Côte, histoire de nous foutre la paix. Quitte à faire changer ses couches et à se faire essuyer le cul par quelque gigolo du coin.

— Gigolo, vous êtes marrant, Morel, contredit Aquitaine. Dites plutôt gigolette, je mets mes bijoux à couper qu'elle est gouine jusqu'au trognon. Non mais, vous l'avez vue ? Vous l'avez entendue ?

D'un raclement de gorge, Léonce rappelle les hommes à l'ordre : la vulgarité lui retourne l'estomac, qui est bien fragile (gémissements), même si elle doit bien reconnaître qu'ils n'ont pas tort, et que (toussotements), jamais une femme ne l'a regardée comme ça.

— Ce n'est pas dieu possible, un vice pareil dans le regard, et à cet âge.

Il faudrait les filmer, tous ces croulants qui caquettent. On dirait trois vieux coqs, une dinde qui boite et une pintade squelettique. Moi, je suis une petite caille passablement déplumée (ce qui fait que je garde le beau rôle).

Sont-ils bêtes, aussi... Peut-être que si elle est aussi méchante, c'est parce qu'elle est malheureuse, peut-être que si elle vit ainsi retranchée, c'est qu'elle a peur des autres, et que si elle dit tant de mal des autres romanciers, c'est qu'elle se désole de ne plus avoir de lecteurs, et que si elle fume tant, c'est qu'elle n'a personne à embrasser... Peut-être.

Vendredi

J'ai passé trois heures à papoter avec Céleste. Je ne sais plus comment la discussion s'est engagée. J'ai dû lui parler de son livre. Au bout d'un moment, comme il se faisait tard, presque six heures et demie, je lui ai proposé de dîner avec nous. Ténorio a laissé sa place, on a fait mettre une rallonge. Hector a voulu se mettre à côté de moi, « à votre gauche, toujours », a-t-il annoncé d'un ton de provocation goguenarde. Céleste s'est installée à ma droite, donc.

Elle boit comme un homme.

Début juillet

Il fait une chaleur ! On nous fait boire de l'eau minérale, comme des bébés.

On nous a donné des brumisateurs. J'en ai mis sur le nez du petit docteur, il a fait un bond. On a ri.

Il n'entre plus jamais sans frapper, et il me fait le baisemain. Je lui ai montré, comme ça, tout le monde est content.

Je constate que Céleste est adoptée. Elle vient presque toujours dîner avec nous. Maintenant, les autres insistent pour qu'elle sorte de sa chambre. On lui propose des parties de billard, elle accepte. On rit à ses mots. On l'entraîne même dans le parc, alors qu'elle n'avait pas mis un pied dehors depuis des années. On s'habitue à ses manières brusques.

Tout le monde s'attache à elle.

Je l'écouterais parler des nuits entières.

Ténorio, qui doit être impuissant depuis des lustres mais voudrait détenir le monopole de la séduction et jalouse tout le monde, même Céleste, a bien risqué une insinuation scabreuse. Un regard a suffi. On n'a plus beaucoup de nerfs, à nos âges. Il file doux, il courtiserait presque la nouvelle mascotte. De temps en temps, il s'autorise quand même une lueur amusée dans le regard, quand un ange passe.

13 juillet

Hector n'aime pas beaucoup Céleste, à ce que je vois. Mais tous les autres sont subjugués. Léonce lui a offert une écharpe tricotée au point de riz (elle ne se rend même plus compte que ce n'est pas la saison)... Je crois qu'Aquitaine, avec ses manières altières, s'est fendu d'une bouteille à moitié pleine d'un cognac convenable. Et Claudine Arsine a voulu refiler ses chocolats fourrés au kirsch. Morel insiste pour que Céleste lui montre comment on joue au billard. Il prétend qu'il connaît par cœur des passages entiers de son livre, *Les Amazones*. Ce sont deux larrons en foire, maintenant.

Bref, on ne voit pas le temps passer.

Mercredi 14

C'est l'anniversaire de ma fille. On n'a pas idée de naître un jour pareil. Tout le monde dansait, flonflon, et je n'étais qu'un pauvre corps souffrant d'une telle souffrance que j'ai cru en mourir. Ça sortait pas. Deux heures de plus, et je perdais la raison.

Quand elle était petite, et qu'elle m'agaçait (elle a toujours eu ce caractère horripilant, à mégoter sur tout, à vous faire tourner en bourrique, et puis à fondre en larmes et dire que personne ne l'aime), quand elle était petite donc, je l'appelais FêtNat.

Elle ne comprenait pas ; ses talons vernis claquaient sur le parquet. Ses petites rages d'enfant me faisaient rire.

Il me vient des regrets maintenant. J'aurais dû faire des efforts. Essayer, un peu, de m'intéresser.

Début août

Me Rochefide m'a fait un mot pour me dire que ma fille était souffrante. Je lui souhaite un bon cancer foudroyant.

Hector m'écrit des lettres. Je lui dis de rester calme. Il faut être raisonnable, à nos âges, non ?

Je vois souvent Céleste. Je me rends compte que ça vient toujours de moi. Je lui propose de passer la voir, dans la soirée. Elle hausse les épaules. Moi, de toute façon, je dors très peu.

Elle a toujours vécu seule, ce qui lui donne des manières assez frustes. J'ai passé l'âge de l'amour-propre.

J'ai trouvé une amie, drôle d'amie.

J'aime la viande, elle aime le poisson ; j'aime le bordeaux, elle, le bourgogne, cette pissette ; je préfère la Méditerranée, elle, l'Atlantique. J'aime m'entourer d'hommes, et elle ne les supporte pas. Il faut la voir, tout à rebrousse-poil dès qu'il y en a un qui s'approche. Elle raffole des jeux vidéo, ils me donnent tout de suite mal à la tête. Je suis sociable, elle est, en jupons, l'Alceste de Molière, avec en plus un tempérament de militaire.

Elle est de gauche (modérément, dit-elle).

Quand Céleste est là, on se taquine, et je ne pense plus à m'ennuyer.

Elle radote un peu, c'est vrai. Et comme elle parle comme un livre, j'ai l'impression de revenir toujours à la même page. Le destin des mortels est, dit-elle, pathétique (affreux, je fais, une ignominie), la nature de l'homme est la honte de la création (ce n'est rien de le dire, et si vous voulez mon avis, celle de la femme n'est pas en reste), les Institutions sont désuètes, la Patrie très mal en point depuis cette calamité de Général (très belle famille tout de même, de la classe et du courage, mais Dieu qu'il était laid, cet homme), la Littérature française a perdu tout son prestige et tout ce qui s'écrit aujourd'hui est de la daube (quand elle parle des livres, elle grogne, vocifère et devient toute rouge : « De toute façon, il n'y a plus rien eu après Moi et Perec. » Qui c'est, celui-là, encore ? Je ne peux tout de même pas lui dire que je n'ai jamais aimé lire. Sauf quand on me fait la lecture : ça me berce, m'enchante parfois. J'ai toujours été un peu paresseuse. Comme je dois avoir l'air un peu interloquée, de tant de prétention, elle me finit en me barbouillant de citations d'Habermas et de Carl Schmitt, mais je ne faiblis pas). L'Europe est mal barrée face au dynamisme des Amerloques (ils nous auront, Céleste, c'est couru). La Civilisation n'est pas seulement Mortelle, elle est devenue Suicidaire (tous aux abris).

Ça dure des heures.

Dimanche 8

Depuis qu'ils ne peuvent plus dire de mal de Céleste, les amis tiennent assez mal la route. Ça tourne en rond, à ce que j'ai pu voir. Les hommes causent prostate et ISF, les femmes, implants dentaires et hanche en plastique. Ils vont me rendre folle. Ça couine, ça émet des râles, ça se plaint toute la sainte journée... Quand c'est pas les articulations, c'est l'estomac, quand c'est pas l'estomac, c'est les pieds et leurs cors, le cœur ou la rate, tout y passe. Ils ne sont plus que douleur. Pourvu que je ne devienne pas comme eux.

Il n'y aurait qu'Hector pour apporter quelque variété, mais chaque fois qu'il parle, roulant les *r* et caressant les femmes et les choses du regard, Céleste se mure dans un silence ironique. L'air devient pesant, Hector d'une trouvaille déclenche des rires, et Céleste le mouche d'une épigramme : deux fauves, griffes dehors. J'interviens toujours avant l'algarade. Les deux prennent des airs dégagés et attendent leur heure.

25 août

Hector m'a offert une bague d'un grand joaillier. Je lui ai dit : vous savez, moi, des bijoux, j'en ai tant... Je n'osais pas lui montrer mes mains, elles sont trop vilaines, avec leurs taches, et leurs phalanges déformées, larges comme des œufs de caille.

J'ai pensé à autre chose : si seulement on pouvait mieux manger, avoir moins froid l'hiver, j'ai fait. Vous ne pourriez pas en parler avec Mme Cadot ?

Avec un clin d'œil, il a repris le solitaire et sorti le chéquier qu'il a toujours dans la poche du pyjama, et il a fait : à la bombarde !

Gisèle Cadot, c'est un vrai poison. Je crois qu'elle prend plaisir à nous priver de tout. On peut bien râler... Mais lui, il a les moyens de négocier. Tous ses millions, il dit, il ne veut pas les emporter dans la tombe. Il a bien insisté : moins de légumes, on en a marre de brouter vos salades, mettez-nous des pâtés, des gigots, des fromages et des charcuteries. Et du bordeaux, au souper, du bon. Millésime 61, de préférence.

Il dit « souper » pour « dîner ».

Et il m'a expliqué que lui, c'est comme ça qu'il fait reculer l'exploitation de l'homme par l'homme, et qu'il faut bien se rendre à l'évidence : les luttes de classe se sont un peu déplacées. Il paraissait très sérieux. Je lui ai fait la bise.

Dix heures

Ce qu'il s'est bien gardé de me raconter, c'est que lorsqu'il est sorti de chez l'intendante, il a couru gratter à la porte de Léonce, qui finissait sa sieste. J'étais allée l'attendre devant chez Cadot, pour savoir. Il ne m'a pas vue, je l'ai suivi. Arsine était encore au téléphone, il a attendu un peu. Il a changé d'étage. Et puis Arsine, avec ses dartres et sans ses orteils... Ce serait du vice.

Léonce, elle, elle frétillait déjà, à mon avis. Ils ne ferment jamais la porte. Elle a pris un certain temps pour se maquiller, se coiffer avec sa vieille brosse. Elle qui n'a presque plus de dents, elle s'était recouverte de vieux bijoux.

— Ne bouge pas, ma toute belle, je te rejoins, il a fait en enlevant ses chaussettes. Il est délicat, Hector.

Elle a demandé son petit cadeau. Il a pris son air grave que j'aime bien et a posé deux billets de 50 sur sa table de nuit. Je suis sûre que ces caprices le mettent en forme, lui. Quand elle lui a montré ses bas, il a fondu, et lui a offert le solitaire.

Et comme, lorsqu'il l'a sentie près des extases, il lui a crié : « Accroche-toi Pitchoune, c'est parti », elle a joui en riant.

Mi-septembre

Certains soirs, je laisse tomber la bande. Ils me dépriment. Et puis ça me fatigue d'aller jusqu'à la salle à manger. J'ai faibli depuis qu'on m'a remisée ici. Je suis obligée d'avancer tout doucement, mes jambes ne me portent plus. Tant pis si Arsine prend le dessus pendant ce temps, ou même si la Galuchat distribue des parts de tatin à toute la clique pour me les piquer. Avec toute la marmaille qui vient la voir le dimanche, elle en a, des provisions. Elle file les restes à ses adorateurs et ils remuent la queue. Qu'ils se débrouillent.

Je m'invite chez Céleste, je suis mieux avec elle. Elle est au bout du couloir. J'arrive le cœur battant, une vraie gamine. C'est comme si je partais en expédition. Je vais sur mes quatre-vingt-trois ans, mais je voyage beaucoup depuis que je la connais. Je sonne. Ce n'est pas une sonnette qui se déclenche, mais un affreux message enregistré qui dit d'une voix métallique : on n'entre pas. Elle adore les gadgets et déteste le genre humain.

J'entre quand même, elle laisse toujours la porte ouverte. C'est l'Antre. Son appartement ressemble à une brocante : Henri II, copie Renaissance et faux Louis XV des années soixante… Elle doit avoir peur de manquer. Les meubles sont hideux, récupérés sans doute de plusieurs héritages. Ils semblent se chamailler depuis l'éternité, comme de vieux parents qui demeurent irréconciliables même après la mort. Je ne sais comment on peut survivre là-dedans.

Surtout, elle entasse les livres… Partout, des piles, de guingois. Mais elle ne doit pas beaucoup les ouvrir : poussière de plusieurs années. Et rien de récent.

Dans le bazar de madame, au milieu de la Littérature, il y a des vidéos. Tout un stock. Un soir, elle a voulu m'en montrer quelques-unes : de jeunes beautés aux yeux bridés combattaient furieusement avec des sabres. Ensuite, quelques extraterrestres moulées de métal éblouissant luttaient à coups de pieds et de poings. Le sang giclait. Je n'ai pas résisté : je me suis endormie...

Elle a tenté de me réveiller avec ses trucs pornographiques. Toute une collection... Là, je lui ai dit tout net : NON. Non, Céleste, tout cela n'est pas réaliste. Elle ne comprenait pas bien. J'ai précisé : je n'ai jamais, jamais vu des individus affublés d'un membre pareil. Il faut que ce soit des montages. Elle ignore tout des hommes. Nous avons ri, mais ri... Elle a tout voulu savoir de ce que j'avais pu connaître des fameux membres masculins que la vie m'avait donné le bonheur de fréquenter. Mes descriptions la passionnaient. Je lui ai fait des schémas qui l'ont ravie. Et elle, si sérieuse habituellement, pleurait, mais vraiment, de rire. J'en ai un peu rajouté... Ça fait du bien, de parler du bon temps.

Finalement, en quelques semaines, j'ai dû voir à peu près toute sa précieuse collection. Je ne crache pas sur les plaisirs qui nous restent. Je suis désormais fort instruite sur certains sujets.

Revenons aux moutons : à la poussière, à la crasse et au capharnaüm de l'appartement. Cendre et poisse troublent jusqu'aux vitres, aux écrans des machines. Parmi les cassettes et les jeux vidéo, des bas et des jupes roulés en tapon, des caleçons, du courrier jamais ouvert, et des armes ou des objets dangereux. Elle a des goûts de garçon. C'est fou tout ce que je découvre, là-bas. Un couteau à volaille, des canifs, plusieurs rasoirs, un vieux P. 38 et son silencieux dévissé, une batte en chêne et même une Kalachnikov (elle dit qu'elle marche encore, mais ça m'étonnerait), des crochets, une clé anglaise, d'énormes hameçons, un boomerang, deux fouets, des ciseaux à froid, des lames, un chalumeau portatif, une masse, un katana, un sabre, et des tas d'objets contondants. Je ne sais pas quelle guerre elle prépare, elle, mais elle est prête.

Sur les cassettes et entre les armes, on trouve aussi des cendriers en forme de volcan, où elle oublie les mégots de trois paquets de cigarettes. On s'en met partout.

Une seule décoration : devant la fenêtre, un Janus en bronze, sur un socle de bois — deux visages de femme.

C'est bien joli, tout ça, mais au bout d'un moment j'ai la tête qui tourne. J'ai expliqué à Céleste que ce n'était pas bon pour sa paix intérieure, cette pagaille. Elle a haussé les épaules. Rien qu'à l'idée de l'énergie qu'il faudrait mobiliser pour remettre tout cela en place, les bras lui en tombaient.

— Je vous aide ?

— Mais non, voyons, je suis très bien comme ça. Et Céleste m'a embrassée sur le front pour clore la discussion.

Un baiser léger, à peine une caresse de baiser, un rêve.

Octobre 2004

Pas un mot, pas un cadeau d'Ingrid pour mon anniversaire. Je m'y attendais, mais j'ai eu de la peine tout de même. Plus que je ne l'avais prévu. C'est la pire des misères, de ne pas être aimé. Surtout quand on est vieux, avec le cercueil pas loin. Je suis sûre que c'est pour cette raison précise qu'on a inventé Dieu : pour ignorer cette misère-là.

Avec Céleste, je me change les idées. Quand elle est seule, elle passe son temps avec ses jeux vidéo. Ça peut durer des heures entières. Elle possède plusieurs appareils. Prise au jeu, il faut la voir... Elle crie, des horreurs (« pute ! », « enculé ! », « pédé ! », « Hit ! », « Zap ! », « Crash ! », « Mayday ! »). Un soir, vexée d'avoir perdu, elle s'en est prise à sa machine qu'elle a défoncée à coups de batte de baseball. La machine a tilté. Elle m'a regardée avec un sourire de triomphe. Elle avait gagné, paraît-il.

Je n'arrive pas à comprendre toutes ces histoires de manettes. Et puis trop de bruits et de couleurs qui me fatiguent. Je lui propose de jouer aux échecs. C'est étrange, ces ongles limés très court. Elle me bat toujours. Ou alors elle me laisse gagner, soucieuse sans doute de ne pas me décourager. Je vois bien qu'elle aime ma compagnie. Pour le plaisir d'observer ses gestes, je fais durer les parties.

On bavarde. Céleste est très curieuse sur mes vies d'avant. Parfois, elle va trop loin. Elle insiste, j'élude, je réponds n'importe quoi... Elle se met à ruser, elle m'extorque quelques détails, tous inventés pour la plupart. Quand on me force à parler, je mens. Je n'ai jamais été très forte pour me confier. Il faudrait m'arracher la langue. Sur tout ce qui n'est pas sexuel, je réponds par des plaisanteries, ou des inventions loufoques que tout le monde prend pour argent comptant. Céleste comme les autres. Car je suis plutôt bonne comédienne. Ma mère me l'a assez reproché. Mais ce talent m'est resté.

Quand elle voit qu'elle n'obtiendra plus rien, elle me chasse en disant qu'elle a à faire.

Est-ce qu'elle écrirait encore ?

Je crois plutôt qu'elle se recolle à ses fichues consoles... Qui finiront par me la rendre idiote.

28 octobre, pleine lune

Ingrid ne m'appelle jamais. La prochaine fois que nous nous verrons, ce sera pour mon enterrement, je pense. Et encore.

D'une certaine façon, ça m'arrange. J'ai tellement baissé ces derniers mois. Je ne veux pas lui faire le plaisir de contempler ce que je suis devenue.

30 octobre

Il s'est passé une catastrophe.

Cet après-midi, Céleste s'est laissé entraîner dehors avec la bande. Il fait très beau pour la saison.

C'était le moment ou jamais de mettre un peu d'ordre, non ?

J'ai pris des gants de ménage que j'avais trouvés dans une remise. J'ai d'abord débarrassé les étagères et le sol de tout leur bric-à-brac — Ludo, l'infirmier, m'a aidée à tout descendre à la cave. Il ne voulait pas que je porte les cartons. Si vous tombiez, Madame Raphaëlle... Attention surtout à votre dos... Il est bien serviable. Mais je n'aime pas ses airs doucereux. Et puis, il est toujours là à fureter. Qu'est-ce qu'il cherche ?

J'ai dépoussiéré les livres et je les ai classés par ordre alphabétique d'auteur, puis d'œuvre, dans les rayonnages libérés. Même chose pour les cassettes et les jeux vidéo. Les vêtements qui traînaillaient contre les murs ont été triés par matière (laine, synthétique, soie, autres) et expédiés avec des consignes précises à la lingerie. Ludo riait de me voir agitée comme ça. J'ai vidé et lavé les cendriers, et les ai offerts à Ludo, qui n'a pas fait de manières. Une heure m'a suffi ensuite pour faire disparaître toute trace de poussière, passer l'aspirateur et rendre aux vitres leur transparence.

Sur le rebord de la fenêtre, une mésange bleue picorait les miettes recueillies sur le bureau.

L'air était doux comme autrefois. On se serait cru en avril.

Céleste est entrée en sifflotant. Elle s'est arrêtée net, elle a tourné sur elle-même, et elle a contemplé le désastre, incrédule. Elle a répété plusieurs fois, presque en chuchotant : « Mais vous avez perdu le sens », et elle a fini par s'asseoir, blême, les jambes coupées. La canne en tombant a claqué.

J'ai senti mon cœur s'arrêter puis reprendre comme pour un dernier tour.

La colère a été terrible, c'est-à-dire froide.

— Mais qui vous a autorisée à faire chez moi une telle révolution ?

— Le bon sens. On ne peut rien faire dans un tel désordre : ni écrire, ni se concentrer, ni tout simplement respirer.

— Mais qui ? Qui vous a donné à penser que j'avais envie d'écrire, de me concentrer ou même de respirer ?

Céleste a oublié, je crois, ma présence. Quand elle s'est aperçue, après vérification derrière le canapé et sous le lit, que toutes ses frusques avaient bel et bien disparu, elle s'est trouvée au-delà de l'indignation.

— Vous avez osé toucher à mon linge.

— Il le fallait bien. À force de négliger vos lessives, vous vous seriez retrouvée toute nue. J'ai souri et essayé de maintenir le ton de la badinerie. Mais tout tombait à plat. Il y a longtemps que mon sourire ne fait plus de miracles. Autrefois... Autrefois est bien loin. La vieillesse est un naufrage, la vieillesse est l'enfer des femmes, c'est connu.

— Je n'ai besoin ni d'une maman ni d'une bonne à tout faire.

On m'avait bien dit qu'elle était odieuse. Je ne l'ai pas giflée. Malgré mon âge, j'essaie de rester digne en toutes circonstances. J'ai fait profil bas, regardé le Janus.

Dans un effort d'apaisement, Céleste a esquissé un sourire, puis a cherché un paquet de cigarettes et un briquet. Mais elle a vite compris que tout cela avait disparu, les cendriers aussi. Le ton est monté :

— Où sont mes cigarettes, nom de Dieu ?

— Céleste, je pense que.

— Évitez de penser, ça vous reposera. Rendez-moi mon paquet, je vous prie.

— Je crois bien que l'ai jeté.

Les limites étaient dépassées, et c'est une voix blanche qui m'a déclaré : « Vous me cassez les pieds, J'ai l'espoir de vivre deux ou trois ans, et J'entends fumer immodérément. Filez d'ici. Vous ne mettrez plus, jamais, jamais, les pieds ici. »

J'ai couru chez moi, j'ai cru que j'allais mourir. Je me suis assise sur le lit. J'ai essayé de pleurer, et j'ai pissé.

12 novembre, nuit noire

Depuis quelques jours, je ne suis pas descendue dîner. J'ai fait dire que j'avais attrapé froid. Je ne bouge plus d'ici. Ça jase déjà dans les couloirs. Ils doivent faire mon testament au restaurant, ou m'enterrer autour du billard. Messes basses. Je m'en contrefiche.

Hector se doute de quelque chose. Hier, il m'a écrit dix pages. C'est une déclaration. Il veut qu'on dîne en tête-à-tête, dehors. Il parle de nous changer les idées, d'une escapade à Paris (et d'un hélicoptère qui pourrait se poser sur la pelouse du parc ! c'est un enfant).

Un hélicoptère... Pourquoi pas un carrosse... Il me touche beaucoup, cet Hector, avec ses sous comme une baguette magique. J'ai failli me laisser tenter. Il ressemble à mon père, en plus gai ; peut-être au fils que j'aurais pu avoir, à la place de cette fille dont je n'ai jamais voulu.

Quand l'hélicoptère redeviendra citrouille, ça risque d'être brutal, vu l'âge de nos artères.

17 novembre

Hector, pourquoi pas Hector... Il n'est pas mal, cet homme. Pas idiot, plutôt fin. Un accent qui fait plaisir. Il plaît : les dames sont tout émues quand il est là. C'est quand même autre chose que cet allumeur de Ténorio... Morel aussi a succombé, je crois. Mais Morel a un cœur d'artichaut. Je l'aime bien.

Pour ça, Hector est encore très vert.

18 novembre

J'ai beau essayer de me mettre en tête Hector, je ne pense qu'à Céleste. Céleste, Céleste et encore Céleste. Je suis bête comme à vingt ans.

Je lui cherche des torts. Et elle en a. Ces airs maussades… Cette arrogance… Cette obsession de la dépravation humaine… Ce cerveau à la place du phallus… Ces pulls pas nets, ces chaussettes trouées… Une fois lancée, je n'arrive plus à m'arrêter. Je fais la liste des défauts, stylo en main. Je me retrouve à rire alors que j'étais en train de pleurer.

Exemple :

pédante, cuistre, phraseuse, pontifiante, poudre-aux-yeux…

vilaine, velue, vipère, vacharde, vindicative, vétillarde, vioque, vivisectionniste, vantarde…

invertie, lesbienne livide, sappho bancale, goudou dégoûtante.

Plusieurs alphabets y passent.

Cupidon veille sans doute, qui vient tarir cette fureur au bout de quelques pages et relancer les pompes lacrymales… Je me mets à rêvasser, le désespoir me reprend. Mais comment ai-je pu être aussi bête, me dis-je à voix haute (je gagate de plus en plus)… Cette femme vit seule depuis des années, depuis toujours peut-être, à son rythme. Et je fais intrusion dans son intimité, ce qui est indécent, et je me conduis en servante, ce qui est rédhibitoire. Plus jamais elle ne me respectera.

Je ne sais même pas pourquoi il est tellement important que Céleste me respecte.

27 novembre 2004

Cette femme a pris sur moi un ascendant, et toutes les listes moqueuses du monde n'y feront rien. Claudine Arsine, à qui j'ai eu, l'autre soir, la faiblesse de me confier (décidément, je vieillis), m'a assurée que cette Céleste me menait par le bout du nez. Elle ne s'est pas privée de faire son rapport. On cause beaucoup sur nous, apparemment. Sur mes absences. Aquitaine, le cher Aquitaine, serait très choqué. Il a l'esprit large, pourtant, paraît-il. Elle m'en a mis trois couches. Léonce, elle aussi, désapprouve. Le contraire m'aurait étonnée.

— Qu'ils causent, qu'ils causent, ça les occupe. C'est encore la meilleure façon de se distraire de la mort, non ?

Arsine a eu un regard indigné.

C'est le mot tabou, ici.

Ils m'emmerdent, tous ces vieux. Pourquoi m'a-t-on mise dans ce « Manoir » ? Tout le monde surveille tout le monde, on guette la moindre faiblesse, à la première défaillance, on me lâchera…

Je voudrais partir.

Partir avec Céleste. Hors de Céleste, point de salut.

C'est ça qui me sauve, de penser à quelqu'un.

Minuit

C'est que j'aime tout de Céleste, sa conversation, sa façon de me regarder quand on est seules, sa voix grave, si troublante. Les grains de beauté, le dessin de ses lèvres, la présence forte de son corps, son assurance, son arrogance même, ses phrases immenses, ses digressions maîtrisées, ses silences, ses mufleries, ses jurons, ses petitesses, sa curiosité, ses ruses, sa pudeur, son odeur, odeur de vanille mêlée de vétiver, son sourire sa bouche ses lèvres ses dents un peu écartées sa voix ô sa voix, ses mains ses doigts sa bague ses ongles, ses gestes, ses lubies.

L'odeur de ses cigarettes me manque.

3 heures du matin

J'ai décidé de me saouler tragiquement.

1er décembre

Je dois ressembler à une vieille poivrote. Je préfère ne pas aller vérifier.

J'ai essayé de comprendre pourquoi cette personne m'occupe tellement l'esprit. Je crois que j'ai trouvé : pour la première fois de ma vie, j'avais une amie. Jusqu'à présent, on me l'a souvent reproché, j'ai négligé la compagnie des femmes, et je n'ai connu au mieux que des relations de bonne entente. C'est que je m'ennuyais et m'ennuie toujours à leurs conversations, leurs éternelles récriminations... Qu'elles sont pénibles avec leurs commentaires sur ce que leur font subir les hommes... Quelle scie... Elles sont toujours victimes, si on les écoute. Elles n'ont pas changé.

Au lieu d'aimer les hommes comme ils sont, c'est-à-dire par exemple des animaux affectueux et tout fous, prévisibles mais si drôles. Des joujoux pleins de ressources, en somme.

Et en série, c'est mieux.

Et puis surtout, si elles ne sont pas satisfaites de leur mari ou de leur amant, qu'elles en changent ! Ou qu'elles s'en passent, se débrouillent seules. Elles sont manchotes, ou quoi ?

J'ai mal partout.

Je me désole et me lamente, comme les autres. Je m'apitoie. Je renifle. Une femelle souffrante de plus.

La révélation de ma femellitude m'atterre. Réfléchissons.

En réalité, mon cas est moins grave que celui des autres femmes. Petit un, je ne reproche rien à personne, je me désole de ma stupidité (c'est moins bas) ; petit deux, je ne m'épanche pas, je ne me répands pas chez l'une ou chez l'autre, je pleure seule (là encore, c'est mieux) ; et petit trois, Céleste n'est pas un homme, c'est donc d'amitié et non d'amour qu'il s'agit.

Le petit trois pose toutefois quelques problèmes d'interprétation.

Comment se fait-il que l'amitié, ce sentiment réputé tendre et sage, me jette dans un tel désespoir ?

C'est sans doute l'âge : je suis devenue une dinde sentimentale.

7 décembre

J'ai entendu qu'on frappait. Il était tard.

Céleste n'arrivait pas à dormir. Moi non plus.

8 décembre

Faire l'amour avec une femme, c'est radicalement différent. On pourrait croire qu'il y a surtout des similitudes. On se tromperait.

C'est quand même formidable d'être en vie, même rendu au bout.

6 heures du soir

Cadot vient de m'apporter une lettre d'Ingrid. Je pense que je vais la jeter directement à la poubelle.

C'est étrange, quand même... J'ai découvert dans les bras de Céleste que les femmes me plaisent autant que les hommes. Au moins autant. Mieux vaut tard que jamais. Tous les plaisirs dont je me suis privée, quand j'y pense... C'est bête, avant, ça ne m'avait jamais traversé l'esprit. J'étais la première à faire des blagues stupides sur les homosexuels que je rencontrais. Peut-être que dans le fond, ça me travaillait...

Ça ne s'était pas présenté, je crois. Là, ça s'est fait tout seul. C'était très tendre. Mais avec du frisson aussi, comme à trente ans.

11 décembre

J'espère qu'Hector prendra bien la chose.

Deux heures

Il a voulu qu'on parle.

— Ce qui vous manque, ce n'est pas une maman… C'est pas cette vieille chèvre de Céleste. C'est des petitous (il prononce « petitousses »).

— …

— Des petits-enfants, qui vous feraient plein de poutous (ce sont les bises, dans son patois. Je ne lui ai pas dit que je déteste les gniards, ça braille et sent mauvais, qui me dira le contraire ? Je l'aurais heurté).

— Céleste n'est pas beaucoup plus âgée que moi.

— On lui donne quinze ans de plus.

— Ne me flattez pas.

— Raphaëlle…

— Et ne me parlez pas de famille. Si vous saviez.

— Mais je sais.

Il n'a rien rajouté, et il est sorti. Il ne va pas renoncer.

Noël

Les peines de cœur, ça se porte sur le sommeil, chez moi. Quand Céleste est méchante, Hector, il veut bien me consoler.

Il sait y faire.

Je ne suis pas surprise. Ça se voit tout de suite, quand un homme a ces talents-là. C'est dans la façon de vous regarder. Doux, assuré, mais un tout petit peu inquiet en même temps. Un homme qui ne connaît pas l'inquiétude ne sera jamais bon où je sais. Il ne sera jamais très inventif, si on voit ce que je veux dire.

1er janvier 2005

Je commence mieux l'année 2005 que l'autre. Je pourrais être fatiguée, mais j'ai une forme épatante. Je suis tantôt avec Céleste, tantôt avec Hector, et je ne m'en cache même pas.

Ils ne grognent pas trop, tous les deux, ce sont nos petits arrangements. À nos âges, on vit au jour le jour. Ce que ça a pu faire causer…

2 janvier

Le docteur est venu me voir ce matin, accompagné de deux petits stagiaires qui sont de vraies carpettes. Il souriait mais il avait mauvaise mine. Les gens mangent trop au réveillon. Ils font peur, après.

Jeudi 13 janvier 2005

Le docteur vient souvent me voir. Il a tenté des allusions, Céleste par-ci, Hector par-là, puis m'a fait remarquer que j'allais me faire du mal. Du mal ? Ça m'a fait rire. Ça n'a jamais été aussi bon.

Lui souriait mais ne riait pas du tout. Il m'a dit que j'avais perdu la notion des convenances, que je ne savais plus où étaient le bien et le mal, que j'étais confusionnelle. Je suis très embêté, Madame, a-t-il rajouté.

Je lui ai répondu que nous étions tout de même au XXIe siècle, en pleine postmodernité, et qu'il avait une vision manichéenne du monde qui me paraissait datée. Je suis tout imbibée de Céleste, c'est venu tout seul. J'ai dû lui en boucher un coin.

Pour se venger, il a grincé : Production de type écholalique, nous voilà bien. Il a rajouté : Faudra prendre vos cachets.

J'ai haussé les épaules.

— C'est important, il a fait, l'air fâché.

Je n'ai jamais pris ces saloperies. Ludo me les met dans la bouche, trois fois par jour, mais je les garde sous la langue ou dans la joue, et je les recrache dès qu'il est sorti. Il peut fouiner dans la chambre pendant un quart d'heure, j'attends. Quand j'étais enfant, je pouvais garder très longtemps les pois chiches ou les carottes râpées avant d'aller les recracher.

On n'a jamais pu m'obliger à faire ce qui ne me plaît pas.

On dit que vieillir, c'est retomber en enfance. Je trouve qu'on m'y pousse.

Mercredi 23 février

Ingrid, qui m'avait complètement oubliée, à ce que je croyais, s'est mise à m'appeler plusieurs fois par semaine. Elle veut prendre de mes nouvelles. Elle prétend qu'elle s'inquiète. Ton grave.

Je vais très bien, ma poule, je l'ai rassurée.

Mais ça n'a pas l'air de lui faire plaisir. Elle dit des choses que je ne comprends pas, elle parle à toute vitesse exprès, et elle raccroche. Il y a encore ces histoires de papiers à signer pour l'appartement. Je fais comme si je ne comprenais pas, je parle d'autre chose.

Elle enrage. Elle a toujours eu ce caractère. Ils étaient tous comme ça du côté des Chartres, passons.

Jeudi 3 mars

Céleste a attrapé mal. Ça se porte sur les bronches. Je m'inquiète.

27 mars

Hier ou avant-hier, Ingrid a téléphoné et m'a dit :
— Je suis au courant, pour cet Hector.
— Il est bien gentil, tu sais.
— Tu n'as pas honte ?
J'ai fait comme si je n'avais pas entendu. Quand vous vieillissez, on est bien obligé de vous croire quand vous dites que vous êtes sourd.
— Comment va Baboune.
— Ernestine l'a prise.
C'était ma femme de ménage. Elle était très bien.
— Je suis au courant aussi pour Céleste.
— Comment va Ernestine.
— Tu devrais avoir honte.
— Encore ?
Honte ! honte ! honte ! Elle ne trouvait rien d'autre à dire. Ça avait l'air sincère. Il y a eu ce long silence, j'ai cru qu'elle avait raccroché. Puis elle a raclé sa gorge, elle m'a paru très vieille, la poulette. Elle a fait :
— Comment tu peux encore penser à ça, à ton âge ?
— À quoi tu veux que je pense ?

Mi-avril

Cadot me tourne autour, le docteur aussi.

Samedi 30 avril

Hector a trouvé une position révolutionnaire.

8 mai

Hector cache son Viagra dans une boîte à chaussures. Je me disais bien, aussi. Quel filou ! Je ne lui en parlerai pas.

C'est fragile, le désir.

3 juillet

Cette nuit, Cadot m'a retrouvée au lit avec les deux. On ne faisait rien, on dormait. J'étais au milieu, bien au chaud. Cadot a allumé les lumières en poussant ses grands cris, que c'était plus possible, que c'était une honte.

Vraiment, ils n'ont que ce mot-là à la bouche, les jeunes.

Ludo était derrière elle, et ricanait.

— De quoi, a dit Hector, très fort. De quoi ?

— Oui, Monsieur Hector, il faut se tenir.

Hector leur a fait tout un discours sur les valeurs bourgeoises qui étaient défuntes pendant qu'ils le mettaient dans sa chambre. Céleste hochait la tête. Elle a un peu de parkinson. Quand elle est choquée, ça se voit davantage.

— Si vous continuez, m'a soufflé Cadot quand tout le monde a été sorti, je serai obligée de vous punir.

Quand je dis qu'ils veulent nous faire retomber en enfance.

4 juillet

Mais aimer, on n'a rien trouvé de mieux, pour survivre. Ils veulent vraiment ma mort ? Ou alors, je suis devenue paranoïaque.

7 août

Je suis punie en effet.

Quand on me voit parler avec Céleste, on me prive de manger. Le matin, si je suis trop fatiguée pour me lever, on me fait attendre le bassin jusqu'à ce que je ne tienne plus. Hier, Ludo est allé dire partout que j'étais malpropre. Mme Cadot m'appelle Mémé Pipi devant tout le monde.

On n'est plus grand-chose, quand on est vieux.

15 août

Toute la bande des Aquitaine, Ténorio et compagnie a commencé à me tourner le dos. Ils doivent savoir ce qu'on me fait, ils ont peur.

21 août

Tout va mal. J'étais occupée avec Céleste. Je le dis sans provocation, mais rien n'a jamais pu me faire penser que c'était sale. Rien n'a jamais pu non plus me faire passer l'envie. Ça vient comme ça, de temps en temps. Moins qu'avant, mais quand même.

On se cache, on ne fait plus rien dans les chambres (on nous a pris nos clés). On s'était installées dans la salle de billard, tout était éteint. C'est moi qui m'occupais de mon amie. Elle a des airs, comme ça, de dominatrice, mais elle n'aime rien tant que quand je fais la femme d'action. On avait tout juste commencé quand on a entendu des bruits.

On n'a pas eu le temps de se rhabiller.

Il y avait là le docteur, l'inévitable Ludovic, et Mme Cadot.

Ils nous ont fait traverser tous les couloirs dans cet équipage, et ils nous ont enfermées dans nos chambres.

7 heures

Depuis plusieurs heures, plus rien.

8 heures

J'ai faim. Normalement, à six heures et demie, on est à table, à sept heures, on a fini. J'ai beau frapper à la porte, ils ne répondent pas.

6 heures du matin

Ils m'ont laissé taper toute la nuit.

J'ai peur.

8 heures

Mme Cadot est passée avec son air mécontent. J'ai dit que je voulais voir Hector.

Elle a ri.

— Il est mort.

18 septembre

Je suis malade depuis plusieurs jours, mais on continue à me priver de manger. J'ai peur de devenir folle. Parfois, j'appelle Hector de toutes mes forces. Ludo me fait des piqûres. Mais j'appelle quand même.

Céleste ne se montre plus.

Est-elle morte, elle aussi ?

Sans date

Ils avaient arrêté le chauffage.

Pour m'empêcher de taper quand ils m'enfermaient, ils m'ont attachée.

Ce n'est pas humain ce qu'ils m'ont fait.

Ils m'ont laissée plusieurs jours attachée, sans me changer. *(Illisible.)*

Je me suis dit, ma fille, t'es cuite, tu vas crever dans tes ordures.

Je criais tellement qu'au bout d'un moment ma voix s'est cassée.

Dès que la voix est revenue, j'ai recommencé à crier.

Un soir Ludo est entré. Il avait l'air de celui qui n'en peut plus. Il m'a fourré des chiffons dans la bouche et il m'a regardée droit dans les yeux.

Si tu bouges, je te tue.

15 novembre 2005

C'était Ludo qui me tapait et me malmenait. Je ne dirai jamais tout ce qu'il m'a fait. Elle est là, la honte, si on me demande mon avis.

Les autres, Cadot, le docteur et ma fille, ils étaient juste au courant. Ils laissaient faire.

Et pendant tout ce temps, je ne pouvais pas écrire. Peut-être que c'était ça, le pire.

Une nuit, la porte s'est ouverte, et quelqu'un est entré sans allumer.

J'ai tout de suite pensé que c'était Ludo qui revenait avec le sac plastique. Il me le mettait sur la tête et me disait : Si tu fais la méchante, je te le laisse attaché autour du cou, et tu seras morte en cinq minutes, ni vu ni connu.

Mais ce n'était pas Ludo, c'était Hector. Je savais bien qu'il n'était pas mort, mon Hector.

Je lui ai raconté tout ce qu'on m'avait fait. Je pleurais tellement qu'il devait avoir du mal à me comprendre. Il a pleuré, lui aussi. Il regardait les traces de coups et de brûlures sur mes bras et mon ventre, il a vu les escarres. Je ne devais pas sentir la rose mais il m'a prise dans ses bras, et il m'a dit : J'ai eu mon avocat, il s'en occupe.

Je secouais la tête. Je me demandais si je n'avais pas perdu la raison. Je pensais que tout était fini. Faut savoir finir. Hector a réfléchi un moment, puis a murmuré : « Il nous faut des musclés. On va leur montrer. »

Avant de partir, il a hésité, puis il m'a rattachée. Qu'ils ne se doutent de rien.

C'est comme ça qu'il a pensé à Ferri et Lino. Ils sont arrivés quelques jours plus tard, avec Rhésus.

SELON CÉLESTE

Depuis longtemps je suis passée de l'autre côté, celui de la fin. Je n'ai jamais beaucoup aimé vivre, aucun talent pour ça. De mon temps, on enseignait aux enfants à marcher droit. À jouir du temps qui passe, jamais. Mon temps a passé, j'ai marché au pas souvent, erré quelquefois, et fort peu joui des biens ou des femmes que je possédais.

J'ai donc réglé mes affaires, coupé tous les ponts. Bazardé les appartements et terrains dont m'avaient encombrée divers héritages, et confié brouillons, manuscrits, cours, articles, correspondances et notes de teinturier au conservateur de l'Arsenal, être un tantinet falot qui n'a guère songé à m'en remercier. Je n'aurai publié qu'un livre, si l'on excepte la présente crotte, mes *Amazones* que j'ai eu la sottise de renier. Je voulais tout brûler, à une certaine époque ; ce que j'écrivais me paraissait amphigourique, bilieux, inutile. Et dans le même temps, tellement supérieur à ce qui se pissait autour de moi… Même la misanthropie, cette sale case où l'on a tenté de me coller dans la promiscuité des Alceste, La Rancune et autres Jean-Jacques, m'est odieuse. Lorsqu'on m'a attribué le Renaudot, j'ai gueulé comme de bien entendu : fallait-il que le jury fût aveugle pour m'ainsi limiter ! Il me fallait le Prix, ou rien... Évidemment c'est un scribouillard mort et oublié qui a reçu ce fameux Goncourt, un petit monsieur bien en cour qui avait gourmettement léché tous les anus qu'on lui avait tendus. Il paraît que je l'ai giflé, mais je n'en ai plus le souvenir. Les souvenirs se superposent aux récits, je m'y perds, dommage.

Il faut croire que j'avais des accès, jeune.

J'avais tout dit, anyway... J'ai fui dans mon Harar, une petite propriété de famille du côté de Menton. Pas beaucoup de trafic d'armes, là. Et même personne, l'hiver. Je ne faisais plus rien, marchais le long des flots gris. À chacun ses sables...

Mon silence ne fit pas long bruit. On glosa. On m'oublia.

Quand je me relis, tout de même... Ce que j'ai pondu avait de la gueule. Mais c'est tellement fastidieux, d'écrire, passé les premières lignes qui s'imposent — tellement épuisant. Je m'y tuais. Bien sûr il y avait — je me souviens, je le sens encore — ce frisson, parfois, lorsqu'une phrase belle, déliée, sur la page venait s'inscrire. Comme pour m'accorder d'être contemporaine de moi-même... Contemporaine mon cul ! Je ne vais pas céder sur le tard à la complaisance ! Pas comme ça, Fontechevade : en rase campagne ! Au sabre, vieille carne, l'attendrissement sénile !

Un livre, un seul, donc, mais que de paperasses dans mes armoires... Des bouts ici et là, certes au-dessus de la plupart des produits finis d'aujourd'hui, mais enfin des bouts. J'abandonne le paquet : trop tard. La postérité s'occupera de mes manuscrits, je n'en doute aucunement. Lectrices dans cinq cents ans (car je ne veux que des lectrices), saurez-vous retrouver ces blocs à peine ciselés de ma main désinvolte dans la gangue fétide que fut mon « contexte littéraire », jamais mieux nommé ? Car il y a bien longtemps que l'on ne publie plus que de la merde, chez nous. La France, qui compte presque autant d'écrivains que d'habitants, est devenue une véritable fosse à purin. On suffoque.

Je confesse avoir beaucoup de vices (car seul le vice possède quelque efficacité en ce monde), mais non celui de la scatophilie. Ayant l'estomac fragile, je m'abstiens de toute lecture depuis plusieurs décennies.

Comment parler même de décadence, dans ce XXe siècle si pauvre en talents authentiques — je ne dis pas génies, il n'y en eut guère. Proust savait faire, soit. Céline avait des couilles, et les mettait sur la table. Il cherchait les ennuis. Et le Sartre des *Mots* n'était pas sans astuce. Et puis... Et puis, rien. Le reste n'existe pas. Bon, Perec, pourquoi pas (et encore : j'ai relu, il y a quelques années. Un certain sens de la construction, soit. Mais des faiblesses, tout de même, des facilités, un défaut d'information impardonnable...).

Depuis, le roman est mort. Il n'a pas résisté à la vague bien creuse du « nouveau ». Il est devenu ignoble et répugnant. Vérole, galopante vérole des mégoteurs autour de ce rien qui devait suffire à faire LE livre arrimé sur la très phallique « force du style », vérole des raconteurs d'eux-mêmes, des contemplateurs de leur Moi si original, pire, des observateurs de leurs désastres. Ignominie, surtout, de l'autofiction pleurnicharde, indigeste et faisandée... Au diable ! Je sais pourtant qu'il faut, qu'il faudra encore quelque temps des Confessions aux peuples idolâtres. Ironiquement je livre celle-ci, plus ou moins dans le goût du jour, et bricolée à la hâte :

pourquoi se fatiguer ? Plus personne ne prend le temps de lire.

Du rapide et du simple…

J'exècre le temps des décérébrés.

Plus rien écrit depuis longtemps, donc, et presque plus lu. Je me suis organisée : j'ai d'autres divertissements. Je regarde des DVD — westerns et kung-fu de seconde bourre, et pornos de première. Et surtout : JE JOUE. Je mate et je joue. Je joue, j'existe.

On m'a abandonnée à ma bile noire, pensant que la plupart du temps, dans ma grotte, je dormais. Que nenni : toutes lumières éteintes, sans bruit, je passe mes jours, mes nuits, à délicieusement faire exploser mes scores, j'escagasse, humilie, réduis, aplatis, enschtroumpfe et nique à sec et tire sur tout ce qui serait d'humeur à bouger. Fire ! Fire at will ! Je largue grenades, bombes incendiaires, balles traçantes… Go for the kill ! Doigt sur la gâchette, ce sont des chargeurs entiers de rage… dumdum !… que je vide. Des blessures écarlates et noires éclatent dans les chairs superbes. Je fauche les hordes à l'assaut.

Tobogannons pour l'enfer…

Le Dr Muret m'a confié ses inquiétudes en louchant sur ses chaussures. Un défouloir, pourquoi pas, mais enfin… « Est-ce bien de votre âge ? Toute cette violence… Cette hémoglobine par hectolitres virtuels, ces bestiaux et ces humains que vous trucidez en riant, ces tronçonneuses si aiguisées, ces fusils à pompe prêts à décharger... Vous allez vous faire du mal, clamser d'infarctus... couic !... ou rupture d'anévrisme...

— Faudra bien y passer, Doc, lui ai-je reparti, autant donc que ce soit à un moment où mon joystick éjacule ses précieuses munitions. »

Ses yeux roulaient : effroi ou excitation. Ludo, à côté, ricanait.

Pour rassurer Muret, j'ai dû lui improviser tout un cours à ma manière : la fonction de prothèse mentale qu'exerce le jeu, la métaphore des vies que l'on perd puis gagne... « Rends-toi compte, Doc, que je me survis chaque jour davantage et bien moins que demain... Je suis un phénix quotidien. Immortelle ! À quatre-vingt-dix balais ! Je me subsume... Nieras-tu, Muret, le véritable, l'indubitable intérêt thérapeutique de ma petite manie ? »

Il en a convenu, et même envisagé de médicalement m'observer pour rédiger quelque petit essai important sur les bénéfices narcissiques de l'agonistique virtuelle. Titre : « Les consoles consolent ». Voilà qui est grand. Ludovic opinait d'un air fin. Ce Muret ira loin. Il refilera mon cas à un étudiant nécessiteux qui suera sang et eau à pondre une lourde thèse truffée d'idées excellentes mais invalidée par quelques maladresses. Le gros opus ira s'empoussiérer dans une bibliothèque, au mieux sera débité en mille invendus à compte d'auteur. Il ne restera plus au mandarin, le deuil passé, qu'à en tirer un bref mais brillant article. On applaudira. Il se hissera. Sans moi. C'est couru. M'en fous.

Revenons à mes jeux. « Nos appétits sont rares en la vieillesse... » Je cite Montaigne, qui se trompe rarement. Que me restait-il en fait d'appétit, avant de rencontrer Raphaëlle, puis Hector, puis Rhésus, sinon le goût de la guerre, le plaisir de voir s'écouler le sang pixellisé ? Mais puissant, celui-là.

Avec Raph pourtant, il s'y est mêlé autre chose. Ça m'est tombé dessus.

Je n'ai pas recherché Raphaëlle. Dans ses rêves seulement... Moi qui, jadis, avais tant aimé conquérir, ce n'était pas la femme que je courais, je n'en eusse pas voulu si elle avait été offerte. Raison pourquoi on aime mieux la chasse que la prise... J'ai constaté en effet que les femmes sont des hommes comme les autres, basses et prévisibles et décevantes, et il y a longtemps que je me suis lassée de mes trophées. Les rages, les débauches, la folie, dont je sais tous les élans et les désastres — tout mon fardeau est déposé. Les exultations du corps, l'idée même du désir : quel sens peuvent-ils avoir, lorsqu'on se sait gangrené jusqu'à la moelle ? L'orgie et la camaraderie des femmes m'étaient interdites.

Plus la Raphaëlle m'a poursuivie, plus je me suis appliquée à la fuir. Envie de ne parler à personne, de toute façon, écœurement pour tout ce qui n'était pas oubli de soi dans le divertissement solitaire. Console, porno, PC, porno, etc. Une branlette les jours fastes. Un peu monotone, à la longue.

Début 2004, coup de théâtre : Hector est arrivé. J'ai entendu tout un ramdam, en bas. Des cris, comme si l'on se battait. J'ai reconnu l'odeur du sang, de la poudre et des combats. Des vrais. J'ai pris mon stick des Indes. Je suis descendue.

Hector entrait. Et c'est avec les égards dus à un plénipotentiaire que l'intendante le recevait. L'homme était précédé de sa réputation forgée à la hâte par les médias, qui l'avaient baptisé le « papet du Loto »... Je me suis frayé avec mon stick un passage parmi la horde des vioques, pour ne pas manquer le début de la partie. Tout en courbettes et en hyperboles, Mme Cadot lui a fait les honneurs du domaine, comme si l'autre en était le futur propriétaire. Avec le recul, ce n'était pas idiot : Hector, après tout, aime la blague et le capital foncier.

La vulgarité s'invitait au château. Six paparazzi se bousculaient à la grille du domaine : Ludovic, commis portier et déguisé en groom, s'est montré intraitable. Dommage, nous aurions eu droit à quelques horions apéritifs... Quel tumulte ! ça mitraillait, ça vous appelait Hector par-ci, Hector par-là... J'ai senti pulser en moi le sang de mes vingt ans : Hector, le fils de Priam, qui fit un grand carnage de Grecs, rendez-vous compte ! Ça ne s'invente pas. Il ne lui manquait que le baudrier d'Ajax. Je bandais tout en me marrant. Et la piétaille piaillait... Bousculait... C'était à qui ferait le meilleur cliché du Papet entrant dans sa dernière demeure. Vivre un conte de fées, un pied dans la tombe... Tout le monde en a raffolé, de ce *concept*. Il s'est prêté à toute cette foire. Il faut convenir qu'il était photogénique, sur le perron, solide et fier, vêtu de son smoking blanc imitant la soie sauvage et mâchonnant une allumette. Un geste improbable, à mi-chemin entre la *Royal wave* et le poing levé, et il était parmi nous.

Cadot avait mis le paquet. Hector paraissait hésiter, comme s'il était frappé par la magnificence du

Manoir. Brave bête naïve. On aurait dit qu'il se retenait pour ne pas applaudir, enfant devant un manège bariolé. Il a marché, comme dans un rêve, comme dans un livre.

Beaucoup, ici, ont jugé sa tenue voyante. D'autres l'ont déclaré très peuple. Il y a eu, convenons-en, de la condescendance dans certains sourires. Mais ni les sarcasmes ni le mépris n'atteignaient Hector. Tout ce qui ne l'abat pas le fortifie, comme il aime à le dire. Cadot l'a confié pour finir à Ténorio Poquès, le populaire et redoutable Ténorio (il entretient un accent espagnol ridicule, avec un succès affligeant). Et le Ténor, très urbain comme toujours, a entouré de son bras les épaules du nouvel entrant, traversé ainsi dans le sens de la largeur la salle de bal, et d'une légère impulsion de l'avant-bras l'a fait volter vers la table du fond où régnait une intéressante agitation. J'ai suivi, et nous sommes passés sans nous arrêter devant la Galuchat et sa bande de brebis, puis avons marqué un arrêt devant l'autre clan, saluant Claudine Arsine qui a répondu d'un haussement de sourcil ébauché, puis Léonce, une Malon de Roquefeuille, très fin de race, la pauvrette, quasi en phase terminale, et qui à la vue d'Hector a rougi jusqu'au blanc des yeux. Venait ensuite cet escogriffe d'Aquitaine, tout en profil et en médisance, emmitouflé dans son éternelle pelisse de zibeline et qui se prend, le malheureux, pour un poète. Arrivant enfin devant Raphaëlle autour de qui se tortillaient quelques vassaux, Ténorio a lancé, de ce ton un peu trop autoritaire que prennent parfois les vieux beaux devenus durs d'oreille : « Permettez-moi de vous présenter la Princesse Raphaëlle de Chartres, Monsieur Torregrossa. »

Mais Raphaëlle regardait ailleurs, juste derrière lui.

Elle me regardait.

Tout m'a surprise : les gestes décidés et les regards sans détours, la distinction, la féminité presque intacte, fragile et déterminée, l'élégance sans concession de la mise, en un lieu où chacun et malheureusement chacune finit tôt ou tard par se résigner au laisser-aller, au négligé, au fripé et au malodorant. Pas trop de ventre, ma foi. Quoi encore ?

Ce mélange de gaieté folle et de tristesse qui n'appartient qu'à elle.

Et je ne sais quoi d'imperceptiblement masculin.

Ténorio et Aquitaine ont eu un regard de connivence dont le sens n'a pu échapper à personne. Morel a ajusté sa perruque, s'est raclé la gorge, et a constaté avec ironie qu'il n'était point besoin de nous présenter et qu'il paraissait que nos réputations nous avaient favorablement précédées dans l'esprit de l'autre. J'ai dit sans sourire que pour ma part, je ne pouvais avoir aucune incertitude, mais qu'il fallait que je me présente : « Je suis Céleste. » Raphaëlle a été prise d'un accès de timidité, et a bien failli me tourner le dos et partir, mais elle s'est reprise, s'est déclarée enchantée, a rougi, balbutié, puis s'est tue.

Son silence inédit a fait frémir d'excitation ragoteuse Morel, Aquitaine et Ténorio tout ensemble, de répulsion cette sotte de Léonce, et de rage Arsine, coing rabougri.

Et, de déception jalouse, le bel Hector : il avait raté son entrée, son charme n'avait aucunement opéré, et une vieille oubliée lui avait volé la vedette.

Il avait perdu une bataille.

J'avais ma guerre.

Faire l'amour à Raphaëlle s'entendit donc avec un regard armé sur Hector. La vigilance guerrière, la réflexion stratégique, le contrôle de soi et des autres augmentaient les plaisirs parfois fades de la chose.

Après quelque temps passé à nous éviter avec ostentation, puis à ne nous approcher qu'en public, nous avons commencé, Raphaëlle et moi, à nous voir parfois seules. Comment sommes-nous devenues inséparables, je ne sais. Ce ne fut pas une partie tranquille. Nous nous sommes disputées, souvent. J'ai horreur de toutes les bassesses qui peuvent se dire dans ces occasions-là. Plusieurs fois, nous avons failli rompre tout à fait. Mais Raphaëlle me revenait, toujours.

Un soir, j'ai oublié après quelle fâcherie, elle vient frapper, tard.

Terrible à voir, les yeux rougis, battus. Pauvre folle… Je ne sais pas ce qui me prend, je lui ouvre les bras. Elle se blottit contre moi, avec cette douceur désarmante qui ne devrait pas me plaire, mais me plaît pourtant. J'embrasse alors, mécaniquement, affectueusement, ses joues, sa bouche. Nos mains s'égarent, et la lectrice s'insurge.

Je ne suis pas loin de partager sa révolte. Faut-il vraiment que l'autobiographie relate tout par le menu ? Qu'on y mate deux vieillardes se baisouillant ? Où a-t-on vu qu'il est indispensable que ces deux ancêtres se déshabillent sous nos yeux ? Sans compter qu'il est curieux que la gouine l'emporte sur le sympathique Hector... Ne pourrait-on zapper cette épreuve ?

Vite, au singe ! Rhésus, viens ! sauve ! divertis ! Sors-nous des épouvantables représentations de l'âge !

D'où vient, d'ailleurs, qu'il se fait attendre ? N'est pas Godot qui veut... Pourquoi n'en a-t-on pas vu la première grimace ?

Récapitulons : depuis le début, des vieux et rien que des vieux ou des vieilles, eux aussi dans l'attente. Et l'on t'infligerait maintenant, Lectrice, une description en règle de corps décharnés et concupiscents se livrant à d'inconcevables débauches ? Des mains tavelées, aux veines turgescentes, aux ongles incarnés, et secouées de hoquets plus ou moins parkinsoniens, vont donc, sous tes yeux horrifiés, s'agiter, et précisément dans le sens du plaisir ? Où va-t-on ? D'abord : a-t-on le droit de se branler quand on tremblote ? Un sein ptosé se caresse-t-il ? Ces corps qui évoquent la chassie, la morve, la bave, les sphincters en déroute, les humeurs glaireuses et la décomposition proche vont-ils, vraiment... ?

On brutalise ton œdipe. On te donne à voir une dame qui pourrait être ta maman, et elle se dévergonde avec une lesbienne féroce. Voudrait-on te traumatiser ? Et pour commencer, est-il légitime que copule un corps infertile ? Lectrice ! Tu m'en poses, des questions...

Es-tu cependant honnête, hypocrite lectrice, quand tu t'offusques ?

Je reviens donc à ma première nuit avec Raphaëlle. Tu te doutes bien de ce qui se passa. Des murmures, des craintes, des caresses, des pudeurs, des abandons, de l'action, et des pleurs de joie. Les mots maladroits de la passion. Tu sais bien que même au bord de mourir tu auras envie d'être aimée et caressée.

Il est probable que tu n'as jamais envisagé que le caressant soit une caressante, mais une caresse est toujours une caresse. Tu n'as pas l'esprit étroit, entre nous tu peux l'avouer.

Nuit d'amour, donc.

Et je t'entends, Lectrice délurée, me murmurer à l'oreille avec des airs de ne pas y toucher : dis-moi comment les femmes font l'amour ensemble.

Mais je ne sais pas, en fait. D'une femme l'autre, est-ce jamais pareil ?

Hector, on s'en doute, n'était pas d'accord sur le fond : Raphaëlle aimait les hommes, et il s'y connaissait. Quelque chose dans le regard. Il suffisait de la laisser venir. Tôt ou tard, elle se lasserait de ces toquades saphiques. Inutile donc d'attaquer de front. Etc. Le con... L'espérance le faisait vivre.

Je le surveillais du coin de l'œil. Il marchait de biais, en crabe, vers sa proie. Cheminements compliqués, pinces prêtes à s'agripper. Il a décidé d'agir sans bruit. D'utiliser diplomatiquement sa fortune toute fraîche, pour gagner du terrain. Il y avait à faire, l'administration du Manoir étant abandonnée par Christopher, le directeur — un jeune coq prétentieux et incompétent toujours occupé ailleurs —, à la tristement célèbre Mme Cadot. C'était à se demander ce que devenaient les sommes exorbitantes que nous déboursions chaque mois. Certes, l'entrée, les salons, le parc, tous lieux de visite, présentaient bien. Dorures, chichis, partout. Mais les chambres… À peine chauffées : on grelottait dès octobre. En février, la pneumonie menaçait. Quant à la décoration… Les rideaux pendouillaient, les peintures, datant de plusieurs décennies, se desquamaient misérablement. Ampoules grillées une fois sur deux. Bien des chaises bancalaient, les lits grinçaient.

Le pire, il faut bien le dire, était les repas. Hector, qui avait tendance à se reporter affectivement sur le contenu de son assiette, a dû constater qu'ils étaient invariablement maigres. On crevait de faim. Littéralement : La Guéronnière, décédé avant l'arrivée d'Hector qui avait pris son appartement, n'avait pas survécu à ses carences, tout le monde vous le disait. Dénutrition, et pfuit.

On se serait cru revenu aux restrictions d'après-guerre.

On a donc vu Hector Torregrossa partir à l'assaut des réfrigérateurs comme autrefois des coffres-forts capitalistes. Ludo, informateur peu coûteux (depuis que je suis là, je lui refile quelques pornos ou jeux vidéo dont je me suis fatiguée, quand il a bien travaillé), m'a rapporté le détail de ses menées initiales. Il a organisé dans sa chambre une « cellule de crise », convoquant solennellement Ténorio, Morel et Aquitaine. On notera qu'il s'est bien gardé de me convier.

— Enfin, mes gaillards, vous subiriez indéfiniment une telle escroquerie ?

— …

— Un tel scandale ? (Avec l'accent d'un Marchais en meeting à Béziers.)

Mais les gaillards ne l'étaient plus tellement, et s'étaient fabriqué une résignation prudente : si on mécontentait la Cadot, les représailles étaient certaines. Ils gardaient pour toujours le souvenir de l'hiver qui avait suivi la descente de l'huissier dépêché par ce pauvre La Guéronnière. Aquitaine avait bien failli y passer, et refusait depuis d'ôter sa fourrure mitée. Nos os ont vite froid, il reste si peu de chair, autour.

Hector leur a rappelé, et qui pourrait l'en blâmer, la onzième des thèses sur Feuerbach : les philosophes n'ont fait qu'interpréter diversement le monde, ce qui importait, c'était de le transformer. Ses interlocuteurs, peu habitués à la lourde métaphysique allemande, ont parlé d'un billard. Ténorio soupirait : « Abuelito, abuelito... », tandis qu'Aquitaine faisait son Don Diègue.

C'était parfait, après tout : Hector pouvait agir seul sans fâcher les piliers de la bande. À l'attaque.

Pour autant, il n'est pas parti seul affronter la Cadot. Déçu par ses alliés naturels, il a cru malin de m'impliquer dans l'affaire, comptant probablement sur mes mines peu commodes pour ébranler l'administratrice, et ne dédaignant pas de me compromettre tout en me retirant la vedette. L'entrevue m'amusait. Ma partie d'échecs avec ce rival prêt à tout pour me voler mes restes — les beaux restes de Raphaëlle — se pimentait si je lui laissais prendre ce maigre avantage... Je n'ai pas été longue à trancher : « Soit, mais je parlerai peu. »

Un Christ était accroché au mur.

Tout a débuté sur un ton cordial. Mais l'intendante a pris des mines désolées lorsque Hector a dressé la liste des problèmes à régler. Les caisses étaient vides. Mieux, ou plutôt pire, Mme Cadot allait devoir emprunter. Elle lui a avoué ce point les larmes aux yeux.

Hector, emballé par cette situation de combat d'un genre nouveau, bandait déjà comme en pleine manif. Il a tapoté la main de cette grande sensible, et lui a souri d'un air engageant.

— Dites-moi si je me trompe, Madame. Vous portez bien Shalimar ?

— On ne peut rien vous cacher, Monsieur Hector, lui a-t-on avoué en rosissant.

Et dame Cadot lui a donné toutes les explications qu'il demandait. Primo, il avait fallu refaire la toiture. Une fortune, il s'en doutait. Deuzio, le chauffage central était presque centenaire, il avait été très mal entretenu, et l'eau très calcaire entartrait les canalisations, qu'il fallait changer tous les dix ans. S'ensuivaient diverses désolations, froid certes, mais aussi humidité... Elle avait dû refaire elle-même certaines tentures rongées.

Ce domaine était un gouffre.

Par ailleurs, on la payait ridiculement mal, au lance-pierre. C'était presque par charité qu'elle restait là, on s'attache.

— Je vois, je vois, a encaissé Hector. Mais le ricanement intérieur était puissant, et le clin d'œil qu'il m'a lancé alors signifiait, dans son langage de parvenu : par charité, qu'elle restait, la Cadot ? Elle ne ramonait pas pour la suie, cette poupée, il le voyait gros comme ses augustes fesses. La toiture, il le savait, avait été payée par les Monuments historiques.

Tandis qu'elle feignait de s'absorber dans des calculs compliqués et furetait dans ses dossiers, il m'a glissé : « À votre avis, combien veut-elle, la gourmande ? »

Beaucoup. Énormément. Si je n'étais intervenue, il y aurait laissé tous ses précieux millions.

J'ai chaussé mes lunettes, retrouvé une fiche dans l'une de mes poches : « Les besoins protéiques de l'alimentation du sujet âgé sont proches de ceux du sujet jeune. Tout déficit protéique met gravement en danger le métabolisme et compromet le diagnostic vital. »

Hector a abondé avec de grands gestes pagnolesques : « Rabiotez si vous le voulez sur les tomates et les concombres, sur les terrines de légumes et autres jardinières et laitues que vous nous faites brouter midi et soir. Mais sur les viandes et les saucissons, jamais.

— Vos vieux estomacs ne supportent plus tout cela, a coupé Cadot d'un ton mi-grondeur mi-médical. Soyez raisonnable, Hector. Un peu de jambon blanc de temps en temps, si vous insistez. Du poulet poché, le dimanche, voilà… Broyé, et mélangé à des pommes de terre en purée…

Elle ne voulait vraiment rien entendre. Il fallait mordre.

— Souvenez-vous de La Guéronnière, Gisèle », ai-je suggéré.

Un silence a plané.

— Mais, je me souviens parfaitement de Monsieur l'Ambassadeur, Madame Fontechavade, que voudriez-vous…

D'un ton plus haut, je l'ai aidée : « Victor Dubreuil Hélion de La Guéronnière a fait en 1997 une chute brutale en descendant les escaliers glissants qui conduisent au fumoir. Traumatisme crânien, maux de tête, impression de vertige, nouvelle perte d'équilibre (sur les escaliers glissants du perron), sensation d'engourdissement de la moitié droite du corps et... »

— Mais, s'est indignée la gestionnaire dont le maquillage virait, je ne vois pas pourquoi vous tenez à me rappeler des souvenirs si douloureux...

On ne pouvait plus m'arrêter : « Apparition secondaire d'un trouble de la vigilance, mémoire de plus en plus déficiente, épisodes agressifs : on a diagnostiqué une démence précoce de type alzheimer.

— Il était fou, en effet.

— Non, Madame. Il était affamé. Af-fa-mé ! Par ailleurs, ledit La Guéronnière fut privé de repas trois jours de suite pour vous avoir griffée.

— Jusqu'au sang, Céleste. Il fallait bien le calmer, il avait perdu tout sens commun. Il m'aurait tuée.

— Vous l'avez tué. Il mangeait trop peu depuis trop longtemps, comme tout le monde ici, et quelques jours ont suffi à l'achever. Muret, qui l'avait examiné après sa troisième chute, liée cette fois à une dénutrition caractérisée, avait conclu à une hypotonie, une atteinte de l'appareil locomoteur, divers troubles digestifs — et notamment une diminution du péristaltisme qui a entraîné une stase digestive, laquelle a favorisé une pullulation microbienne à vous faire crever un bœuf. Dénutrition, coma, convulsions : une semaine plus tard, dans des douleurs épouvantables, il s'éteignait. »

Gisèle Cadot a replongé le nez dans ses calculs, tandis qu'Hector levait le pouce dans ma direction en signe d'approbation.

Il ne lui restait plus qu'à enchaîner : « Et tout cela, ma Gisèle, à cause du catabolisme protéique. Les protéines, Gigi, les protéines... Calculons », a-t-il fait en tapotant de l'ongle la feuille abandonnée par l'intendante.

Madame Cadot nous a tendu pour finir une feuille au bas de laquelle figurait une somme soulignée d'un double trait rouge.

— Pour le chauffage et les repas, je présume ? a chuchoté Hector.

— Vous plaisantez. La température seulement. Si vous vouliez vraiment gaver vos amis, il faudrait multiplier par deux ce devis.

— Gavons, gavons. Et la somme s'entend…

— Mensuellement, comme convenu.

C'était délirant. Inconvenant.

Hector n'a discuté sur le montant que pour la forme — une broutille après tout… En conclusion, il a déclaré : « Pour que notre entente soit parfaite, ma Gisèle, vous nous ferez désormais servir, à tous les repas, des nourritures qui tiennent au corps. Gigots, magrets et charcutailles. Et en abondance bordeaux et bourgogne des meilleurs chais. Ah ! plus jamais ces bibines californiennes ou australiennes qui déshonorent votre établissement.

— Vous voulez les achever, a gémi l'intendante.

— Les achever pantagruelliquement, Madame. »

Gagné… Je dois bien convenir que, pendant quelque temps, nous n'avons eu ni froid ni faim.

Raphaëlle, qui a toujours eu la reconnaissance du ventre, portait désormais son Hector aux nues.

Il ne s'en est pas tenu là.

Hector nous changeait donc la vie à grandes giclées de millions. Notre trésorier jubilait, persuadé de pouvoir ainsi gagner le cœur de sa princesse. Ce revirement, je le sais, eut néanmoins d'autres causes. C'est encore et toujours du périnée qu'il faut partir : Raphaëlle, bien que goûtant fort nos exercices, voulut vérifier ses préférences. Why not ? Autant savoir… Si elle était vraiment homo, alors tout son passé donjuanesque hétéro s'éclairait d'une dérision rétrospective, il me semble. En femme d'action, comme elle aime à dire, elle eut une aventure avec Hector. Il la combla à la papa.

Je m'en foutais. J'avais un peu la paix pour faire quelques parties en réseau.

Mais pour la bi néophyte, une autre vérification, de mon côté, s'impose alors. Va-et-vient répétés. Ces mœurs volages font scandale au Manoir. Raphaëlle en rajoute et nous embrasse publiquement et alternativement. Cadot s'en émeut. Il n'est pas impossible qu'il y ait des fuites dans une presse de bas étage et même un entrefilet dans le très gâteux *Point de vue Images du monde*. Ingrid, sa fille que nous avions oubliée, rapplique pour s'en mêler. Elle menace de déplacer d'autorité Raphaëlle pour faire cesser un scandale qui entache le nom de la famille. Raph lui fait la nique. Ingrid surgit de grand matin pour emmener la récalcitrante. Elle la trouve dans le lit d'Hector, qui la chasse en la menaçant de la violer haut et court. Qu'à cela ne tienne : elle s'entoure d'un psychiatre et d'un avocat et fait, comme on dit aujourd'hui, monter la pression. Raphaëlle résiste. Ingrid, à court d'arguments, envoie la maréchaussée. Icelle charge au petit trot vers le Manoir. Hector, Ténorio, Morel et Aquitaine apparaissent sur le perron, clopinent vers l'ennemi et font barrage de leur corps. À la vue de ces quatre vieillards exaltés, proches de la cyanose et goguenards (Morel agite sous leur nez sa blanche écharpe de soie comme un étendard d'opérette), le capitaine Percepied, de la Gendarmerie mobile, est estomaqué. Ses hommes craignent la bavure et baissent les armes : Hector Torregrossa, qui ne se prive pas de traiter les assaillants de couilles molles, lève les bras au ciel dans un geste de bonheur, comme acclamé par les hourras imaginaires d'un peuple prêt à porter son chef de guerre en triomphe. Excellente photo pour *Le Nouvel Observateur* qui titre en couverture : « Le sexe des seniors : le dernier tabou ? »

À Paris, en province, des vieux de tous bords se marient ou se pacsent. Un débat sociétal est lancé.

Quelques salaceries dans une émission dont tout le monde parle : le saphisme est le sujet du jour. *Playboy* me demande une nouvelle. Je l'écris (*De la conversion*) mais préfère la donner aux *Inrocks*. *Têtu* fait enfin un dossier sur l'orgasme clitoridien. *Elle* obtient plusieurs témoignages *people* sur la bisexualité. Ils ont un certain retentissement. La presse *straight* prend le train en marche et surenchérit : tout le monde est bi.

Sauf peut-être les pédés, modalise *Têtu*.

La mode jeuniste à fait long feu. L'ordre hétérosexuel ne règne plus sur la France pour longtemps.

Nous avons décidément replongé dans la guerre. Avec délices. C'était, il me semble, un an ou deux avant les présidentielles. Les candidats s'affrontaient déjà, mais l'issue étant sans surprise, les caméras préféraient se braquer sur nous qui inventions de séniles transgressions.

Le Manoir devenait une nouvelle Troie.

Ingrid exigeait que sa mère quittât les lieux. Pour toute réponse, Raphaëlle riait aux larmes et se livrait à toutes les voluptés.

Des chiens de paparazzi rôdaient sous les remparts.

En dépit du barouf médiatique qui avait érigé sa mère en icône bi postmoderne, Ingrid ne désarmait pas. Le déshonneur, l'opprobre et le ridicule avaient porté à leur paroxysme son tempérament belliqueux. « Nous arrivons au scandale », disait-elle partout où on la recevait encore. Elle se trouvait dans une disposition d'esprit que je qualifierai de sanguinaire. À l'âge où les mères ont le bon goût de mourir ou tout du moins de se faire oublier, sa vieille s'amourachait d'une tribade et s'exhibait dans la presse populaire au bras d'un bolchevik.

Me Rochefide lui déconseilla le placement en psychiatrie : Raphaëlle allait encore passer pour une martyre de la *cause gay*... Mieux valait la convaincre de rentrer à Paris, puis la transférer dans une institution aux mœurs mieux réglées lorsque l'affaire serait sortie des esprits — la convaincre nuitamment.

À deux heures trente du matin donc, un lundi de septembre, Ingrid, avec la complicité de la gestionnaire vraisemblablement hérissée de bigoudis verts et jaunes, et escortée de Rochefide et de Muret tremblant comme feuilles en automne, tente d'entrer chez Raphaëlle. On imagine la scène. La porte étant fermée, elle utilise le passe que l'intendante, avec des airs de conjurée, dégrafe de la ceinture de son pyjama en pilou tout en crépitant : « Est-ce bien raisonnable », à peu près cent fois. Personne.

« Elles seront allées chez la Céleste », grommelle Ingrid en s'élançant vers ma chambre comme une autruche folle, toujours suivie de la fine équipe. Sa détermination en cet instant est absolue. Des jurons, des représentations de tortures, tous les effets d'une tempête de rage se bousculent dans son âme. Arrivée devant ma porte, elle se retient d'y tambouriner mais produit un pet de nervosité, qui, dans le silence glacé de la galerie sombre et désormais empuantie, pétrifie les trois acolytes déjà ahuris par le sommeil et l'absurdité de ce siège. Ignorant toute vergogne et laissant fuser un ricanement, elle introduit avec précaution le passe, qui tourne dans la serrure. Éperdue d'allégresse, et étouffant à demi un hoquet de triomphe, elle pèse sur la porte de tout son poids. La porte ne s'ouvre pas. Elle reste même aussi fermée que possible. Ingrid, sans plus retenir ses cris furieux, boute l'obstacle du haut de l'épaule avec toutes les énergies que procure la pire des fureurs. L'épaule se démet, mais toujours la porte résiste.

— Elles ont dû se barricader avec l'armoire, murmure bruyamment Gisèle Cadot, gagnée par la frénésie de la meneuse.

Ma voix, délibérément sépulcrale, les fait alors bondir :

— Entrée de la fille indigne, il ne nous manquait plus que cela ! C'est avec la commode, Madame, la bonne vieille commode de Mémé, que nous nous sommes enfermées.

Et pour que l'on voie parfaitement l'intérêt de ce choix et que les points soient bien mis sur les *i*, j'ajuste une balle de revolver au-dessus de ladite commode, à travers la partie supérieure de la porte. Elle transperce l'omoplate d'Ingrid, s'amortit dans un bigoudi de Gisèle, et dans un bruit sourd termine sa course sur le tapis du corridor.

Ce choc étouffé de la balle assenée par le petit revolver, nous seules le savourons, Lectrice, car dans le même temps Ingrid tonitrue, dans l'ordre, sa surprise, sa douleur, sa panique, sa fureur et la bordée de malédictions dont je t'épargne la vulgarité — assourdissant conséquemment la clique verdie par la trouille.

Pas peu fière, je lui fais quitter le Manoir sur un brancard.

Combats subséquents : nous y sommes.

La Bataille

(courte prose dans la nostalgie
du poème long)

Rien ne s'imprime aussi fort dans la mémoire que les faits et gestes d'une bataille. (C.F.)

Hector s'arme, et l'aube au voile de safran, avant que ne grandisse le jour levé par Zeus assembleur de nuages, le trouve bon pour le cri de guerre.

Ses troupes à l'affût.

Retrouvant les habitudes du Maquis, il impose des entraînements intensifs à Ténorio, Morel et Aquitaine. Les quatre se musclent en toutes petites foulées autour du parc. Trois tours tous les jours avant et après le lever du soleil, et leurs jarrets naguère sénescents retrouvent bientôt, sous leur crins blanchis, leur galbe, et leurs ventres amollis par une existence bourgeoise et sédentaire acquièrent, grâce à l'apprentissage de diverses techniques orientales, une musculature de lutteurs, et leurs bras étiques s'ornent de saillants biceps et triceps, et ceux qui ont dit qu'ils étaient dopés jusqu'à la moelle ont sans doute exagéré. Simplement, El Toro considère que des circonstances exceptionnelles appellent une nutrition et des boissons exceptionnellement vitaminées : quelques anabolisants légers, sous forme de poudre, toutes les deux heures. Et avant les combats, des amphétamines de guerre. Peu de coke.

Pour l'heure, les combats maltraitent surtout les photographes postés dans les taillis du parc. Ceux-là passent d'étranges quarts d'heure, criblés d'horions par des papis survoltés. Certains se font simplement botter le cul, d'autres sont mis à poil en signe d'infamie, d'autres moins chanceux y laissent qui un bras, qui un pied ou quelques orteils, qui les oreilles et la queue. La force de dissuasion fait son œuvre : tous perdent l'envie de revenir s'y frotter.

Dans les semaines qui suivent, les forces de l'ordre se font discrètes. Elles ont déjà reculé... Le capitaine Percepied, plusieurs fois sollicité depuis par la direction du Manoir et par la famille de Raphaëlle, refuse de se risquer chez les forcenés.

Et la vie continue. L'été indien finit. On espère passer l'hiver.

Le 9 octobre, jour de son anniversaire, Raphaëlle préfère rester aux abris. Hector parvient à la décider. Il a fait venir un traiteur : état de guerre ou pas, vieillesse ou pas, les hommes sont en habit et nœud papillon, les dames en robe du soir, chignons et bijoux. Claudine Arsine a même quitté son fauteuil.

Raph est accueillie avec des applaudissements. Je suis plus affamée que Tantalus. Du rost, du rost ! Oh ! cela sent plus doux qu'ambre et que civette... Mousseux valant champagne, bouillabaisse à la Hector, puis soles soufflées sur lit de riz mêlés, entremets, gigot d'agneau aux tempuras de fleurs de courgette, fromages. Pour finir, un opéra. Quelques mignardises accompagnant café et pousse-café. Notre Amphitryon a bien fait les choses.

Claudine Arsine a du chocolat jusqu'aux oreilles.

On dîne, on chante, on danse. Ténorio, accompagné au piano par Aquitaine, pousse quelques rengaines à la mode de nos jeunesses. Hector, la main sur le cœur, lance *Le Temps des cerises*. Raphaëlle m'embrasse dans le cou. Il fait déjà froid pour la saison. Va-t-il neiger ? On se décide malgré tout pour un tour rapide dans le parc, on ne s'éloignera pas trop… On papote en petites grappes. Quelques flocons, il faut rentrer.

Vingt hommes aux moins, larges et hauts, brachycéphales et cynodontes, cuirassés de boucliers en plastique translucide, grotesquement vêtus d'une armure bleu marine en matière synthétique pare-balles qui leur donne des allures de femmes fessues et gravides, nous attendent sur le perron, pointant vers nos corps débiles des Remington 870 et même des Benelli M-3. Le GIGN, associé au RAID, est prêt à l'assaut. Des projecteurs balaient la pelouse. Éclats stroboscopiques, flammes livides, fumées : l'apocalypse au bord d'un manoir.

Les mastards ont été disposés en arc de cercle.

Un hélico de l'armée survole le champ de bataille, entêtant les assaillants des deux camps de son vacarme circulaire. Mais nous avons un avantage : nous entendons moins bien.

Je m'avance, plante mon stick dans la pelouse. Raphaëlle prend ma main libre et murmure délicieusement à mon oreille un serment d'amour éternel tandis que Ténorio prend des poses, et toise l'ennemi comme s'il affrontait la statue du Commandeur. Morel, qui se dissimule derrière la haute carrure d'Aquitaine débarrassé de toute pelisse, claque des genoux en psalmodiant : « Qu'eût fait Proust, qu'eût fait Proust ? » L'Aquitaine lui glisse : « Du nerf, Poupée », avant de siffloter l'air de *Barry Lindon*. Léonce invoque Marie-Madeleine, Hector brame, Claudine Arsine s'évanouit.

Aquitaine n'a pas le temps d'atteindre son amie que trois rottweilers se détachent de la troupe mercenaire, s'égaillent en remuant la queue autour du corps, flairent avec gourmandise le paquet et, faute d'inspiration, lèchent le visage chocolaté de la pâmoisée. Le colonel Vaulot, qui dirige les opérations, rappelle ses clebs à l'ordre : Nestor, Ajax, Rambo ! Aux pieds, Putain de Vous ! Un peu de tenue, enfin merde, bande de chasseurs de renards ! Et pauvre France.

Il a l'air ennuyé, cet homme. S'il nous assassine, il finira képi. Il a dû recevoir des consignes de prudence. Une hécatombe de vieux, pour celui qui est à l'Intérieur et voudrait juste traverser la rue, direction l'Élysée, ça la ficherait mal.

Raphaëlle, sourde à ces indignes grossièretés comme au tapage qui du ciel nous vient, Raphaëlle les chouchoute déjà et les régale de petits biscuits pralinés et arseniqués. Les chiens d'assaut, domptés par tant de douceur, finissent par obtempérer à regret et se replient en titubant vers Vaulot. Ils échouent dans un bel ensemble aux pieds du chef, morts.

Les pensionnaires du Manoir applaudissent ce premier exploit, et le taux d'adrénaline du colonel grimpe.

— Action. Il nous la faut vivante.

Raphaëlle rajuste trois boucles échappées de son chignon, confie son sac à main à Léonce et se dirige d'un pas qui se veut ferme vers la horde de brutes.

Hector la suit d'un bond, non sans avoir distribué à l'état-major les fioles multicolores remplies d'une liqueur à faire gagner le Tour de France à un unijambiste, puis les armes, et les recommandations de sauvagerie que la situation impose. Les hommes veulent l'avant-garde ? Je la leur laisse. Je remets sur pied Arsine qui me couvre de baisers en sanglotant convulsivement. Elle a peur des chiens et ne veut plus quitter mes bras. Il le faut pourtant.

Ignorant l'escorte et arrivée non sans mal devant Vaulot rouge de rage, Raphaëlle se tourne vers le paparazzo qui s'est faufilé jusqu'au cœur des opérations et lui lance : Prêt, jeune homme ?

Elle se plante sous le nez du capitaine, lui déclare qu'il est un peigne-cul et, joignant le geste à la parole, lui assène un soufflet dans lequel elle met toute son énergie, toute sa conviction et tout son enthousiasme pour les situations loufoques. Le dentier de Vaulot aussitôt se décroche, et le paparazzo crie : « C'est dans la poche. »

Dans un mouvement centripète, les fantassins pansus et callipyges pointent vers Raphaëlle leurs fusils à pompe. Leur cible proteste qu'on va la décoiffer. Une bousculade s'ensuit, Raphaëlle tançant avec des vulgarités d'un autre siècle ces petits militaires importuns. Elle profite du désarroi qui leur coupe les jambes et de la présence dissuasive du journaliste à l'affût pour infliger à chacun de vives baffes, affronts qui répandent chez l'assaillant la consternation et qui permettent aux troupes gladiatrices d'El Toro de prendre stratégiquement position, sur la pointe de leurs charentaises cloutées, derrière les giflés.

Hector à nouveau pousse le cri de guerre en brandissant un vieux Famas. « Hit ! », « Hit ! », gueule-t-il, comme pour me faire plaisir. Il arbore à la ceinture les armes du combattant révolutionnaire — faucille à droite, marteau à gauche —, armes des humbles qui étincellent dans la nuit de sa gloire.

Et c'est ainsi qu'on peut voir, surgis avec des airs formidables de l'antichambre de la mort, excavés du bientôt néant, Aquitaine, Morel et Ténorio, les trois ayant ôté leur habit par souci affiché d'aérodynamisme (mais peut-être aussi pensent-ils à la photogénie de leur mise), et les voilà qui se retrouvent dans les rigueurs d'un milieu d'automne en marcels et caleçons kaki, eux qui n'ont conservé sur leur poitrine chenue qu'un nœud papillon déroulé qui les honore d'une médaille par anticipation. Malgré le vent qui crache ses tourbillons de neige jusqu'à leurs pieds, les vieillards bandent leurs muscles tels les rétiaires dans l'arène, et ils n'ont point omis de l'enduire de graisse, leur musculature requinquée, et elle luit sous les projecteurs pour la perfection du spectacle, et, dieu garde, ils n'ont pas oublié non plus de se munir de poings américains, de lassos, de grenades et de bons et rutilants revolvers Smith et Wesson Chief Model 60 en calibre 38.

La lutte se fait au corps à corps, car le Toro a bien dit : le moins possible de morts, surtout, mais des blessés, autant qu'il vous plaira. Que ça saigne, camarades, pour qu'ils comprennent.

Que puis-je te dire, Lectrice sensible, de cette mêlée ?

Je t'épargnerai les passes les plus gore. Il y a eu d'atroces mutilations, des membres saucissonnés, des caps décapsulés. Je tairai certains détails. J'irai mollo sur le grabuge. Je n'évoquerai que quelques guerriers, quelques amazones — enfin. Je m'attarderai sur ma préférée, cette Raphaëlle qu'aucune adversité ne défait, cette femme si pathétique, mais si courageusement vivante, et si amoureuse, et si rare, que je voudrais avoir des années de vie devant moi pour raconter sa geste, lui offrir tendrement l'œuvre qu'elle seule mérite.

Raphaëlle, donc. Elle s'occupe en priorité du petit Vaulot : le mord, lui tire les cheveux par rudes poignées et distribue dans les tibias force coups de talon. Sa victime agacée est sur le point de l'assommer : j'interviens. Me glissant entre les jambes de Morel (qui ne pense plus guère à Marcel ou à Charlus mais qui, gagné par la joyeuse fureur militaire, fouette de son lasso, avec des grâces sadiennes, un joli troufion au crâne rasé), je m'interpose, arrache le blason qui rutilait sur la poitrine du militaire, le lui fourre dans la bouche, et plante, précise, mon stick dans son pied. Lui, stoïque, retient son cri. Je m'esclaffe, attaque avec la même arme l'autre pied : les nerfs de Vaulot lâchent. Tandis qu'il hurle en roulant des yeux de monstre, je lui fourre le stick dans l'œil, le droit, qui gicle de l'orbite en produisant un couic et atterrit dans le décolleté de Raphaëlle. Elle frémit à peine à ce contact, s'empare de la chose et la glisse avec naturel dans la poche revolver du borgne avec ce commentaire : « Conservez-le, colonel, mon brave, ça peut toujours servir. »

Deux sbires mafflus s'avisent alors de corriger l'impertinente. Mais toujours, je veille. Lorsqu'il paraît évident que le gros barbu, bien que bridé par la crainte de la funeste bavure, a des intentions homicides, je m'élance vers la mêlée, prête à mourir les armes à la main, pousse à mon tour et pour la forme le cri de guerre (mais en japonais), et, d'un kata bien exécuté, allonge le velu en lui rompant les rotules. Il ne me reste plus, d'une poussée stratégique du stick décidément fort utile, qu'à enlever pour un temps tout esprit d'initiative au second soldat. Hit him !

Le voilà qui chouine, vérifie l'état de sa virilité pourfendue, gueule lorsqu'il s'avise qu'il en manque un côté, et appelle ses compagnons à venger sans merci son honneur tranché latéralement.

Play again...

De nouveaux argousins s'avancent nombreux en cohorte rangée, au milieu des armes et du sang noir. Des ténèbres vient l'écho de sirènes qui en se rapprochant se décalent du grave vers l'aigu. Riders on the storm... Hector, sourd aux freins qui crissent comme au vacarme des tôles entrechoquées, se démène, l'écume aux lèvres. Il conspue la bleusaille à la solde du Grand Capital tout en la tabassant d'une belle ardeur — Hector, vieux, blanchi, galant et frisque, roidi de bonheur, sémillant, débonnaire, trembloteur mais pas manchot, gouaillant, aventureux, bien avantagé en appendice, bien servi de la gueule, bon pourvoyeur de discours, beau décrotteur de vigiles, réfecteur de monde, démesuré, râblé, en un mot, beau diable si oncques en fut depuis que le monde diablant diabla de diablerie. La faucille tranche les têtes qui n'ont pas été écrabouillées par le marteau, puis démoule les reins, perce les yeux, massicote les cartilages, essorille les oreilles, guillotine phalanges, doigts, orteils, poignets et chevilles, dépiaute le coccyx, anglaise les entrejambes et déracine les cœurs. Le marteau officie ensuite pour parfaire l'opération, vulnère les vertèbres et les articulations, attendrit les fibres musculeuses, exténue les estomacs. Formidable complémentarité des deux armes… Le Famas, pour finir, claironne menu les déserteurs qui tentent de se dissimuler derrière les hélicos depuis longtemps tombés à terre.

Le tumulte est grand.

Illuminations des gyrophares rouges, bleus, blancs…

— Finish him ! vocifère en V.O. notre Vaulot picrocholique et picoleur qui pisse le sang. Qu'on m'extermine ces vioques, tous. Pas de quartier… Pillez et larronnez, meurtrissez et achevez. À mon commande…

Tu ne sauras jamais, Lectrice, ce qu'il allait si hautement commander, car le grand Aquitaine, l'œil exorbité et l'écume aux lèvres, extirpe de son ceinturon en vachette un parabellum qu'il ajuste d'un geste auguste pour trouer le talon du capitaine furieux. Le nouvel Achille, déjà borgne et de plus en plus esquinté, pousse des cris si perçants que les reliquats de ses troupes s'amassent et se conchient sous leurs boucliers, transparents par endroits, rougis épouvantablement ailleurs, ordurés partout pour finir. S'emparant du lasso de Morel qui grogne sa frustration, Hector les ficelle ainsi, avec art, et c'est une botte de dégonflés à l'allure d'asperges maculées qu'il confie à la discrétion de Christopher, le directeur, accouru pour la circonstance vêtu d'un peignoir, opus qui tient du happening et du readymade mais qui surtout Signifie, Signifie en caractères majuscules que la Révolution est en marche, que l'Ordre ne règne plus sur le Peuple des Vieux.

Go to the next level.

(End of The Battle.)

Next level… Retour au réel, plutôt. Pénible, comme souvent. Le lendemain, Aquitaine est entré en soins palliatifs. Le cœur avait lâché. Hector y était allé un peu fort sur les amphètes. Et la victoire avait été trop arrosée. Il gisait, sa pelisse rangée sur un fauteuil. On entendait un râle.

Le pronostic était très mauvais. Muret finassait. On pouvait le maintenir trois, quatre jours, ça c'était dans l'ordre du possible, marmonnait-il en haussant les épaules.

Nous nous sommes rassemblés autour du mourant. Il était sous assistance respiratoire, intubé en quinze endroits. À la demande d'Hector, toujours prompt à mobiliser les sommes qui convainquaient Cadot, on avait déjà mis en place l'alimentation entérale, une pompe assurant un débit faible et constant.

Une très grande tristesse nous avait tous gagnés.

Depuis que nous luttions, nous n'étions plus vieux. Depuis que nous n'étions plus vieux, nous étions redevenus immortels, comme on l'est à vingt ans, comme on l'est longtemps. Le coma d'Aquitaine nous a rappelés brutalement à notre condition. Le moral a chuté.

Aquitaine allait y passer.

Morel pleurait, serrait les mains inertes de son ami, lui chuchotait des tendresses que l'autre n'entendait plus. Ténorio chevrotait au quasi-cadavre des vers de Neruda... Je ne reconnaissais plus Raphaëlle : elle avait pris dix ans en deux jours. Je pestais contre nous qui n'y pouvions rien.

Léonce sucrait de plus en plus, sous le choc, et pleurait avec Morel. Cadot tournicotait autour du lit, avec un air déplaisant qui disait allez zou, les croque-morts sont là. Ludo surtout m'inquiétait : je le sentais prêt à débrancher subrepticement l'Aquitaine. Il n'attendait qu'un mot de Muret. Hector a dû une fois de plus se démener, parler au cœur de Gisèle, qui a reconnu que l'unité de soins avait besoin d'urgentes modernisations (budget mirobolant). Obtenant qu'on ne touche pas à notre ami alors même qu'il était perdu, il a fait livrer un matelas anti-escarres.

Arsine voulait suivre son Aquitaine dans la mort, avant même qu'il ne soit passé. C'est tout elle, des sottises pareilles. De toute façon, disait-elle, tout ce binz m'a lessivée, je somatise, le zona recommence, la furonculose nasale me reprend, respirer m'est un supplice, je préfère tout arrêter. *Post trauma, Arsine triste.*

« Rejoindre Aquitaine au ciel » était le leitmotiv. Elle voulait que Muret l'euthanasie, dare-dare. Il a refusé, motifs religieux. Elle a laissé le frisé à ses caquetages théologiques et s'est pendue pendant la nuit à un barreau du lit du mourant. On l'a décrochée à temps, mais dans un sale état. Bleue.

Nous l'avons donc retrouvée gisant aux côtés d'Aquitaine. Assistance respiratoire, intubations, pronostic vital compromis, et de deux. Mauvaise passe.

Hector lui-même avait été plus fringant. Il savait qu'il s'était montré irresponsable, à distribuer les cachets d'anabolisants ou d'ecstasy comme des cachous. Les jours qui ont suivi ont été une calamité. La chaudière, on ne sait pourquoi, a claqué, et tous les plombiers recrutés par Hector s'y sont cassé les dents : c'était le corps de chauffe, puis la pression, puis autre chose... On grelottait tout particulièrement au restaurant, où le contenu des assiettes est devenu plus triste que d'habitude, tout à fait pauvre, et pour finir inexistant. Hector a demandé des explications au chef, qui a donné des réponses évasives. On ne pouvait plus continuer comme ça.

Soudain tout m'a semblé clair : on avait décidé de nous affamer et de nous achever à petit froid. Ingrid avait renoncé aux francs combats, qui jetaient la presse dans une excitation incontrôlable, et avait choisi les armes les plus ignobles. Elle devait payer Cadot pour étouffer ses scrupules. Tout portait à croire qu'elle ne s'arrêterait pas là.

Nous avons bien réfléchi, Hector et moi. Il nous fallait des renforts. Des baraqués, pas de la petite bière aristo. Le Manoir n'admettant que des pensionnaires de plus de soixante-cinq ans, et Cadot, pas folle, étant intraitable sur ce point, impossible d'aller recruter du muscle chez les paras ou à la Légion. Il fallait donc des vieux, mais verts et pugnaces, et connaissant la vie.

— Lino et Ferri ! a rugi un soir Hector, comme un eurêka.

J'étais un peu sceptique, mais je n'avais pas vraiment de solution de rechange. Va pour les relations d'Hector…

Mario, dit Ferri le Rital, et Lino Margay, les amis dont il nous rebattait les oreilles et qui étaient restés à l'Oustalet, dans le Sud, ont accepté de venir nous rejoindre. Il suffisait de les caser dans les appartements d'Aquitaine et de Claudine.

Ils ont fait tout un foin avant de venir. Il a fallu encore ramer pour faire monter cette lie… Hector leur a expliqué que l'une des turnes avait été occupée par un ambassadeur de France, et que, tout snobisme mis à part, on mangeait grassement au Manoir, le jaja coulait à flots, et les mamies du secteur allaient chez l'esthéticienne : ils allaient un peu changer d'ambiance. Il n'a pas évoqué les privations du moment, puisque tout cela allait s'arranger.

Mais ils ont fait leurs coquettes. Hector, disaient-ils, se réveillait un peu tard. Ils n'avaient pas vu venir les cadeaux, après le Loto. Et puis il avait trahi, rappelons-le. Lajoinie. Les présidentielles calamiteuses. Vieille histoire.

Je lui ai conseillé de négocier, qu'on en finisse. Les deux étaient féroces : ils voulaient 50 % pour *L'Huma*, qui traversait une passe difficile. Hector devait faire un geste historique.

— Fifty-fifty, c'est régulier. Tu gardes la moitié pour ta pomme, c'est pas déjà énorme ? se marrait le Rital dans le téléphone. Vu ce qui te reste, tu fais une affaire, Toro.

J'ai proposé 33 %. *L'Huma* était sauvée. Grâce à moi.

Pour quelques mois mais c'est déjà ça, a ronchonné Margay, qui, pas fou, a exigé qu'on vienne les chercher avec le chèque en limousine, pour faire enrager la Boussagol et tous les jaunes de l'Oustalet.

La Rolls est allée chercher nos deux fripouilles, mais les semaines ont passé sans que, bien entendu, on ne les voie arriver. On en est venu à enquêter. On perdait leur trace aux alentours de Nice. Impossible d'établir s'ils avaient passé la frontière. Torregrossa bouillait. Je me désintéressais de plus en plus de cette opération pitoyablement menée, fatiguée que j'étais, et pas fâchée de voir baisser doublement le crédit d'Hector. Ils avaient dû filer en Italie ou en Croatie, au soleil... Et dans leur périple, ils avaient emporté le chèque et la bagnole. Probable qu'ils dilapidaient sur la Riviera ou les îles les précieux millions — parlons-en, du Peuple, de la Révolution, de la lutte contre l'hégémonie américaine. Pour *L'Huma,* Hector s'était fait avoir.

Margay et Ferri ont appelé enfin, un soir, très tard. Ils sont tombés sur Raphaëlle. Elle a entendu des rugissements, des bruits de fouet et des roulements de tambour, des applaudissements. Elle a passé l'appareil à Hector. Il a enclenché le sonore. Tout allait bien. Simplement, ils n'étaient plus deux, mais trois. Et comme Hector se taisait au bout du fil, perplexité ou réprobation, Ferri a précisé : « Parlons peu parlons clair, tu voulais du renfort, non ? Des baraqués ? Des effrayants ? Ben voilà, on t'a trouvé un gorille. Un vrai. Tout prêt à te protéger, et à taper fort. Un sacré pro.

Il est noir. »

— Un gorille petit, a crié dans le portable Margay, qui paraissait hilare. Mais du muscle... Et un tonus, tu nous en diras des nouvelles.

— Bien, parfait, a encaissé Hector.

— Son nom de guerre, c'est Rhésus, à cause du sang, tu vois le genre ?

— Qu'est-ce qu'il sait faire ?

— Tout et rien.

— Il sait tirer ?

— Pas que je sache, mais il apprend vite.

— Il est au Parti, le sbire ?

— Y veut pas dire, il est pas causant, a continué Margay sur le même ton aviné.

Je l'attends, a fait Hector, sobre et viril.

La véritable histoire de Ferri et Lino

Sur Ferri le Rital ainsi que sur Lino Margay, quelques mots. Certains auteurs les ont déjà présentés au public. L'intention était louable, qu'ils en soient donc, en cette occasion, remerciés. Mais trop d'approximations déparent ces relations fantaisistes. Je rétablis donc, pour toi Lectrice, la vérité. Et j'emmerde le lecteur pressé, inculte, dont l'empan intellectuel et linguistique ne dépasse pas trois syllabes et le souci majeur est de faire coïncider le temps du livre avec son trajet de TGV.

Une *Histoire du bourrelier, de sa sœur et de son beau-frère* a, involontairement je n'en veux point douter, terni la réputation de ces deux héros, ignorant, avec une régularité qui en dit long sur la légèreté de leur auteur, les choix politiques qui présidèrent à tous les moments clés de leur existence. Pour les réhabiliter, bien tardivement, il faut porter à ta connaissance les points suivants.

Lionel Margay, dit Lino, alias aussi le Petiot, ou le Baveur, puis même Lino Tête-de-Nœud et enfin el Fichero (le fichier), était natif de Montagnac dans l'Hérault, et non d'un Montdidier en Picardie comme l'a prétendu par on ne sait quelle coupable fantaisie historique l'auteur du *Bourrelier*. Margay, jeune prodige du demi-fond, avait connu, au tournant des années trente et quarante, et grâce à la sagacité de son entraîneur-imprésario-pacemaker ex-bourrelier, Massy, grâce aussi à la force de ses formidables mollets, des succès de piste qui firent de lui la mascotte de tous les vélodromes d'Europe. La petite gueule d'ange que Dieu lui avait donnée contribuait peut-être pour une part à sa popularité. Massy, ancien roi de la petite reine lui aussi, prit ombrage de ses triomphes pour des raisons que nous ne développerons pas ici : les médailles, les bouquets et les lettres enflammées qui pleuvaient sur le freluquet excitèrent sa jalousie à un point tel qu'il conçut le projet de se débarrasser de lui. Sournoisement, il incita son poulain à pédaler toujours plus vite et plus longtemps, emballant la machine jusqu'à l'accident qui se produisit au mois de juillet 38, en Italie, au Vigorelli de Milan. « Vas-y, mon Lino, tu vas dépasser les cent à l'heure », braillait-il, et Margay, les dépassant en effet, fit une chute sur plus de cinquante mètres. Il eut la vie sauve mais perdit dans l'accident une oreille, un œil, la rate qui avait explosé, les deux tiers de l'intestin grêle répandus et hachés dans son maillot blanc (on ne put les récupérer), les orteils du pied gauche dont la bouillie aussi resta dans les chaussures, les dents, la fesse droite, la mâchoire inférieure et tous ses rêves de gloire. Le pauvre faisait peur à voir, et, pris de remords, Massy lui donna sa sœur Josette en mariage. Mais le lot de consolation, un an et demi plus tard, se rebiffa, voulut échapper au calvaire quotidien que ce spectacle d'épouvante lui imposait, et obtint le divorce. Lino partit refaire sa vie aux Amériques.

Il est exact que c'est dans le cargo grec qui le conduisait à Buenos Aires que le survivant estropié rencontra Ferri le Rital. Mais il s'agissait de Ferri-le-Neveu, de Marco Ferri et non du Giovanni Ferri, dit Ferri-le-Vieux, qui, avant-guerre, dirigeait à Paris le *Chéops* de la rue des Acacias, lieu interlope et gigogne on le sait, au premier abord boîte de nuit, vu de plus près, tripot connu des habitués et des services de police sous le nom de l'*Octogone*, et en réalité quartier général des Pananarchistes. Giovanni Ferri tomba en janvier 1911, en même temps que son cousin Martinotti, que Purkinje et que le malheureux Barbenoire, et finit comme eux ses jours à la Santé. Giovanni étant sans descendance, le *Chéops* fut repris par Salsefigue, l'ancien videur, qui le transforma en un club de boxe anglaise, l'*Uppercut*, qui marchotait. À sa majorité, Ferri-le-Neveu, le nôtre, en hérita, s'associa avec Salsefigue et sut le convaincre qu'un cercle de jeu serait plus lucratif. Il rouvrit donc l'*Octogone*, qui se spécialisa dans la roulette, le chemin de fer et les premières machines à sous. Le tripot redevint rapidement florissant. Dans la plus pure tradition familiale, mais convaincu que l'Anarchie n'avait plus d'avenir historique, Marco Ferri remit en place le système de la double couverture : le *Colonies*, cabaret où dansaient nues quelques stupéfiantes négresses, abritait en fait le *Nouvel Octogone* où quelques bonnets jouaient gros, le tripot dissimulant et finançant la cellule révolutionnaire du jeune Parti communiste français.

Pendant l'Occupation, la Gestapo fréquenta le *Colonies* et couvrit les activités semi-occultes du *Nouvel Octogone*, ce qui arrangeait tout le monde. Mais lorsque le Parti entra dans la Résistance, l'assiduité des gestapistes contraignit Ferri à une certaine discrétion. Considérant qu'il servirait mieux la Révolution ailleurs, il confia la boîte à Salsefigue et s'embarqua pour l'Argentine.

Ferri et Margay se rencontrèrent donc sur le *Stephanotis*. Margay, meurtri par ses échecs sportifs et sentimentaux, et que ses difformités avaient rendu timide, se tenait à l'écart du groupe de Français qui se réunissait le soir sur le pont. Mais la traversée était longue, et les deux hommes eurent le temps d'engager quelques parties de rami et de parler du destin de la France : Margay avait adhéré à la cause communiste avant même d'avoir posé un pied dans le Nouveau Monde.

Les deux amis, en quelques mois, dansaient le tango comme des natifs et connaissaient le tout-Buenos Aires. Les nombreux épisodes que l'*Histoire du bourrelier, de sa sœur*, etc., consacre aux liens qui unirent nos deux expatriés avec Rosendo Juarez dit le Cogneur sont pour une large part erronés. Les documents que j'ai pu réunir indiquent en effet que le Cogneur n'a jamais « donné » Ferri et Margay, mais qu'il leur fut au contraire fidèle jusqu'au bout et que leur association fut fructueuse, tant d'un point de vue idéologique que financier, puisque Rosendo fut gagné à leurs vues progressistes, et rejoignit la cause des descamisados, et que d'autre part il introduisit les deux Français dans le milieu des Affaires (et non de la pègre comme on a voulu nous le faire croire, même si l'on peut admettre l'hypothèse d'une certaine porosité entre ces deux *establishments*). Lorsque, après la guerre, Ferri et Margay retournèrent en France fortune faite (et sans jamais passer par le Mexique ou la Californie du Sud), Rosendo Juarez avait rejoint les rangs péronistes pour défendre la cause de son peuple.

Le *Colonies* et son envers le *Nouvel Octogone* avaient dû fermer pendant les dernières années de la guerre. Ferri et Margay dépensèrent beaucoup d'énergie et autant d'argent à obtenir sa réouverture. Ils se ruinèrent alors jusqu'au dernier sou en s'obstinant à arroser les anciennes relations du Rital. Les temps avaient changé : c'était la Reconstruction, les maisons closes fermaient, ce qui était un comble. Le moralisme gaulliste triomphait et pas un seul homme politique sur la capitale n'était prêt à se mouiller pour un cercle de jeu dont il était de notoriété publique qu'il avait été un repère de nazillons et de collabos. Lorsque Salsefigue, qui vieillissait, proposa aux deux amis (ce devait être en 50) de descendre avec lui s'occuper d'une petite propriété viticole que lui léguait son grand-père dans le Sud, ils le suivirent. Ils rejoignirent tous les trois les camarades de la cellule de Béziers.

Sur les allées Paul-Riquet et au jardin des Poètes, ils étaient « les Parisiens », même si Lino, né près de Pézenas, avait gardé l'accent. Mais on les aimait bien, ils avaient toujours mille histoires à raconter. Hector Torregrossa, qui était alors un homme fait, de presque quarante ans, plus ou moins gigolo, plus ou moins fils à papa (son père tenait la plus grande boucherie de la ville), un fin marlou déjà surnommé el Toro du fait sans doute de ses succès féminins à moins que ce ne fût une allusion perfide à la profession de ses parents, et qui s'était naguère illustré dans le Maquis des Cévennes (pour enquiquiner son paternel, m'a-t-il dit), trouvait la Paix un peu fade. Il fut sensible au pittoresque de Lino et Ferri : l'Amérique du Sud séduit les équivoques… Il se faisait raconter le Buenos Aires de la pègre, le gai Paris, ça le changeait un peu du petit monde biterrois, qu'il trouvait cancanier et sans perspective.

À la fin d'une pétanque où Lino Margay avait fait fanny, il demanda à Hector, du ton grave que la question imposait, ce qu'il voulait devenir. Il répondit, au hasard, coiffeur pour dames. C'est pas un métier d'homme, ça, petit, désapprouva le Rital, qui investigua plus avant : est-ce que ce beau Candide trouvait que tout allait pour le mieux dans le meilleur des mondes ?

Et peu de temps après, Hector Torregrossa adhéra conjointement au métier de vigneron et au Parti communiste français.

Six mois plus tard, il était trésorier de la cellule de Béziers-Riquet.

(Fin de la digression.)

Lino et Margay sont arrivés ici quelques semaines plus tard, peu après minuit, précédant Rhésus de leurs deux crinières blanches. Hector a embrassé les loustics sur les deux joues et, après avoir un instant suspendu son geste, tendu la main à Rhésus. Celui-ci l'a attrapée et a répondu avec une poigne digne d'un roi thrace. On me présenta. En effet, du muscle, et de la détermination.

À cette heure, il ne pouvait être question de réveiller Cadot pour les formalités d'admission. On est remonté dans les appartements. Rhésus a suivi sans souffler mot.

Hector a installé Ferri chez Aquitaine et Margay chez Claudine, coupant court aux explications. Mais c'est qu'ils avaient soif, a suggéré Ferri. J'ai fait une descente à la cave. Raphaëlle dormait, de toute façon.

Je les ai retrouvés assis sur le canapé d'Aquitaine. Ferri avait les pieds posés sur une antiquité chinoise, et Rhésus était adossé à l'un des montants de la cheminée.

Bras croisés haut sur la poitrine, il regardait autour de lui avec grand sérieux, d'un air prudent, et sans commenter. Il était en effet plutôt petit, pour un gorille, avec un grand torse que je devinais très poilu sous son pull en V. Sur le crâne, les cheveux, drus, raides et longs, étaient séparés par une raie au milieu soigneusement tracée. Il n'était guère loquace, mais son visage était empreint d'une douceur qui marquait. Il se tenait bien droit, tentant d'égaler en hauteur les trois hommes, et avançait, quand on l'appelait, avec un étrange balancement, tel un danseur aux muscles ronds, aux jambes solides prêtes à l'élan. Il a glissé sa main dans celle d'Hector, pour ne plus la lâcher. Lino et Ferri, tout en trinquant, se donnaient des coups de coude, clignaient de l'œil, branlaient du chef...

J'ai vu qu'Hector était fasciné. Quoi que j'en aie, je ne sais pas si j'étais plus maîtresse de moi-même. Le nouveau venu nous regardait, pourrait-on dire, de toute son âme. Des yeux, petits, dépourvus de cils, brillants et ronds, on voyait d'abord la prunelle, si noire qu'on ne la distinguait pas de la pupille, et si large qu'elle occupait tout l'orifice de l'œil, comme si cet œil, libéré de l'inutile blancheur qui enserre une pastille brune ou bleue, était uniquement pupille travaillant à la vision du monde. Rhésus semblait vous dévisager intensément, avec un air d'étonnement perpétuel. Il vous examinait avec une fixité de vieux sage, observait chaque geste comme s'il voulait l'imprimer dans sa mémoire, fronçant, dans l'effort de concentration, les sourcils qu'il avait très proéminents.

Hector n'a rien dit, au sujet du chèque, a juste posé sa main droite sur l'épaule de l'invité, disant : Suis-moi, camarade, je vais te présenter à ma Raphaëlle. Je suis sûr que vous allez vous entendre.

Et comme l'autre se taisait : Il est d'accord, le roi Rhésus ?

Toujours pas un mot, mais des sortes de feulements, entre cri de joie et gémissement inquiet. Étrange…

On s'est glissé jusqu'au deuxième étage, Hector savourant par avance la surprise qu'il préparait. Raphaëlle devait dormir, elle ne répondait pas. J'ai insisté un peu, Rhésus s'y est mis à son tour, heurtant la porte de son index replié. Toujours pas de réponse. Pour finir, Rhésus a actionné de sa longue main la poignée de la porte. La chambre était vide et éclairée. Je suis entrée, suivie par les deux autres, j'ai appelé.

Nous nous sommes regardés autour du lit déserté : elle avait encore filé. Chez qui, cette fois ?

Je prenais la chose avec philosophie, mais pas le pauvre Hector. Il ne s'est jamais fait à l'idée d'être vieux. Il a levé les yeux sur Rhésus, triste. Avec ses cheveux rares, blancs et trop longs, négligés, Hector paraissait une grand-mère et aurait presque pu me plaire — dans un moment d'égarement absolu. L'autre attendait. Le vieux a appelé une nouvelle fois Raphaëlle, d'un ton plaintif. Rhésus aussitôt a fait écho, par quelques gémissements.

Mais encore le silence des murs.

Je voulais sortir, le laisser à sa colère. Mais il n'y avait plus d'histoire de pudeur entre nous, depuis longtemps. Il me prenait à témoin : « Je mets le monde à ses pieds, Céleste, je la console quand tu la fais devenir chèvre. Je supporte ses idées noires, je fais refaire la chambre à neuf, et elle file toujours.

Qu'est-ce qu'elle cherche ? On ne le lui a pas prouvé, qu'on l'aime ? »

Je n'avais pas envie de parler.

Il ouvrait des portes, placards, salle de bains, fenêtre, appelait en vain. Puis tournait en rond, parlait tout seul. « Et en plus, je répapille », grondait-il, heurtant son front du poing comme pour réveiller son cerveau engourdi.

Rhésus, inquiet, tourniquait à son tour, glapissait, se rétrécissait derrière les meubles, cachant sa petite tête entre ses genoux, puis avançait à quatre pattes, prenant appui sur les fortes jointures de ses mains, hululait comme on pleure. Hector a fini par s'arrêter et l'a regardé, muet de surprise : l'autre a grimpé aussitôt le long de son pyjama, s'est hissé sur le haut de son dos, a entouré le cou de ses bras et coulé son museau sur l'épaule, comme un jeune enfant sur le dos d'un jeune père. Il a mâchouillé tendrement l'oreille, puis appliqué une bise sonore sur la joue, suivie de trois autres.

— T'as raison, fiston, c'est pas la fin du monde. La voix avait changé, quittant la tempête. Elle tremblait un peu, comme sous le coup d'une émotion.

Brave bête sentimentale, Hector donnait comme jamais des signes de faiblesse. Je ne voulais pas perdre mon meilleur ennemi.

— Tu as faim, c'est tout, lui dis-je sans y croire.

Il secoue la tête. Il s'affale sur le lit pour retrouver son souffle. Il a froid.

Je pousse Rhésus. Il saute sur les genoux d'Hector, l'enlace des bras et des jambes et suçote les boutons du pyjama.

— Mais c'est qu'il a faim, lui aussi ! il fait. T'as les crocs, pitchoun ?

Rhésus tape du pied et de la main, sautille, bien sûr que oui, une faim gigantesque. Hector rouvre les placards, trouve la cachette des caramels : « Tiens ! » Rhésus lui arrache le petit cube doré des doigts : Tu manges comme un sagouin, reproche Hector. Il sourit. Et comme l'autre pousse des hu hu de satisfaction : « Prends tout, petit. »

À la fin, Rhésus s'est emparé du paquet, a sorti un bonbon et l'a fait rouler entre ses paumes. Il l'a bien observé, l'a dépiauté de sa pellicule et l'a pointé vers la bouche d'Hector, qui, pour finir, a dû manger le paquet entièrement. Rhésus, dans le même temps, explorait la chambre. Il bondissait d'un fauteuil à l'autre, se cachait sous les coussins, se glissait sous le lit, s'installait au bureau où il allumait les lampes, testait les stylos sur les cahiers empilés : Viens là, n'abîme rien... Rhésus a croisé les bras, enfant sage.

Pris d'une inspiration, Hector a fait : « Pitchoun, pour cette nuit, tu dors ici. »

Sans se faire prier, Rhésus s'est glissé entre les draps blancs, a fait quelques roulades. Il riait silencieusement, découvrant ses longues canines. Et puis il s'est vautré sur toute la largeur du lit, bras en croix. Il a fermé les yeux.

T'es quelqu'un, toi, a remarqué Hector.

Le lendemain était un mercredi. Cadot a dû frapper vers dix heures du matin, le facteur venait de passer. Nous avions tous dormi là, Hector et moi sur des fauteuils, et Rhésus où l'on sait. Dans un mélange de torpeur et de fascination.

Elle voulait remettre elle-même à Raphaëlle un pli qui lui incendiait les doigts, car deux mots indiquaient, en en-tête, son extraordinaire provenance : l'Académie française. Qu'est-ce que c'était encore que cette histoire ?

Seul un grognement a répondu au babil de Cadot. Elle a jugé qu'elle pouvait entrer et s'est étonnée de voir que les volets n'étaient pas encore ouverts. Raphaëlle n'était pas du genre à traîner le matin.

L'intendante s'approche de la grande fenêtre qui ouvre sur le parc lorsqu'un deuxième grognement, rauque, puissant, inhumain, la fait sursauter. L'intendante se décide à ouvrir la fenêtre et les volets, il faut aérer, de toute façon. Après quoi elle se retourne, décidée à délivrer la lettre avec un sourire complice avant de s'éclipser.

Elle nous ignore et s'approche du lit en bataille, progressant à tout petits pas pour ne pas réveiller

Raphaëlle trop brusquement, lorsqu'une main, large, noire et velue, jaillit comme une hallucination, s'empare de la missive et disparaît.

Cadot, les jambes coupées, s'assied sur le bord du lit.

Rhésus émerge, elle crie. Il lui ferme la bouche avec la sienne.

Et libre de respirer à nouveau :

— Vous recrutez des yétis, maintenant ?

— Ce n'est pas un yéti, intervient Hector, c'est un gorille.

— Mais non, ce n'est pas un gorille, dois-je expliquer. C'est un bonobo. Dans cette race de singe, ce sont les femelles qui sont dominantes.

Hector m'a regardé d'un drôle d'air. « Lui, c'est un petit mâle », ai-je ajouté.

« Une lettre, quelle lettre ? » Raphaëlle fait irruption, décoiffée et dans une tenue que je préfère passer sous silence. Qu'a-t-elle fait de sa nuit ? Ses traits marquent une fatigue que rien ne repose. Je la réchauffe d'une couverture sur le dos.

« La voici, Madame », répond Cadot en tendant l'enveloppe avec un visage qui s'efforce à la froideur, mais toute sa volonté ne peut l'empêcher d'esquisser une pantomime d'oblation, échine arrondie et cils baissés.

Tout ce cirque m'ennuie. Je m'assieds à mon tour, vidée de toute envie. Rhésus se glisse sur mes genoux, entoure ma taille. Comment trouver la force de terminer ces infimes confessions ? Le souffle épique, même le satirique, me quittent... Le souffle tout court ?

Qui aura encore la foi pour écrire la geste de Rhésus et des vieux impatients ?

Raphaëlle chausse ses lunettes, observe l'enveloppe, comprend. S'écrie : Dhorlac... Enfin ! Ce cher vieux Dhorlac qui me donne des nouvelles. Je savais bien qu'il accepterait...

Elle s'assied, lit, se tait, ferme les yeux un instant. Un sourire à peine esquissé, suivi d'un air inquiet. Elle hausse les épaules, imperceptiblement. Rouvre les yeux comme si elle revenait de très loin.

Nous avons échangé un regard : la vieille garde rappliquait.

Tout était dit. Raphaëlle m'a regardée, encore, longuement. Puis elle a souri à Hector.

— Puisqu'il faut se rendre, a-t-elle murmuré.

SELON LUDOVIC

Le Pr Muret, il tapait dans le sublime, il était inégalable dans son genre, à l'hospice. Le virtuose de Vigny, en somme, et qui grimperait agile les échelons quatre à quatre, bien décidé à tout pour. Quand Claudine Arsine se mit en pleurs et en soupirs devant la dépouille d'Aquitaine, s'emmitouflant dans sa pelisse, il fut ému ce noble au plus profond. La compassion le saisit brutal. C'était pourtant le poisson froid. Mais le chagrin de cette croulante larmoyant son vieil ami plongé dans l'inconscience, s'enthousiasma-t-il, soudain rendu à l'Antique par une nouvelle inspiration, c'était ni plus ni moins, tenez-vous bien Ludovic, que la Douleur de l'Humain. L'Humanité, elle sanglotait devant nous.

Raphaëlle aussi pleurnichait, le Ténorio aussi, qui faisait des prières comme vache espagnole. Les infirmières avaient interrompu leurs importantes occupations et n'en perdaient pas une.

Les muses venaient souvent lui chatouiller la veine métaphysique, au docteur, elles étaient bien gentilles avec lui. Faut croire aussi que le petit aréopage de rombières gloussantes, la Léonce en tête qui agitait ses vieilles bagues comme des quinquets, clique agrandie bienheureusement par la charmante société aide-soignante, stimulaient son verbe emberlificoteur. « L'humanité, Ludo mon ami, ah, la belle, la grande Humanité, souffre tout entière, je le souligne d'un triple trait, devant cette modeste couche. » Face à leur condition mortelle, les âmes les mieux trempées, elles gémissaient. Voilà qui était grand et me faisait une formidable jambe.

Le vieil Hector était là aussi à écouter le frisé en se grattant. Il sentait venir la mort, lui, clair et net, car malgré qu'il soye fou comme pas deux, il la reconnaissait bien dans la gueule momifiée d'Aquitaine. Il lui tirait les moustaches, voulait le recouvrir de sa pelisse, qu'il aye point froid. C'était pas une allégorie qu'il tâtait de ses doigts avides, c'était Aquitaine en coma et qu'était en train de passer. Y voulait pas ça, qu'il disait, il ne le permettrait pas, il se sentait des responsabilités.

Calmez-vous, Papi, clapait Muret en contenant l'agacement qui montait, l'inéluctable de votre sort vous atteint, soit, mais vous ferez front, n'est-ce pas. La vie est une aventure dont nul ne sort vivant, qu'y puis-je. Dites-le-moi.

L'Hector, il coupa le sifflet au professeur : Vos discours ne sont pas de saison cher Maître, Moi, je vais sauver l'ami Aquitaine, nous le ressusciterons grâce à quelque médication nouvelle acquise chez les Américains au prix qu'il faudra, car je ne compte pas, vous le savez bien. Et sur ce il sortit des Pascal qu'il agita sous le nez rétracté du docteur.

Encore un tour alors ? Ça le reprenait, cette vieille andouille. À chaque tuile, il nous ressortait ses francs qu'il gardait planqués dans son pyjama en liasses de dix soigneusement serties d'un trombone, ses gros billets qui valaient plus rien maintenant qu'on était passé à l'euro, mais qu'il n'avait jamais voulu porter à la banque plutôt crever. Et il se croyait riche à millions, tout rembourré de biftons qu'il était. Fallait pas se gêner, qu'il insistait, toute cette fortune il ne souhaitait pas que diable l'emporter dans la tombe ! Son fric, il était là pour les coups durs, quoi d'autre ? Et d'abord, cher Muret, vous allez trouver à Aquitaine un matelas ad hoc, du surchoix, on va commencer par ça. Le confort avant tout. Choisissez ce que vous trouverez de mieux.

Et comme Muret virait rouge, colère colère : « Je ne puis rien contre la condition mortelle de l'Humanité, Monsieur, je puis compatir à son tragique, je puis alléger les souffrances qui précèdent le Passage, guère plus », le vieux prenait des airs matois : Je vous fais un chèque, mon grand, je conçois votre gêne, on a ses pudeurs. Et à moi, bas : Il n'est pas temps d'engager un débat éthique, comment faire concevoir au Muret que les plantes vertes et les légumes qui sont à sa merci sont encore des humains, parons au plus pressé.

Muret agitait ses boucles et dardait ses yeux bleus : Rangez-moi ce bazar, Hector, allez donc prendre vos gouttes ou je me fâche.

Je lui ai filé son lithium, il couinait comme un goret : Pourquoi qu'ils veulent pas de mon aide, j'ai gagné au Loto, oui ou merde, Ludo, pourquoi que j'en ferais pas profiter les amis ?

J'ai tout repris patiemment avec le papet, il avait gagné, certes, c'était indiscutable, il avait raflé six cent soixante mille francs et c'était déjà joli. Mais c'était il y a longtemps, et il avait beaucoup dépensé, avec ses bêtises...

— Mais ça nous fait bien soixante-six millions ! qu'il tempêtait.

— Oui, Hector, soixante-six millions d'anciens francs. Ou plutôt ce qu'il en reste.

Et là il calait, il ne comprenait toujours pas, on lui avait dit au bureau de tabac que c'était gros, que c'était la cagnotte. Avec ça, on est le Roi du Monde, qu'il m'implorait... On en a pour toute la vie... Pour lui, on voulait lui faire accroire qu'il était toujours dans la mouise, par méchanceté pure, et il se mettait à pleurer. « Ils profitent de ma faiblesse physique, ils me croient dégénérescent, ces vaches. Ils disent monnaie de singe. J'ai l'air d'un singe, dites ? Mais baste, ce Manoir, il délirait, car quand il se mettait dans les transes l'hospice devenait un Manoir, ce Manoir je vais nous l'arranger, nous le parfaire, ce sera mieux qu'un Manoir, un Château, un Palace à étoiles, et vous verrez comme tout ira mieux. Parole d'Hector. »

Et comme l'agrégé soupirait avec des airs entendus, le vieux riposta fièrement : Mais si, Monsieur, mais si !

Le Dr Muret qu'était point téméraire s'éloigna en tirant sur ses frisettes et louchant vers ses mocassins, en grommelant des vérités franchement désagréables, que maniacodépressif plus alzheimer ça faisait beaucoup, qu'en surcroît l'ancêtre virait de plus en plus paranoïaque... Et en effet, il voyait désormais, certains soirs, des CRS dans les couloirs et criait : « À l'attaque, mes braves », en s'élançant à l'assaut d'imaginaires félons, quand il ne démontait pas le chariot des repas en balançant la purée mousseline vers je ne sais quels hélicos, pour conclure avec dédain que le cheval de Troie c'était un peu gros et déjà vu, bref, le Frisé n'était plus sûr d'avoir la bonne structure, ici à Vigny. Les infirmières, quatre salopes bien replètes, le suivaient en hochant la tête de désapprobation compassionnelle.

Pas si fou, Hector, qui avait bien compris qu'on voulait l'isoler une fois encore et lui filer des doses chevalines, me glissa en confidence : Ce Manoir est non seulement mal tenu, on nous affame, vous ne l'ignorez pas, mon Ludo, malgré toute la thune que je file à Cadot, mais il est, convenez-en, fort mal fréquenté. Le personnel médical ne fait plus la maille, mon petit, surtout pour affronter les troupes ennemies. Je vais tout racheter, je ne vois plus que ça. Vous serez mon directeur adjoint si vous le souhaitez, vous êtes jeune, vous avez la santé.

Ses vieux chicots s'entrechoquaient, mâchaient l'espoir. Et puis le gâteux a un peu sangloté, c'est terrible, un aussi vieux aussi laid qui pleurniche comme un poupard, les larmes se coincent grotesques dans le gribouillis des rides, les râles de douleur ne parviennent même plus à sortir de la gorge, ça émouvrait des pierres si c'était pas si risible, mais le chagrin l'a fatigué et il s'est endormi.

J'ai continué la tournée des bassins, vingt-cinq princes m'attendaient recroquevillés comme des rats dans leurs lits métalliques et maculés, ils gueulaient que j'y faisais exprès, que j'y mettais de la malice à les faire attendre. Ils aiment à me traiter de raciste : raciste anti-vieux qu'ils grinchent. Qui aime les vieux ? Vermine... Ténorio me traitait à tout bout de franquiste : c'est quoi ? Ils me foutaient tous en boule, usé j'étais, fallait pourtant bien toiletter tout l'étage, passer au jet ces cochons à la toute extrémité trônant comme des rois de carnaval, nus, le regard vide et l'appareil bien flasque, et je m'y retrouvais seul comme tous les dimanches, j'en avais bien jusqu'à midi une heure à réchauffer ces cœurs ancestraux et torcher ces anus paléolithiques. Bon appétit.

J'ai pas eu le temps d'aller manger. À une heure, je décrottais la 15 lorsque j'ai entendu le ramdam. Y avait de l'action aux admissions. J'ai rué, faut jamais rater une aubaine de blague qui se présente dans le paquebot des dépendants. La 15 l'a gardée au cul.

C'étaient deux vieux qu'avaient rien de particulier, sauf leur singe. Les roquentins prétendaient qu'on les prenne avec leur bête, raison qu'ils pouvaient pas s'en passer. Les séparer c'était les achever.

La Cadot n'était pas encore là, et le docteur était descendu voir. Il fronçait. On n'allait pas commencer par leur passer un caprice, ah tout de même. Mais le singe le regardait droit dans la pupille, sans broncher, avec deux petits yeux profonds et noirs, et sous le masque de la mélancolie, on devinait tant de facétieuse gaieté que le Maître en était tout retourné. La bête dodelinait gentille entre les deux lits roulants, une main dans la main des deux nouveaux, de droite et de gauche. Il était drolatique ainsi, comme un enfant sage calé entre papa maman. Sur ce, c'est l'Hector qu'a rappliqué tout requinqué, il connaissait, qu'il disait, les entrants. Mais c'est Lino mais c'est Ferri ! qu'il gesticulait, depuis que je vous attends mes braves, et les braves en se bidonnant répondaient qu'ils étaient ravis de la revoyure. Ils avaient de la compagnie, qu'ils se marraient, tiens, vise un peu, on t'a trouvé un gorille.

Hector s'agenouilla pour se mettre à hauteur de visage, et le singe lui imposa les mains sur le front. T'as des poux, papet, lui assena un Ferri en rigolade. Hector, grand seigneur, ne commenta point, et entreprit de gratter à son tour la tête toute proche. « Et tu sais quoi, ajouta Ferri, il joue à la belote, au jacquet et à la pétanque. »

Hector avait pour l'heure tout à fait oublié Aquitaine et son cathéter transtrachéal en danger.

Sur ces entrefaites Ténorio nous a rejoints, suivi à petits pas feutrés par Morel et un peu plus tard par la Léonce. La fine équipe faisait cercle autour de la bestiole. Le loustic ne se démontait pas, il n'était pas farouche. La compagnie lui plaisait, qu'on aurait dit, il était point dégoûté par tous ces vieux. Quand ils lui parlaient, il penchait d'un coup la tête sur l'épaule gauche, clignait des yeux, un sourire lui retroussait les babines, et puis il leur tendait la main. Mais ce n'était pas à proprement parler une poignée de main qu'il faisait, plutôt un geste tendre et beau façon mère Térésa.

La gouine s'est pointée itou, l'air défait : Raphaëlle a disparu, elle m'a laissé un mot. Elle me quitte. Nous soupirâmes collectivement. Les deux folles s'étaient probablement disputées encore, on ne les tenait plus. C'est pas dieu possible, à leur âge. Ingrid, la fille de Raphaëlle, avait tout tenté pour calmer leurs ardeurs de romance et leurs fureurs d'entrecuisse, mais bernique. Même les journaux avaient parlé de ces dévergondages. Gorges chaudes... Allez donc les arrêter... On ne pouvait tout de même pas les piquer.

Ces deux-là étaient déchaînées.

— Raphaëlle, mon ange, où êtes-vous... Tout le monde se taisait dans la consternation, si bien que la Céleste en profita pour nous fignoler une crise dans les aigus. Elle trépignait et se mordait les poignets. Et des pleurs, des pleurs ! Et en plus je suis constipée, j'en crève, qu'elle nous expliquait.

— Faites-vous enc..., ça vous débouchera, repartit sans faiblir le docteur, qu'était pas toujours délicat avec les Ancêtres. Il s'éloigna d'un pas, et me fit un petit signe, le gras du pouce partant s'enfoncer contre le dos de l'index et du majeur rassemblés, une piqûre pourquoi pas.

Ignorant mon élan, Céleste avisa enfin le singe et oublia de pleurer. Changeant de comédie, elle s'écria : « Raphaëlle ! » en ouvrant large les deux bras. La bestiole ne fit ni une ni deux, d'un bond se retrouva au giron de la dame. Qui nous tourna le dos, filochant vers sa turne avec son nouvel amour. Je l'arrêtai. Elle me rendit le poupon et retourna seule à sa nintendo, rouscaillant.

La grande Cadot, survenue sur ces entrefaites, l'entendait pas de cette oreille. — Mais enfin docteur, nous ne pouvons admettre ce babouin, qu'elle s'insurgeait, il doit être couvert de parasites... Et qui savait s'il n'avait pas des maladies, tropicales et germinatives, qui allaient achever les pauvres vieux, ces fragiles, qu'elle remarquait.

Le docteur laissait dire et s'entretenait avec Hector. La brouille était passée, et il fallait savoir ce qu'était cette bête.

— Trop petit pour un gorille, assertait le docte.

Il n'en démordait pas. Notre invité, à vue de nez, devait peser dans les quarante-cinq kilos, et, lui arrivant tout droit à hauteur du coude, mesurait moins d'un mètre trente. Les gorilles, en outre, avaient une face bien plus massive, paraissaient moins humains. Lino et Ferri antithésaient, qu'on pouvait pas plus gorille que leur poteau. Les femelles s'en mêlèrent.

— C'est qu'on dirait bien un chimpanzé, tortillait la petite infirmière brune.

— Il est drôlement sombre pour un chimpanzé, et puis plus menu, rétorquait la petite infirmière blonde. Et je dirais même : plus joli.

Et tandis que la rousse et la rasée y mettaient du leur, gibbon, orang-outang, le professeur se grattait pensivement le pavillon de l'oreille à l'aide d'un cure-dents. Non, non, c'était plutôt un singe commun, un rhésus. Cette race s'acclimatait parfaitement partout. Voilà pourquoi elle abondait en nos régions, zoos, cirques, laboratoires. « D'où les expériences sur les compatibilités sanguines, et la mise en évidence fondamentale du facteur Rhésus. » Les petites en frétillaient, de tant de belle science.

Tout fiérot de ses démonstrations zoologiques, Muret, Empereur d'Hospice-sur-Vigny, me planta là avec les nouveaux et Hector. Cadot voulut s'emparer de la bestiole, fallait, disait-elle, la passer à la bétadine histoire d'éliminer les risques. Elle n'a jamais pu l'attraper, s'est fait mordre à l'épaule. Il s'est enfui alors, Rhésus, avec des cris. Mais j'avais l'œil ailleurs.

Le quarteron d'infirmières s'éloignait aux trousses de Muret en un petit groupe papillonnant et affablement chuchotant, bien excitant à la vérité vu de dos, dans l'embrasure de la porte. Elles en redemandaient, les salopes, de la frime en phrases. C'était la mode assurément. La blonde et grassouillette chouchouta de son mouchoir le museau de la brune qui avait des miettes sur la moustache, elle avait dû s'empiffrer avec les biscuits qu'elle refusait aux vioques. Une brune coiffée court, le genre garçonne, appétissante si m'en croyez, avec admiration contenue, frimousse maligne, des yeux qui derrière leurs lunettes caressaient avec bien de la gourmandise l'éphèbe médical... Et surtout des jambes longues et musclées qu'on devinait sans peine sous la blouse trop moulante, jambes alertes de marcheuse affirmée, faites pour l'amour, parfaitement adaptées aux jeux copulatifs, imaginatives et expertes, et qui ne demandaient, c'était clair, qu'à se déchaîner en d'acrobatiques et jouissives postures, une fois les pilules administrées et les couches propres ajustées.

Tout intéressé je m'étais approché, suivi d'Hector émoustillé comme un lépreux, de la chambrée où pérorait désormais le docteur. Muret, il avait bien saisi la situation, et que la brunette avait du tempérament. D'une voix douce et ferme, il confia des tâches de la première importance aux trois infirmières ses amies, qui toujours sous le charme allèrent dare-dare, le cœur joyeux, vider les pots pleins de crotte des croulants atrophiés ou fols, et il entraîna la curieuse vers son bureau : Nous allons vérifier tout ça dans mon cher vieux *Thesaurus Primatologiae*. C'était parti pour les politesses, ça se voyait gros comme la mort. Je sillonnai derechef derrière l'heureux saligaud, suivi par Hector aussi triqueux que moi, et qui me demandait en gueulant : « Croyez-vous, Ludo, qu'il va se la fourrer tout debout ? » J'obtins le silence d'autor et poursuivis mon importante filature.

De corridors en chambrées, de recoins en couloirs, nous le coursâmes jusqu'à une porte qui se referma, hélas ! sur nous. Nous collâmes nos oreilles dans un même mouvement de saine curiosité et fûmes bientôt édifiés. Le zélé pédagogue semblait lancé dans les pelotages, la brune n'opposant pas, à prime entendre, une résistance bien farouche. Elle était de la fesse, c'était sûr. J'oyais en effet de petits gémissements modulés et prometteurs qui ressemblaient au plaisir, au vrai, bien parti sur le chemin des grandes harmonies. Et tout oyant, les yeux fermés sur mon plaisir, j'imaginais cette jolie, maquillée, ointe de parfums lourds, et formidablement vicieuse, peau délicate, corps juvénile, souple, et ferme et dodu à la fois, dense, la blouse retroussée jusqu'à bien haut.

Sur ces délicieuses entrefaites, le vieux essaye de me pousser, et vas-y qu'il me bouscule carrément, qu'il joue des coudes et s'enfurie bien haut, cet importun, crie au scandale, il veut le premier rang, comme d'habitude, se croyant tout permis avec ses saloperies de biftons. Mathusalem d'hospice, va. Je l'avais à l'œil, ce mâtin-là. Il n'allait pas me doubler. D'abord c'était moi qu'avais suivi le premier, l'idée elle était de moi et de moi seul, la loi du premier occupant était indiscutable en cette circonstance. Évidemment, il n'était guère de ce sagace avis. Il avait bien droit lui aussi à la distraction, qu'il grinchait, et qu'y avait pas de raison, et que j'étais qu'un piètre égoïste et qu'un peu de fantaisie avant d'y passer c'était bien recommandable, et merde à Dieu... Nous allions, je le sentais, nous engluer en d'inutiles récriminations et rater des épisodes fameux. Il lançait un sacré micmac, on risquait d'alerter les deux saligauds à côté. Alors, plus rapide que l'adversité, je lui promets aussi sec de plus jamais lui fourguer du lithium : « On vous assommera plus, Hector, vous aurez la glorieuse des vingt ans... »

L'Hector était comme rond de flan. Lui qu'avait pas tâté efficace une vieille depuis des années. Il calculait, tripotant son truc mou. Il a vite flanché, la mort au ventre cependant, à ce que je voyais, avec l'impression pas chouïa plaisante de se faire avoir magistralement sur le fond. Il regardait la lourde d'un air désolé. Il faisait l'hésitant. Mais je lui filai irréfutable une grosse beigne, avec un large sourire d'encouragement cordial à ses futures débauches.

Il existe, c'est clair, des moments bénis. Ils sont rares, et réservés aux réfléchis de mon espèce. Quand l'important arrive, faut sauter dessus, rapace et chacal, sans tergiverser. Toute hésitation est funeste dans le grand bordel de nos vies. La vie, elle est bien harpagonne en occasions mémorables, et celui qui en laisse passer ne serait-ce qu'une, de ces occases qui miraculeusement vous offrent un infime moment d'oubli, celui-là est un cocu de l'existence à la vérité. J'étais point navet, moi. C'était pas souvent fête par la vie que je menais, et un jour ou l'autre j'allais pas manquer à y passer, à devenir vieux comme tous les vieux de l'hospice. Viscères offerts aux asticots du secteur, roses et voraces, qu'apprécieraient peut-être même pas, les inconscients, leur chance alors de m'avoir, moi, comme friandise. Or donc, n'attends pas, que je me disais, *carpe* donc ton *diem* et prends magistralement ton pied, mon Ludo, regarde bien autant que tu peux ce pétulant, ce faramineux derrière. Le derrière, ça rend les hommes philosophes et les femmes sentimentales. C'est toute la vie, ces différences.

Trou de serrure de vaudeville, vérification. La scène se précisait, et dans le bon sens. La brune révéla un corps mirifique, déjà dépiauté de tout linge importun, et avec un pot, mes amis... Un pot comme on n'en voit pas assez. Du muscle attaché haut, la taille comme au corset, l'évasement fessier à la Praxitèle. Muret suivait son idée. Un vague sourire coupait sa poire en deux. C'était fête à l'hospice, et spectacle gratuit pour mézigue.

Ça lambinait un peu à ce que je pouvais voir quand Hector réapparut et se planta par-devers moi. Il était accompagné par le rhésus qu'il avait retrouvé aux cuisines, à ce qu'il disait...

— Déguerpis, papet, ou je te file les bonbons sans sucre, je menaçais. Mais je fus interrompu dans ma colère par la bête, qui me gratta les couilles comme pour me calmer. Et en effet. Le singe s'amusa ensuite à actionner la poignée de la porte. Elle s'ouvrit. La bête entra, ferma précautionneusement derrière elle, sauta sur le bureau puis sur le dos de la fille. L'agrégé poussa un cri.

La bouche du doc était ouverte comme un four, et le zizi du singe dressé immense par tant d'influx sexuel. On voit bien ce qu'il advint.

Muret avala la giclée en connaisseur, et la bête passa sans transition à la fille qui était en position, elle aussi : levrette fignolée.

Coup sur coup.

Du rapide. L'affaire, j'en puis témoigner, se déroula entièrement sans soulever de protestation. Il me semblait même qu'ils en auraient redemandé, le larron et la larronne. Fichu bobinard.

Et c'est ainsi qu'il fut établi que le Muret, il s'y connaissait pas plus en singes qu'en humains et que Rhésus n'était pas plus rhésus que ouistiti, mais bonobo, qui est un petit chimpanzé sociable et pansexuel. Mais le pli était pris, et l'on continua de l'appeler Rhésus.

Les bonobos sont comme qui dirait les négros des Singes : d'une, ils sont noirs, de deux, ils viennent d'Afrique, de trois, ils niquent continûment.

Et qu'on ne me traite pas là encore de raciste, c'est en bonne part. Ils ont tout bon, je me suis copglé nuitamment sur l'ordinateur privé de la dame Cadot, le thésaurus du docteur valant pas un clou. Point ne passent leur vie à rivaliser et à se combattre, comme les chimpanzés ces guerriers, qui sont d'authentiques furieux. Les mâles et les femelles bonobos traitent dit-on à égalité, ce serait même les femelles qui feraient leur loi, à la moderne, et à ce que j'ai pu voir les mâles y sont guère classés comme chez les chimpes en lettres grecques, avec les mâles alpha surpuissants qui se garent la meilleure pitance et les femelles les plus girondes, et instaurent des hiérarchies aussi compliquées qu'à la cour du roi Louis.

Les bonobos, si m'en croyez, sont les bienheureux de la Terre. Ils se goinfrent, ils se bisouillent, s'épouillent et se papouillent, ils vivent, ils meurent. D'aucuns leur reprocheront leur côté hippy, poilu, et partouzard. Mais reprochez tant que vous voudrez, l'anathème et la vertu, ils s'en moquent, ces loustics. Ils ont l'esprit naturellement *peace and love*, pour se mettre d'accord ils se foutent pas dessus, ils s'enculent. Le beau de l'histoire, c'est que ça marche.

Quand Rhésus, qu'était donc pas plus rhésus que gorille, est arrivé chez nous, il est devenu tout de suite la vedette. Fallait voir comme il savait y faire. C'était le cœur sur la main. Les plus laids, les plus abîmés par la chiennerie de la vie, ils trouvaient grâce à ses yeux. C'était comme s'il n'avait pas peur de la mort. Quand il voyait quelqu'un de triste, vieux et condamné, il vous le réconfortait, d'un geste. Lorsqu'on le touchait, on le sentait tout chaud.

Les femelles en raffolaient, vu qu'il était toujours partant pour sauter dans leurs bras. Sans se gêner, elles vous le câlinaient. Elles lui refilaient tous les chargements d'amour dont plus personne ne voulait. Ça déversait, fallait voir. Rhésus était leur nourrisson à toutes. C'était comme on dit le bébé de la dernière chance, un bébé collectif. Y avait fort longtemps qu'un marmot s'était pas laissé approcher par ces gueules de cauchemar, rides tranchées comme des bouches, crânes presque chauves luisant sous les néons, il n'y aurait pas survécu, c'était plus humain une si vieille vieillerie. Mais la bête ne voyait sans doute pas les rides et n'était pas sentimentale sur les odeurs. Ainsi Rhésus voguait de bras en bras, bercé par toutes ces guenons attentionnées. Parfois il leur baisait puissamment les joues ou le cou, glouton, et en retour elles le bisouillaient à l'envi, et ça riait, ça riait… Il aurait fait n'importe quoi pour des chatouilles.

Léonce lui avait tricoté un pull au point mousse, orange. C'était gai.

Le plus heureux était Hector, qu'était un grand tendre. Ils passaient tous les deux des heures. Belote, jacquet, à se disputer parfois. J'ai jamais pu savoir lequel des deux trichait le plus. Quand Rhésus boudait, il gonflait les joues et grimaçait affreux de la bouche, comme un mioche. Il était alors tellement humain que j'en avais les foies. Hector, lui, tapait du pied mais cédait toujours au total. Ils se baguenaudaient aussi dans les couloirs, réconciliés main dans la main, allaient visiter les amis, la Raphaëlle qui offrait des caramels ou la Céleste qui prêtait une béquille. Rhésus alors se courbait, carrait une main sur sa taille comme une commère, et avançait en boitillant, plus vieux que mes vieux. Hector et les autres applaudissaient.

Quand Hector était malade à n'en plus pouvoir parler, Rhésus était tout pareil en pantaine. Il allait se cacher sous un fauteuil de la chambre des deux sapphiennes ses amies, et guettait le retour du brave, sans boire, manger, ou prendre de repos. Il avait du sentiment, faut croire. Quand enfin l'ancêtre apparaissait hagard, il poussait un cri, sortait de sa cachette à toute vitesse, bousculait, trépignait, et clapait des mains et des pieds. Il tardait pas à se lancer à son cou, et embrassades d'amoureux. Hector en chavirait de tant d'assauts, parfois, Rhésus le faisait tomber tout à fait à la renverse, fallait pour finir que je m'y colle, à les remettre sur pattes.

Qu'il était doux à tous, leur sacré Rhésus ! Il devint en somme leur frère animal, leur romance, leur garde-malade, leur confesseur, leur héritier, leur godemiché, leur baume et leur canne.

Les singes singeraient n'importe quoi, la mimique coule dans leurs veines. Rhésus était capable de nous contrefaire tous, mais il pouvait pas causer, c'était sa seule misère. Tous les croulants devant tant de talents se sont mis peu à peu dans une frénésie de pédagogie. Ils se délivraient en somme du poids de leur inutilité… C'était à qui lui apprendrait le plus de merveilles, avant de mourir. Ça les occupait. Ils tâtaient de la transcendance… J'avais la paix.

Pour ma part, j'en fis un allié précieux : il connut en quelques jours tous les gestes que je devais accomplir pour le bien-être de mes seigneurs, toilette, habillage, bouillies à la cuiller… Il suffisait que je l'habille, ce Rhésus, d'une blouse blanche, pour qu'il s'y mette et sans façons, bondissant de joie. Il s'appliquait, il avait même de l'idée. Je le payais en carambars, car il était glouton. J'avais ainsi beaucoup plus de temps pour proposer mon aide à la petite infirmière blonde, ainsi qu'à la brune, à la rousse, ou à la rasée, qui étaient pour ce qu'on sait quatre affamées, et ma situation devint, on peut le dire, hautement enviable.

Raphaëlle, qui venait, disait-elle, de la haute, avait entrepris de lui enseigner les bonnes manières. Elle lui interdisait de manger avec les doigts, il fallait qu'il usât de fourchettes et couteaux comme un seigneur, son Rhésus. Cela nous valut de fameuses scènes, car il était vorace comme je l'ai dit, et reniflait les plats à même l'assiette, ou attrapait des deux mains ce qui lui plaisait chez les copains pour se le goberger au plus vite. Et crachait sur la table tout ce qui ne l'agréait pas... Tantôt le projetait sur le blair d'un infirmier... Sacré boulot...

Toutefois, au bout d'un mois, Rhésus aurait pu nous donner des leçons en fait d'élégance mondaine. C'était le prince des cantines. Au début des repas, le sieur portait un toast à l'assemblée, levait haut le verre à moutarde en clignant finement de l'œil, et pas un vieux n'aurait touché à la pitance avant qu'il se fût rassis à la gauche de Raphaëlle, sur les cuissots de la Céleste comme sur un trône. Il prenait alors un air solennel. Tandis qu'il mastiquait, ses yeux se fermaient à demi, les petits crins noirs qui pointaient goguenards aux joues et au menton s'agitaient en diable, ses sourcils se fronçaient comme s'il concevait là de grandes choses, croûter était ce qu'il y avait de plus important au monde, après Hector et les deux folles, peut-être.

Il fallut aussi lui montrer à faire caca. C'était le clou. Tous les hommes se mirent à l'affaire. Rhésus dut s'habituer à l'autre trône, lui qui au début ne répugnait guère à laisser ses petites attentions aux quatre coins. Chacun voulait donner son avis sur l'art de la défécation. Ça se bousculait autour du water. Qui n'a pas vu Ténorio et Morel s'activer à la poussée, fesses tendues au-dessus du trou, bobine chavirée de trop d'effort, pour y apprendre, à Rhésus, le comment de la chose, sous l'œil approbateur d'Hector spécialiste en chef, a manqué un grand épisode de l'histoire de l'Humanité. Rhésus, il sautillait d'abord parmi les croulants cul nu, épouillait pour la forme leurs poils fessiers, puis les éloignait du lieu d'un petit geste, enfin sautait sur le siège et agrippait ferme des deux pieds la porcelaine, se tenant accroupi au-dessus. Parfois, il glissait sa tête entre les mollets, pour profiter de la vue. Hector lui filait une tape, fallait faire entrer la leçon. Mais lorsque la chose avait été faite dans les règles, un bonbon, sauf s'il s'était essuyé avec les mains. Pour finir, il s'habitua à prendre un journal comme tout un chacun, Rhésus, et il regardait les images en attendant que ça vienne, un sourire inspiré aux lèvres. Ténorio l'a intronisé Rey de la mierda. La bête, ravie, fermait point la porte, tout le monde pouvait profiter de la scène et applaudir à ses prouesses rectales. De rire aussi, ça fait oublier la mort.

Hector, qui voyait toujours les choses en grand, avait également entrepris de lui enseigner à lancer le couteau, et vas-y donc camarade, apprends les gestes qui sauvent. Il avait fabriqué avec de vieux coussins une manière de mannequin qui imitait dame Cadot. C'était sa bête noire, et la cible officielle de son élève. Vint un temps où Rhésus pouvait, se servant de ses quatre mains, envoyer d'un seul geste vers les coussins quatre couteaux de cantine… La bête visait juste et ne se départait jamais d'un petit coutelas ébréché récupéré dans les affaires d'un mort.

Hector appelait Rhésus son arme vivante. Il avait la nostalgie des guerres, faut croire.

Quoi que je fisse, Rhésus ne m'aimait guère, je devais être trop jeunot à son goût. C'était décidément un singe gérontophile, me disais-je, parce qu'il malmenait aussi bien mes amies les infirmières, Cadot en tête, que notre sémillant Muret, le jeune interne fellateur. La chef Cadot, il vous la mordait chaque fois qu'elle était à portée de dents, ce qui arrivait assez souvent, pour la plus grande joie de tout Vigny. Et pour Muret, il refusait ferme de l'enfiler, ni bouche ni fessier non môssieur, bien que l'autre insistât souvent avec force friandises, à ce qu'on racontait. Mais rien à faire. Fallait croire que des minots lui avaient fait des misères, avant qu'il se réfugiât à Vigny, et que pour lors il se méfiait d'eux et se plaisait au giron des vioques. Ferri prétendait qu'il l'avait trouvé dans un cirque, et Margay démentait, qu'il l'aurait dérobé à un laboratoire, d'où il l'aurait sauvé des sévices les plus formidables en plus. Pour moi, les deux se vantaient, et Rhésus restait un mystère.

En somme, c'était tout pour Hector. Les deux ont même fini par se ressembler tout à fait, car le singe, malgré qu'il soye pas vieux, avait par nature les yeux profonds dans l'orbite et des rides nettes sur toute la face, froncées terrible sur les joues et le front ou en étoile autour de la bouche. Hector le nippait avec ses frusques, crainte qu'il attrape froid sous nos climats, et cheminait dans les couloirs à ses côtés en laissant brinquebaler ses bras comme un primate. On savait plus qui était qui. Fallait voir la paire... Hector, qui parlait à Rhésus exactement comme à un frère, lui causait de Marx, de Tarzan, et du bon dieu… Rhésus hochait du chef en connaisseur. Il se grattait pensivement le front. Il paraissait d'accord avec les analyses. Souvent aussi, sur un banc, câlins et investigations dans les poils à la recherche de la puce. À force, Hector avait plus un cheveu. C'était farce.

Une seule fois je les ai vus fâchés. Hector avait eu un rhume de cerveau à vous tuer un titan, et avait dû garder le lit longtemps. Quand Rhésus fut autorisé à le visiter, son Hector respirait plus, et restait là, les bras ramenés le long du corps, tout rétréci et livide. Le singe le secouait en tous sens, piaillait, comme qui dirait : mon vieil Hector, mon vieil Hector ! Ne me quittez point, je vous en supplie ! Plus jamais vous n'aurez à me gronder ! Un ange que je serai ! Mon doux ami… Mais Rhésus pouvait pleurer, le vieux restait de marbre. Vieille mule de vieux ! Il faisait le mort, cette vache, pour voir comment l'autre prendrait le drame… J'ai cru que Rhésus allait en crever, de peur puis de rage. Il l'attaqua au couteau. J'ai dû sévir.

Mais on se réconcilia. Et ce fut reparti comme en 14… Le vieux s'était tellement pris au jeu qu'il faisait le singe, la nuit. Il voulait plus parler que bonobo, et me faisait des « huhu » quand je lui filais ses bonbecs *sine qua non*. J'y rétorquais du huhu, au diable.

C'était avant les événements.

Un soir, Muret prit la décision de débrancher Aquitaine. L'homme était cuit et le coma profondément installé, on aurait pu, techniquement pu, le prolonger, mais Muret était contre la politique du légume et on manquait de lits. Vers la Noël, il nous arrivait des vieux par wagonnées, c'était une épidémie. Les jeunes voulaient festoyer peinards, faut les comprendre, alors on internait.

L'opinion s'était paraît-il répandue, dans les cercles autorisés, que l'acharnement thérapeutique, au prix qu'il coûtait en dispendieux bazar et rares substances, avait fait long feu. Les temps changent, avait décrété l'agrégé avec son accent flagelleur.

Abrégeons leurs souffrances.

Moi, je l'ai suivie jusqu'au bout, l'agonie de l'Aquitaine, jusqu'au crépuscule. J'ai tout vu. Ce spectacle-là valait bien l'autre, le Muret aux infirmières, y'a pas que la fesse comme digne distraction. Autour de moi dans le couloir s'étaient entassées d'autres ombres, des soignants comme mézigue, sans doute. Les vieux ne se montraient guère en ces occasions, ils fouettaient. On était tout plein partout, à ce qu'il me semblait, en longues files, à savourer. Je sentais dans mon dos le souffle lourd et vaguement hostile de toute une bande de fantômes qui triquaient dur comme mille biceps à le voir claquer. Il a bien dérouillé, il est allé jusqu'au bout de la douleur. Ce qu'il raclait ! Il luttait. Il se faisait de plus en plus blafard. Les ténèbres avaient sournoisement entouré les murs de notre bastion d'hôpital, elles avaient passé les grilles et glissé partout, par les fenêtres et sous les portes, l'air bouffi de noir était immobile. La nuit était partout. Elle avait gagné.

Il criait plus. Il était enfin mort.

Hector vigilait. Toujours à fureter, à ramener son blair là où se tramaient, qu'il disait, des choses pas belles à voir. Toujours prêt à crier au scandale et à vouloir agir sur le monde. Redresseur de torts rabougri, mandrin cacochyme. Comme si le monde était simple. Comme s'il était facile à supporter pour les cons de mon espèce.

Il pénétra dans la salle des Palliatifs accompagné de son alter ego. Je m'attendais à des prières, même les plus révolutionnaires s'y mettent quand elle les approche de si vilaine manière. Mais non. Aquitaine reposait, détubé, claqué. Éclairé bizarrement vert par les loupiotes des engins qui ne le contrôlaient plus. Deux lits plus loin gisait l'Arsine, qui s'était attentée lorsque Aquitaine avait plongé en camarde, et allez-y donc que je vous fais ma Juliette, on a plus de dents, mais on reste fieffée romantique, si c'est pas une pitié. On l'avait retrouvée suspendue dans sa douche, toute violacée, encore respirante, mais à peine. Et elle attendait là d'y passer, gisant dans le petit lit blanc, les paumes des mains regardant le plafond, laide telle une mère Henrouille, et maigre déjà pire qu'un squelette en terre.

Hector et la bête s'assirent sur l'extrême bord du lit, ils pesaient pas lourd à eux deux. Ils regardaient la Claudine, attentifs et le souffle suspendu. Hector argumentait : « Réveille-toi l'Arsine, tu vas pas me faire ça, réveille-toi et je t'arsinerai comme un jeune bouc, fais un effort, ma jolie », et l'autre, bien sûr, de marbre. Il pleura alors, jeta tant de grands cris que Rhésus fit tout bas ses hu et ses ho, puis d'une pirouette à la renverse s'établit sur le sol. D'en bas, accroupi, il dévisagea le vieillard, longtemps, comme s'il voulait suivre le fil de ses pensées muettes, et soudain — qu'avait-il compris ? — il tendit la main, que l'autre finit par attraper en tremblotant. L'homme et l'animal se souriaient, fallait voir la simagrée, mes amis, j'en avais des frissons. Il frappa alors sur le carrelage, l'air heureux, pourquoi se lamenter, Hector, comme si cette femme n'était point morte, qu'elle n'était qu'endormie.

Le vieux sortit, tirant la nifle.

Rhésus s'assit sur le ventre de Claudine, puis s'étendit sur elle en manière de couverture vivante, inspira et expira lentement près de sa bouche. Ce faisant, il se glissa contre son flanc, prit sa main, longtemps, et pas pressé la mignota, la caressant tout tendre, soufflant aussi sur ses doigts comme une maman qui réchauffe un petit resté dehors trop longtemps un soir d'hiver, si bien qu'elle se leva sans qu'il eût besoin de rien commander, elle se leva et marcha vers la sortie.

Aquitaine, traité à la même mode, chaleur et bises, se leva itou, comme un frais gaillard, rajusta sa couche et son pantalon de pyjama, enfila la zibeline, et commença à marcher.

Quel était donc ce mystère impénétrable et sombre ?

Il était minuit et à la cantine des vieux traînaient encore, pas moyen de coucher quiconque en cette nuit de Noël. Le respect se perdait. Un étrange tohu-bohu de carnaval précoce agitait le réfectoire, les couloirs, la chambre. Je donnais ses cachets bleus à Ténorio, qui prenait des airs d'hidalgo en m'opposant ses mâchoires fermées, lorsque entrèrent, en procession, le grand Aquitaine qui gambillait comme un puceau, Arsine qui faisait la fière, Hector qui pleurait sans bruit. Rhésus suivait. Un grand silence se fit.

Aquitaine prit Rhésus dans ses bras, puis le leva haut vers le ciel, comme pour le montrer à Dieu ou le lui offrir. Dans cette posture qui le grandissait encore, le ressuscité avança au centre de la salle, avec une lenteur de rêve, mais tout cela était bien réel, et l'on entendait le bruit mat de ses pieds nus sur le lino. Il cria quelque chose comme un alléluia, et Rhésus grimpa sur sa tête, levant les bras au ciel à son tour, si haut qu'il pouvait toucher le plafond. Arsine, derrière eux, dansait et tournait comme une toupie, exultant de toute sa vie et de tous ses muscles retrouvés.

Alors une force d'ouragan parcourut tous ces vieux corps qui n'en faisaient plus qu'un, un malheureux se mit à heurter de ses poings serrés la table, Rhé-sus, Rhé-sus, et Morel enchaîna à l'octave au-dessous, Ténorio suivit de tout son coffre en faisant vibrer la jota : je-sús, je-sús, les femmes ne voulurent pas être en reste et se mirent au canon, puis toute sa table et pour finir tous les vieux étaient debout, tapaient des pieds et des mains, pleuraient et chantaient, et se signaient, et martelaient le nom de Rhésus.

Tout le peuple de Vigny appelait le doux nom de Rhésus.

SELON DHORLAC

On se souvient qu'au sortir de mes *Mémoires*, je formai le vœu de n'avoir plus à écrire, outre de dernières phrases anodines à mes proches, qu'une poignée de définitions anonymes pour le *Dictionnaire de l'Académie*, et les citations que j'aime encore à collecter dans mes carnets :

Je cherche en même temps l'éternel et l'éphémère.

Quand, au début de novembre 2005, Philippe de La Cour du Pin entra dans mon bureau du quai de Conti, il s'annonça en voisin. Cette familiarité me parut forcée, mais je répondis au fidèle de Jacques Chirac qu'il m'était toujours agréable de faire la connaissance de mes voisins de droite, même lointains. Il coupa court aux politesses pour m'exposer l'objet de son ambassade. Nous étions alors au plus fort de la grogne sociale. La Seine charriait une odeur de fin de règne.

Il s'agit, me déclara-t-il en préambule, de rendre un « grand » service à la République (le flamboyant combinard n'avait pas toujours, en privé, l'épithète abracadabrantesque). Et plus particulièrement à notre pauvre Sinusy, ajouta-t-il sans pouvoir réprimer un gloussement.

Chacun savait Sinusy sottement empêtré dans l'affaire de l'asile de Vigny : un quarteron de vieillards forcenés le narguait du fond de leur mouroir de banlieue, après avoir multiplié les atteintes aux bonnes mœurs et à l'ordre public. En dépit de toutes les sommations, ces vieux fous, dont la presse fournissait la chronique régulière, refusaient de livrer Rhésus, un singe fugitif, délinquant, lubrique et probablement sans papiers qui s'était réfugié parmi eux. Ils avaient infligé quelques camouflets mémorables aux forces de police, et pour finir s'étaient barricadés dans leur asile avec la bête. Et désormais le singe commandait à cette gent dépravée. On se gaussait, partout en France, et au-delà. L'autorité de l'État était bafouée. La grandeur de la France était sabotée. Il fallait « karcheriser ».

Les vieillards se savaient perdus : depuis que plusieurs de ses fonctionnaires avaient payé de leur vie l'assaut de Vigny, Sinusy interdisait tout ravitaillement, et cette terrible disette de plusieurs mois leur avait ôté les rares forces que leur avait laissées le grand âge. Ils voulaient en finir, mais en beauté. La première condition à leur reddition était qu'on relatât loyalement leur geste d'insubordination. J'étais l'écrivain prestigieux auquel on avait pensé en Conseil des ministres, sur la suggestion de La Cour du Pin lui-même. Je compris sans peine que celui-ci s'était vu confier les démarches d'approche de ma personne par un président point trop mécontent d'humilier son Sinusy — lequel, déjà affaibli par ses infortunes conjugales, par le bruit de ses migraines, et par l'épisode de Vigny, se retrouvait désormais renvoyé à son incompétence littéraire...

Le chef de l'État, on le sait, ne détestait pas rogner les attributions du remuant, de l'omniprésent, de l'insupportable Sinusy, au profit de son principal concurrent, l'élégant, le sémillant, le féroce Philippe de La Cour du Pin.

Je l'avais donc devant moi, tel qu'en lui-même enfin, arrogant et charmeur, persuadé sans doute que l'Élysée était toujours à portée de main, ondulant de la crinière, pointant vers moi son minois illuminé d'autobronzant — crispé des articulations.

— Voilà, exposait la jolie éminence grise, échauffant à mesure sa remarquable voix en prévision de nouvelles envolées onusiennes, il leur faut un académicien de gauche pour peindre de l'intérieur leur révolte. Vos textes — des portraits, des histoires, des notes prises sur le vif, que sais-je ? — seront publiés, pour satisfaire leur vanité, dans *Libération* ou dans *L'Humanité*. Ces journaux se laisseront bien prendre en otage.

Je ne commentai pas.

— Le président connaît votre talent. Il sait qu'il court le risque de voir les Français gagnés à leur cause, mais il est prêt, avec moi-même, à affronter ce genre de tourmente. J'oubliais : notre groupe d'insurgés a demandé également à être régalé d'un festin préparé par un grand chef — ils veulent sceller brillamment leur exploit. M. Ducaton, dont vous connaissez les talents, a déjà accepté de se rendre sur place pendant deux jours pour leur préparer ce repas. Vous serez bien sûr des convives et vous nous régalerez du récit du banquet. Si vous acceptez, je vous présenterai M. Sinusy avant votre entrée au manoir, il voudra vous briefer.

— Me briffer ? demandai-je non sans malice.

— Je veux dire, Monsieur l'académicien, vous donner toutes les instructions.

D'une pichenette, le tendre La Cour du Pin était déjà touché au vif. Mais ce n'était rien en comparaison des trois jours qu'il allait passer à s'exagérer sa vénielle faute de français, et ruminer ses conséquences sur ses ambitions secrètes, desquelles nous ne tarderons pas à parler. Je meurtris encore ma douillette de quelques prétéritions, le temps de réfléchir :

— Vous n'ignorez pas que ma route a autrefois croisé celle de Raphaëlle de Chartres, qui, si je ne m'abuse, est du nombre de vos révolutionnaires chenus. Si vous connaissez vos classiques, vous savez quelle figure elle a inspirée dans un roman qui, s'il a été boudé par le public, fait certainement partie de ceux qui me tiennent le plus à cœur. Aussi devez-vous mesurer le danger d'une telle réunion…

Le Premier ministre observait ses doigts manucurés, attendant avec une patience exaspérée la fin de mes coquetteries.

— Mais ce qui me surprend le plus dans votre démarche, repris-je avec un silence que je me plus à éterniser, c'est que vous feigniez d'ignorer la présence sur place d'une écrivaine patentée : Céleste Fontechevade laissera-t-elle une plume étrangère, à ses yeux pervertie par la consécration, s'approprier son histoire personnelle ? Me proposez-vous d'aller, sous son regard ironique, lui disputer son sujet ?

Embarrassé d'être ainsi renvoyé à son ignorance, se mordant la lèvre d'être venu à l'étourdie sans avoir pris la peine de relire mes œuvres complètes et les recensions qui les avaient fêtées, La Cour du Pin se taisait à l'énoncé de mes raisons, préparant son repli. Au passage, le roman qui transposerait une aventure ancienne avec Raphaëlle n'a jamais existé — je le signale par charité aux doctorants qui ont eu l'idée saugrenue de me consacrer leurs longues années d'études. Qu'ils ne pleurent pas sur leurs bibliographies. Je l'ai inventé dans l'instant, pour rire. Ou est-ce ma mémoire qui me jouerait déjà des tours ? L'aurais-je écrit pour de bon ? Incertitude délicieuse ! Bonheur de l'écrivain oublieux !

Alors, j'étais déjà charmé du lever de rideau de cette petite comédie. Chatouillant en moi le terroriste, l'homme d'État m'avait offert un dérivatif inespéré à mes monotones fonctions officielles. J'avais sans mal percé son projet. La démarche volontaire du chouchou du président auprès d'un écrivain déclinant s'expliquait par une ambition à double fond : devenir, malgré les Affaires, locataire de l'Élysée, puis, dans un avenir plus lointain, se retirer lui-même quai de Conti, giscardiennement. La Cour du Pin venait donc prendre date, s'assurer d'un premier électeur, et peut-être — qui sait ? — s'enquérir sans y paraître de mon état de santé.

Désireux d'écourter cette séance qui pouvait coûter cher à son immortalité, il entra immédiatement dans mes vues et reçut avec beaucoup de compréhension les raisons de mon refus premier, allant même jusqu'à me secourir d'une citation bien choisie de René Char, dont il me savait le survivant : « L'acquiescement éclaire le visage. Le refus lui donne la beauté. » Je dus rougir un peu, mais dans mon for je m'interrogeai sur cette incarnation de l'autorité qui cultivait si paradoxalement l'esprit de révolte. Emporté moi-même par cette contradiction qui tiraillа bien des écrivains de la gauche au temps du caviar, je fus un instant plongé dans le silence. Le ministre des voleurs de feu, satisfait d'une érudition dont il lui semblait qu'à peu de frais elle le réhabiliterait à mes yeux, trouva qu'il était temps de se séparer de moi. En se levant, il jeta un dernier coup d'œil aux dorures de mon habit suspendu dans un coin.

Trois jours plus tard, j'entrai à la maison de retraite de Vigny, mais après avoir consulté Raphaëlle de Chartres, qui ne m'avait pas oublié, et sans passer par La Cour du Pin, qui ne méritait pas encore son triomphe. Je préférai demander audience au petit Sinusy, et lui dis que je m'étais finalement résolu à prêter ma plume aux insurgés. Il fut, comme on l'imagine, ravi de cette victoire sur son éternel adversaire, et me reçut avec tous les égards et empressements. Toutefois, je me promis de lui faire payer, à lui aussi, le don gratuit de ma personne, en lourdes traites tirées sur son narcissisme insolent.

Je reprenais donc mon costume d'historien, retrouvant l'enthousiasme de cette époque bénie de ma jeunesse, au cours de laquelle, passionné d'automobile autant que de littérature, je parcourais le monde de craquement en craquement, et écrivais en voiture. Sur la route, mes phares ont alors éclairé plus d'un dessous de l'Histoire en marche, mon pare-brise s'est taché de plus d'un sang, mais on me rendra justice : jamais je n'ai oublié de préserver l'aventure individuelle et, à l'intérieur de ce véhicule transformé en instrument d'optique brutal, les douceurs de l'alcôve. Certes, je ne fus pas le seul, entre les deux guerres et au-delà, à donner ses lettres de noblesse à la conduite romanesque entendue avec regard pour le rétroviseur. Mais mon attention à moi s'était fixée sur le rétroviseur de gauche, attentif à cet autre qui vous double et vous ouvrira la voie, quand mes rivaux à droite, infiniment plus nombreux, s'égaraient dangereusement dans la contemplation des bas-côtés.

J'ai mis à l'encan toutes mes voitures, on le sait, et le compte exact de ce qu'elles m'ont rapporté. Mais je pensais bien trouver un dernier véhicule adapté à mon âge et à l'espèce de périple prévu, avec, cette fois, mon temps s'amenuisant, une préoccupation accrue pour ce qui fut au centre obscur de mon œuvre, la faille où s'abîma souvent mon regard rétrospectif, le moteur négatif de mon écriture et de mon existence, clinamen longtemps caressé quoique craint : l'angle mort.

C'est là, dans cette parcelle qui échappe à la vision, fécondant aussi obscurément l'avenir que le passé, que j'avais de nouveau rendez-vous avec l'écriture. Pour parler de quoi ? De la résistance de mes amis au seuil de la mort, d'un maquis comme au beau temps d'Oraison 1941-1944 ? De l'Histoire entre minuscule et majuscule, et qu'ils faisaient pour qui ? avant quel accident ?

Mais aussi, j'érigeai l'asile de Vigny en annexe du quai de Conti. D'une maison de retraite à l'autre, il n'y avait pour moi qu'un pas. Sur la voie d'une déchéance attendue, je quittai sans un regret les hypocrites havres de la France héritière. France d'en bas, je te rappellerai comme tu fus prolétaire !

Aucune relation n'a pu toucher à la réalité de l'épisode de Vigny. Aucune ne le pourra. Ce n'est peut-être en rien un épisode. Il me semble qu'il s'agit de l'Histoire principale et rien d'autre. Nous y sommes.

En entrant à Vigny, je me désaffublai instantanément du masque de colle dont j'avais recouvert mon visage. Et l'infirmière, qui se nommait Rosalyne, dans ses allées et venues ne tarda pas à marcher sur mon habit trop grand. De sorte qu'en dessous, qu'on pouvait voir, j'étais plus pitoyable et plus fripé que ma défroque. À mon âge, on est vite nu.

Je me souviens de mon premier contact avec les pensionnaires : à onze heures, je croyais me présenter à une heure convenable. Mais déjà, dans un coin de l'immense réfectoire, je vis que pour le repas on installait un à un les grabataires — ceux qui n'avaient pas pu fuir, ou qui ne pouvaient plus en avoir l'idée. On mange tôt dans les maisons de retraite : les serviteurs ont pris le pas sur les maîtres. Quand vient la marche à la mort, il faudrait donc avancer sa montre ? Une femme sanglotait devant sa soupe. À mes questions, elle répondit qu'étant là depuis trois jours, elle ne s'était « pas encore bien habituée ». Comme j'interrogeais un membre du personnel sur le compte de la malheureuse, il affirma avec un petit rire qu'elle était là depuis deux ans. Quand étais-je moi-même entré ? Dans combien de temps se moquerait-on de moi ?

Je ne vis donc d'abord, dans ce « restaurant », ni Raphaëlle ni aucun des protagonistes de l'affaire : juste une pathétique réunion d'oubliés, une maison de retraite dans la maison de retraite. Mais soudain, mes homériques vieillards arrivèrent dans un grand brouhaha, Rhésus en tête faisant voler les portes battantes et filant tout droit entre mes jambes pour dans mon dos rendre le sourire aux quasimorts attablés. D'un regard par-dessus mon épaule, je le vis enfin, ce Rhésus dont la presse avait tant parlé. Ratatiné par sa course, il paraissait moins grand que sur les photos. Ainsi fila dans mon champ de vision, oscillant vers ses parents d'adoption, ce monstre d'humanité. Ainsi renouai-je avec la rétrovision.

Immédiatement après venait Ducaton, le célèbre restaurateur de la place Saint-Sulpice, son nom brodé en rouge sur sa veste blanche, escorté de cuisiniers et de serveurs les bras chargés de victuailles et de matériel, eux-mêmes étroitement encadrés par les assiégés. Il tomba immédiatement dans mes bras :

— Monsieur Dhorlac, quelle joie de vous retrouver : nous allons être entre artistes !

J'étais un de ses bons clients — l'Académie n'étant pas trop loin —, de ceux qui peuvent s'asseoir dans la salle et dire au maître de maison qui s'avance :

— Que pourriez-vous me donner aujourd'hui ?

Et lui de proposer, à l'inspiration, un arrangement des trouvailles de ses acheteurs du matin, en accord avec le ton gai ou maussade, saisi au vol, de ma sempiternelle question.

Je m'arrachai à l'étreinte de Ducaton pour saluer le reste de la troupe. Et en particulier quelqu'un. Raphaëlle m'accueillit avec grâce et ce qu'il faut d'une timidité amenée à notre insu par le temps, sous l'œil attentif de Céleste et d'Hector, armés jusqu'aux dents, qui de katanas, qui de coutelas et de pistolets. Leur regard me renseigna aussitôt sur la nature de l'intrigue où je venais de follement m'engager : *Tres para una*.

Rien ne fut dit de l'exorbitante métamorphose de nos êtres, depuis le temps, et je fus mis d'emblée à pied d'œuvre :

— Monsieur Dhorlac, vous arrivez bien. Nous avons besoin de votre connaissance de la vie. Le grand romancier que vous êtes ne nous décevra pas, je pense.

Et plantant là tout le monde, sans même me laisser le temps de répondre, Raphaëlle de Chartres me tira par la manche dans le premier réduit venu où l'on stockait chariots à balais et serpillières, pour m'expliquer l'affaire présente. La porte se referma sur nous trois : Rhésus avait suivi.

Ce fut donc là, serré contre elle dont le parfum si distingué le disputait étrangement aux effluves de la souillarde aveugle et à l'odeur toute nouvelle et troublante du singe, que j'appris ce qu'elle attendait de ma « connaissance de la vie ». Il s'agissait de faire passer un examen en règle au bataillon de serveurs et de cuisiniers commis par Sinusy pour le banquet. Le locataire de la place Beauvau n'avait pas pu, raisonnablement, résister à la tentation d'infiltrer ce petit personnel avec des membres choisis des RG, de la DST, voire du GIGN : il fallait au plus vite faire un tri, et se débarrasser énergiquement de l'ivraie.

J'eus beau protester, dire que mes connaissances en matière de restauration n'étaient pas si poussées que je pusse distinguer un faux marmiton d'un vrai, je dus accepter de me transformer en une sorte de jury tatillon dont je conterai bientôt les censures. J'avais bien dû, après tout, soixante ans plus tôt, épurer un réseau de résistance infiltré par des agents de Vichy. Il faut parfois se résoudre, comme dit le poète, à « faire la chose soi-même ». Cependant que nos bouches disputaient, des bras puissants s'emparèrent de nos bras, de nos mains, en nous attirant vers le bas, l'un contre l'autre. Rhésus, avec la familiarité qu'on peut attendre d'un animal, avait d'abord glissé la main de Raphaëlle dans la mienne, et nous ne songions pas à interrompre notre débat pour lui interdire ses facéties. Les bras d'un singe bonobo sont extraordinairement puissants — on dit qu'ils peuvent soulever un homme d'une seule traction. Tout en parlant nous nous laissâmes couler vers le sol, pensant simplement que Rhésus voulait nous voir à sa hauteur. Comment dire ce qui se passa ? Est-il besoin de révéler où nous mena la main sûre de la bête ? Aujourd'hui, je ne rougis toujours pas quand je dois écrire que notre entretien, poliment conflictuel au départ, fut pour finir extrêmement tendre. Et le lieu confiné d'où j'écris à présent s'embellit chaque jour du souvenir de ce premier placard.

Raphaëlle sortit, naturelle. Hector et Céleste montraient une mine pareillement renfrognée. Elle désarma tout son monde avec l'aplomb qui la caractérisait, et d'une seule phrase :

— Il était réticent, mais Rhésus et moi l'avons convaincu.

Commença alors un étrange examen.

Tout le personnel mis à notre disposition par Sinusy défila devant nous. Pas un des cuisiniers ne nous parut suspect : ils savaient tout des amours de la brunoise et du chinois, étaient parfaitement initiés aux mystères des pommes soufflées, comme s'ils avaient appris à lire dans les chroniques de La Reynière. L'unique sommelier, un certain Blanchot, venu avec quelques spécimens de la célèbre cave de la place Beauvau — de spectaculaires jéroboams et mathusalems des plus grands crus —, mettait d'autorité des mots sur l'inexprimable quand on évoquait devant lui Pétrus et la Romanée-Conti. Sondé par Raphaëlle sur des crus moins prestigieux, Haut-Marbuzet ou Château Montrose, il nous prouva qu'il avait passé de longues années son verre à la main.

Vint le tour des serveurs. Leur incompétence manifeste ne nous permit pas de douter que Sinusy avait fait plus qu'infiltrer le personnel de salle : il lui avait entièrement substitué ses hommes. Nous les attendions au fromage. Pas un ne sut servir dans les règles roqueforts et vacherins, vieilles mimolettes. Il y eut des coulures et des larmes, des émiettements et des abandons, des petits massacres et des premiers sangs, de l'argenterie souillée, de la honte. Ferri et Margay, préposés à la sécurité, enfermèrent sans états d'âme tout ce petit monde dans une cave de l'asile plus humide qu'une oubliette, en attendant de leur régler leur sort. Je dirai plus loin quel il fut.

À la fin de l'épreuve, Rhésus m'apporta quelques bananes encore assez vertes, probablement en signe de bienvenue : j'étais des leurs, désormais. Ducaton se montrait intarissable sur le sujet de la banane. Il dissertait sur les variétés, mais aussi sur la temporalité spécifique du fruit, et comme elle se charge en sucre au fil de sa maturation immobile. Il arrachait des moues de répugnance aux dames en expliquant que, selon son goût, il convenait de les manger lorsque, noires et amollies comme du miel, elles approchaient de l'état fétide. Il les faisait rire et les laissait pensives en leur révélant le nom d'une variété naine de la Réunion : « Rhabillez-vous jeune homme ». À toute cette science, Rhésus opinait gravement.

Comme s'il avait deviné mes pensées et celles de Raphaëlle, comme s'il avait percé le sens de nos regards, Blanchot nous régala au dîner d'un Calon-Ségur. Il faut savoir que la gravure qui orne les bouteilles de Calon est encadrée par un cœur. Aussi sentais-je que Raphaëlle frémissait à chaque fois que les flacons vides ou pleins s'entrechoquaient, sensible, jusqu'à une délicieuse terreur, au symbolisme des cœurs qui s'entrecognent. Pour ma part, je n'étais pas plus tranquille, et l'atmosphère de ce souper, plus que l'étourdissement du vin, me liait la langue. Ce soir-là dans la conversation générale, je ne me rendis maître que de quelques saillies. Mais je puis dire que chacune fut goûtée.

Au sortir du dîner, Raphaëlle m'entraîna, elle-même entraînée par Rhésus, dans le parc obscur. La nuit était, pour les insurgés, l'occasion de sortir librement et de s'oxygéner, récréation qui n'était pas même troublée par la conscience que des caméras à infrarouges filmaient ces promenades. Il importait aussi de donner à Rhésus la possibilité de s'ébattre. Nous folâtrions donc tous trois dans le petit bois quand je fis un mouvement pour m'éloigner de mes amis. J'entrais dans la frondaison traînante d'un saule, pour sacrifier à son pied à une nécessité naturelle, quand Raphaëlle m'arrêta net en me mettant en garde : Rhésus ne supportait pas qu'on traitât ainsi ses arbres : je courais le risque de lui causer un grand chagrin ou de le rendre violent. Je me rendis à la raison animale de Rhésus et m'abstins. Ce que voyant, il étreignit affectueusement l'arbre, en paraissant le rassurer de vocalisations douces. Cédant à la tendre ébriété de cette soirée, Raphaëlle et moi nous l'imitâmes. Avec une exaltation à peine jouée, nous embrassâmes tour à tour tous les arbres du bosquet, cependant que Rhésus, hurlant son excitation, donnait le branle aux feuillages mêlés. Raphaëlle m'attira bientôt à elle : elle venait d'avoir l'idée de quelque chose qui lui ferait plaisir, mais que la honte l'empêchait de me confier autrement que tout bas. Je lui désignai alors ma meilleure oreille, et elle me confia que ses vieilles articulations lui interdisaient depuis au moins vingt ans de connaître ce plaisir de femme qui consistait à se soulager accroupie. Et que si je voulais bien lui donner mon bras et la relever, elle m'en serait à jamais reconnaissante, et de bien des façons. Elle détailla, d'un air aussi mutin qu'inspiré, la puissance tellurique qu'autrefois elle tirait de cette expérience, de sorte que j'acceptai de lui donner ce plaisir, non sans regretter de ne pas partager cette proximité avec la terre-mère. Déjà scabreux, l'épisode dégénéra, dans les rires et les cris, en concours de celui-qui-le-fait-le-plus-loin, et je fus battu à plate couture par Raphaëlle qui triompha aisément, mais aussi par Rhésus qui tricha en s'installant en haut d'un arbre. Le régime matriarcal des bonobos se trouvait confirmé : la femelle, tout accroupie qu'elle fût, trônait en haut de la hiérarchie. Pour ma part, je devais me rendre à l'évidence : j'étais, plus encore que le singe, un mâle dominé.

La soirée était loin d'être finie — nous dormons peu à nos âges. On dit que nous sommes sur nos gardes, ou désireux d'étendre les jours — c'est selon. En rentrant dans l'asile, nous croisâmes un cortège éclairé aux flambeaux. Sinusy avait décrété une sorte de couvre-feu, l'électricité était donc entièrement coupée. En compagnie de l'infirmière Rosalyne, nos amis se rendaient donc dans la salle de réanimation où gisaient toujours, plongés dans le coma, Claudine Arsine et son fier Aquitaine. Il convenait maintenant de s'assurer que le groupe électrogène avait correctement pris le relais. Rhésus avait peur des flammes, de la mort sans doute aussi. Néanmoins il nous précéda. Le coma des amants était léger, secoué de rêves et même parfois furieusement agité. De son côté, Rhésus devenait incontrôlable. Il allait de l'un à l'autre gisant en secouant les lits et les appareils. Il se donnait à lui-même de grandes gifles sur les flancs pour exprimer sa douleur, cherchant, pour s'y cogner, les quatre coins de la pièce. Il eût pu nous faire tomber. D'un bond, il se percha sur les cuisses d'Aquitaine. Le vieillard était en érection. Délicatement, avec une imparable dextérité, Rhésus s'empara de son sexe en le libérant de ses infamantes protections. Puis il se livra avec à toutes sortes d'attouchements auxquels sont accoutumés entre eux les singes bonobos, payant diablement de sa personne. Nous étions tous paralysés, à l'exception de Claudine Arsine, douée sur sa couche d'un remuement calme mais qui enflait.

Comment témoigner à présent ? Le surnaturel n'est pas fait pour moi. S'il existait un Dieu, je le souillerais avec plaisir, de toute la régularité de mon énurésie rampante, pour ce qu'il m'oblige aujourd'hui à retourner ma veste en racontant un miracle. Certes je le maculerais d'abondance, et que ça se sache, de me livrer, moi l'anticlérical d'un autre âge, à ce destin farceur. D'aucuns parlent légers d'ironie divine : mais moi, je ne suis pas loin de penser que Dieu n'est qu'Ironie.

Tandis que nous nous précipitions tous vers Aquitaine réveillé, Aquitaine revêtu du seul coton blanc de son attendrissante pollution, et nous regardant, se regardant, Rhésus se laissa glisser au sol et de trois roulades un bond il fut sur Claudine. La suicidée vibrait toujours, comme si l'esprit de Parkinson devait l'emporter sur le coma. On ne sut jamais qui des deux avait commencé : elle, à rire ; ou lui, à chatouiller. Toujours est-il que naquit un gloussement dans notre dos, et que de la risette nerveuse on en vint vite, Rhésus encore chatouillant et rechatouillant, aux éclats d'un rire inarrêtable.

Claudine revivait en se contorsionnant, elle ouvrait des yeux pleins de larmes de joie, elle entrouvrait la bouche pour libérer des salves d'ouh ! ouh !, se gondolait rythmiquement sous nos yeux émus de voir les amants enfin réunis de ce côté-ci de la mort. Par cycles, elle rassemblait toute son énergie pour s'ébaudir toujours plus fort et plus haut, s'élevant jusqu'à un rire si extrême qu'il en devenait par instant silencieux, atteignant enfin le rictus qu'aucun de nous ne pourrait oublier, car ce fut sa dernière expression. Aquitaine n'eut pas le temps de saisir sa main. Il fut devancé par Rosalyne qui déjà lui prenait le pouls et annonçait au singe penaud qu'on ne jouait plus. Le cœur s'était arrêté. Quant au mien, je ne l'ai plus assez robuste pour espérer vous conter le désarroi de nos amis, ni les regards pleins de questions et de doutes qu'ils portèrent sur Rhésus.

L'ange de la vie avec l'ange de la mort se retira je ne sais où, comme pour nous dérober sa candide noirceur.

Nous nous séparâmes en deux groupes : les uns accompagnèrent Aquitaine jusqu'à sa chambre pour essayer de lui prodiguer quelque consolation ; les autres, dont j'étais, transportèrent la dépouille de l'amoureuse, grimaçant pour l'éternel, jusqu'à la chambre froide de la cuisine, en attendant mieux. Comme je demandais à Hector s'il ne fallait pas réveiller Ducaton pour le prévenir de ce que nous réquisitionnions sa réserve, il me dit, las :

— Bah ! laissons-le dormir.

Claudine n'avait ressuscité que pour rire.

Nous nous couchâmes dans l'effroi.

À mon réveil, je sentis la tendre pression d'un bras contre ma poitrine. Je ne me souvenais plus de rien. C'était Rhésus, chassé par ses amis, venu se réfugier pour la nuit dans ma chambre. Au même moment, la porte s'ouvrait sur Lino et Ferri déjà pris de boisson et venus me demander si je n'avais pas un litre ou deux d'alcool à brûler pour concocter un explosif artisanal. Ils voulaient, disaient-ils, expérimenter une recette héraultaise rapportée des Indes par un Lord anglais viticulteur, installé à Pézenas, et qui avait entre autres servi à disperser des grévistes. Raphaëlle les chassa âprement sans me laisser le temps de répondre, alors que passait dans l'autre sens une tabagie ambulante et parfumée en qui je crus reconnaître Céleste. Environnée de volutes, elle gloussait aux éclats sans un regard pour Raphaëlle, couvrant presque les hurlements au loin de Ducaton, cueilli à froid par son premier contact avec la dépouille frigorifiée de Claudine.

De sa voix mâle habituée à haranguer gâte-sauces et chefs de rang, le pauvre Ducaton criait à qui voulait l'entendre, et sans doute à Morel qui ne le quittait plus, qu'on rendait son tablier pour moins que ça. Que l'on apprît dans quelle conditions d'hygiène il acceptait de travailler, que l'on dévoilât que des cadavres étaient entreposés près des viandes et volailles qu'il servait, et ses étoiles de général-cantinier ne seraient plus que breloques. Hector, qui passait par là, le doucha d'un calme japonais qu'on lui avait rarement vu, et lui suggéra qu'il ferait mieux d'accueillir sereinement ce corps défunt par la vue, le toucher, enfin les cinq sens que sa mère lui avait donnés, car le moment était précisément venu de faire connaissance avec la mort. Il demanda qu'on ne le dérangeât plus avec de ridicules beuglements car il avait un texte important à lire à M. Dhorlac, chez qui il se rendait dans l'instant. Aquitaine, qui passait comme une ombre, s'éloigna en déclamant, lugubre et chevrotant, « Oceano Nox ».

Le jour le plus long avait commencé. Il devait se clore par un dernier repas parfaitement déraisonnable vers lequel chaque convive courait déjà seul, dans un chaos d'apocalypse. Dès lors, je le pressentais, la desserte serait sanglante. Moi que l'on avait convoqué pour dépeindre le dernier acte d'une résistance farouche, je ne voyais de toutes parts que glissades désunies. Une nuit, une seule, avait suffi pour que la sympathique troupe se désagrégeât et que chaque vieillard se réveillât livré à son destin.

Après s'être introduit dans ma chambre, Hector m'expliqua qu'il n'avait pu trouver le sommeil après les événements de la nuit, et qu'une grande révolution s'était produite en lui. Il éprouvait le besoin d'écrire pour éviter que ne craquassent les coutures de son corps, tant les forces de sa nature le tyrannisaient de l'intérieur. Mais il se sentait également enveloppé de certitudes et, dans ce climat nouveau d'accord profond avec le monde, il voyait venu le moment de libérer son feu intime. Tout naturellement il s'était porté vers la poésie pour fixer à jamais l'équilibre enfin atteint dans l'ordre de sa passion, et il me demandait d'être le premier auditeur immortel de son épopée individuelle. Voyons, dis-je. C'est un haïku, asséna-t-il, surveillant l'effet produit par l'indication de genre :

Haïku

Que s'envolent les mouches ou qu'elles tombent
Entre cadavre et ressuscité,
Je bande.

Merveilleux Hector ! Il avait inventé le haïku selon sa nature : un haïku dionysiaque. Je l'en félicitai le plus chaleureusement possible tout en lui donnant quelques indications purement techniques sur l'économie des 17 syllabes, leur répartition mesurée en 5/7/5 (prescriptions qu'il balaya, au nom de l'heureux principe « qui peut le plus peut le moins »), sur la tradition du *kigo*, mot faisant référence à une saison, du *kireji*, mot-césure séparant les images, du *karumi* (principe de légèreté) ou encore sur la proscription des mots vulgaires. À cette dernière remarque il répondit qu'il s'abstiendrait d'écrire ces privautés quand les Japonais eux-mêmes se résoudraient à manger leur soupe aux nouilles en silence — ce qui après tout faisait sens. Galvanisé par ce premier succès qui n'avait rencontré aucune objection sérieuse, il me dit qu'il reviendrait dans un moment pour m'en lire un second du même tonneau. Et je le vis alors littéralement voler vers la porte pour m'aller chercher, dans sa rude pogne d'ogre, quelque nouvelle bribe d'éternité.

J'eus à peine le temps de m'habiller qu'il frappait à nouveau et entrait en s'annonçant d'un « écoutez-moi ça ». Il se figea, tout pénétré de sa récente révélation, reprit son souffle et scanda, détachant chaque syllabe avec délicatesse et nuance :

Baise, baise, baise, baise,
encule,
et rebaise.

Hector confirmait qu'il était au sommet de sa forme littéraire. En deux pièces tout était pratiquement dit. Il n'y avait tout au plus qu'à attendre de nouveaux prolongements et quelques charmantes variations, histoire d'illustrer et asseoir définitivement dans l'esprit des lecteurs le genre original du haïku hectorien. Après quoi ce petit bijou de subversion hâtive ne saurait être dépassé ni repris, dès lors qu'épuisé par le maître. Comme je prolongeais l'ivresse des commentaires, je hasardai encore une remarque sur la proximité de ce dernier texte avec certains poèmes de Labé. Il répliqua sèchement qu'il n'écrivait pas pour les curés, et comme il avait raison !

Rhésus n'était pas moins enthousiaste que moi. Il vint se placer au centre du tapis où Hector avait déclamé, puis, tournant son regard vers le plafond, il gonfla fort ses poils et proféra :

Hon ! Hon ! Hon ! Hon ! Hon !
Hon ! Hon ! Hon ! Hon ! Hon ! Hon ! Hon !
Hon ! Hon ! Hon ! Hon ! Hon !

Cet animal trouvait encore le moyen de m'étonner. Activateur d'une évolution improbable, il avait d'un coup donné naissance à une nouvelle espèce de singe littéraire. Il était stupéfiant de le voir ainsi respecter le compte des syllabes et marteler régulièrement son borborygme. Avait-il suivi mes explications théoriques ? Ou bien le haïku faisait-il resurgir un rythme ancestral, antéséparationnel dans l'ordre de l'évolution ? Je n'eus pas beaucoup de temps, ce jour-là, pour m'adonner à pareille méditation. La vie se manifestait de toutes parts, l'asile était en ébullition, et je devais penser à ma tâche, ingrate et privilégiée à la fois, de secrétaire de l'explosion.

Il régnait cependant une telle agitation que je ne savais pas où donner de la tête ni du stylo. Au plus vite, je devais résoudre un problème d'écrivain : comment rendre compte à la fois de ces vies parallèles et simultanées, en proie à une formidable accélération ? Je décidai alors de ne suivre que Rhésus, car lui allait de l'un à l'autre, toujours égayant, rendant de menus services, toujours offrant la tendresse dont ses amis avaient besoin, et les médicaments qu'il traînait avec lui. Il savait aussi, dans une parfaite continuité de gestes et d'attitudes, réveiller leur désir, prodiguant ici une caresse, là une fellation rapide comme un rêve, ou bien encore un baiser avec un profond regard.

Paradoxalement, c'est à travers ce que faute de mieux j'appellerai ses « bêtises » qu'il s'assurait un pouvoir immense sur les esprits de mes compagnons de décrépitude. Quoique souvent destructrices, elles avaient le don de leur faire voir la vie en neuf, le monde en beau. Le singe de Vigny était une source intarissable de premières fois. Joyeusement il bousculait les empilements de souvenirs, et parmi les colonnes abattues il déposait un premier cube émouvant. Pour chacun, Rhésus était recommencement.

Lors d'un de ses nombreux pillages dans la cuisine, nous le vîmes ainsi, au désespoir de Ducaton, se saisir de la grande boîte de caviar qu'avait fournie l'Intérieur pour nos agapes — richesse au reste dérisoire au regard des moyens secrets du ministère, simple verroterie susceptible d'amadouer une bande de sauvages. Pourtant, c'était du meilleur caviar, Ducaton avait précisé : du rarissime Griboïed', et pas un autre, et Beauvau avait dû à contrecœur faire à nouveau appel à l'entregent de La Cour du Pin, pour qu'il s'approvisionnât vite auprès de l'ambassade de France à Téhéran.

Le précieux Griboïed' arriva donc, par la valise diplomatique, entouré de tous les égards dus à sa légende, qu'amplifiait à satiété le ministre-poète ravi d'ulcérer le ministre-pandore. La boîte multicolore tomba néanmoins dans les pattes du primate. « Singe au caviar », c'était là le sujet d'une moderne vanité. Rhésus vit immédiatement quel parti tirer de la boîte ronde : il la posa sans hésiter sur la tranche et se percha sur elle pour rouler en équilibre à travers la cuisine, avec, dans chaque main, un poêlon à blinis pour faire contrepoids, et des petits cris pour encourager les applaudissements. Le numéro de Rhésus confirma ce que certains pensaient déjà : notre ami avait été, dans une vie antérieure, la vedette d'un cirque. Au troisième tour de piste, alors que Ducaton lançait ses commis à sa poursuite, le bonobo accéléra son dandinement, tant et si bien que la boîte s'ouvrit et que son précieux contenu se déversa sur le revêtement douteux de l'asile, en une longue coulée anthracite. Rhésus s'enfuit. Je le suivis, fidèle à mes choix, non sans le regret de devoir manquer les funérailles du caviar, les pleurs nerveux de Ducaton dépouillé, le murmure enthousiaste des vieillards qui ne voyaient que l'exploit de

Rhésus, les convoitises contrariées que ne manquerait pas de susciter ce beau trésor répandu : moi-même j'apprenais à renoncer aux faux brillants de la fête, je cédais le pas à l'animal, je me faisais le chien du singe.

De la cuisine aux chambres, et des chambres à la lingerie, de la lingerie aux bureaux de l'administration, et des bureaux aux salles de soins, Rhésus me tirait par la main et semblait m'avoir définitivement adopté. Il déployait une activité incessante. Sur son chemin, il collectait une masse incroyable de médicaments dérobés sur les tables de nuit, abandonnés par la désertion des infirmières dans les armoires à pharmacie. Il les déversait pêle-mêle dans un petit sac en plastique dont le tintamarre annonçait partout sa venue, crécelle publiant cette santé qui éclatait en lui. Régulièrement, il repassait par la cuisine où officiait Ducaton sous le regard amoureux de Morel, qui lui donnait du Ducatillon, Ducatillonnet... et autres toujours-plus-petits-noms.

Le chef dissertait et l'amant amateur écoutait, humait, trempait ses doigts tachés par l'âge. C'est à peine s'ils s'apercevaient que Rhésus engouffrait à mesure toute la réserve de truffes. Il en raffolait littéralement et les gobait une à une ou bien les faisait craquer, extatique, entre ses mâchoires puissantes. Ses prélèvements étaient tels, et si réguliers, qu'en fin de matinée il fallut faire son deuil des pépites des Cévennes. Pas avare de dons en retour, Rhésus parsemait les casseroles de Ducaton qui préparait ses fonds de sauce en prévision du soir, de toutes sortes de médicaments, anxiolytiques, antidouleurs, antidépresseurs, et bien sûr stimulants sexuels.

Ici il faut donc être juste et enlever à Sinusy ce qui ne lui appartient pas : jamais, contrairement à ce qu'ont avancé certains, il n'a empoisonné les plats des pensionnaires retranchés. Les mélanges furent le fruit de la seule imagination de Rhésus, qui, pour peu qu'on veuille bien y songer, inventa là ce qui sera à coup sûr dans l'avenir une discipline à part entière : la cuisine palliative. Je ne ris pas. Et même je pourrais dire, si l'on me poussait un peu, par combien d'éminents savants, pour certains disposant de chaires jusqu'au Collège de France, j'ai été approché depuis ma sortie de l'asile : tous cherchaient à obtenir des informations sur cette formidable expérience médico-culinaire accomplie *in vivo* à Vigny. Cobayes de la cuisine palliative, nous en fûmes donc les pionniers, et j'en suis le dernier survivant. Moi, l'Immortel, je puis dire que j'ai goûté une ambroisie.

Hélas, je n'étais pas un dieu, et mon corps, entraîné par celui de Rhésus à travers l'institution, montra rapidement ses limites. Avant que ne se rejouât la fable du pot de fer et du pot de terre, et que je ne me brisasse dans cette course folle, je fis comprendre à mon compagnon que mon âge m'interdisait de faire davantage le singe. Qu'à cela ne tienne, Rhésus avait l'habitude de la vieillesse : il me porta presque dans un des fauteuils roulants qui encombraient les couloirs. J'appris plus tard que c'était un de ses jeux favoris que de pousser les vieillards sans fin dans l'institution, à travers ascenseurs et couloirs, au ravissement et aux cris des véhiculés. Certes, il conduisait sans visibilité et il ne fallait pas trop se formaliser des chocs et des secousses. Cependant, ces inconvénients mis à part, la solution était pour moi parfaite. Depuis le métropolitain de Céline, on n'avait pas vu un moyen de transport rendre des services plus éminents à la littérature. Le fauteuil me permettait en effet de prendre des notes à mesure, et de ne pas tout confier imprudemment à ma fragile mémoire. Je m'amusais considérablement, faisant de la littérature en chaise roulante, et qui eût pu m'en blâmer ?

Nos pérégrinations nous ramenaient souvent vers la chambre de Céleste. Notre nouvelle Sappho s'était investie corps et âme dans une ultime expérience médico-littéraire sur des hallucinogènes, et Rhésus était son rouleur de joints attitré. Ironie de l'histoire, c'était Sinusy lui-même qui lui avait livré en quantité la substance interdite en fournissant au singe un stock conséquent de ses fruits préférés. Peut-on dire que Céleste fumait des bananes ? Ce serait impropre vraiment. Plus exactement, elle fumait l'intérieur de leur peau, une pâte préalablement cuite au four et réduite en une poudre qui venait pour finir parfumer des cigarettes consciencieusement ouvrées. Cette drogue, comme je l'ai appris depuis dans le triste lieu d'où j'écris, est connue des initiés sous le nom de « badine ». Elle circula dans les milieux anarchistes, et c'est là, dans sa jeunesse gauchiste, que Céleste l'avait rencontrée pour s'en souvenir au terme de sa vie. Comme la teneur de cette substance en hallucinogène est faible et qu'il faut trois joints pour obtenir l'effet d'une seule cigarette de haschisch, Céleste avait décidé d'en fumer trois à la fois. Rhésus, avec une régularité d'horloger, roulait donc et remplaçait les mégots par des joints frais aux senteurs de banane grillée, le premier au centre de la bouche, les deux autres aux commissures, et amen ! la Céleste voyait la Vierge des Indes et enregistrait ses visions à mesure, le clavier à portée de la main droite, surmontant ses douleurs rhumatismales, dans des transports d'autant plus inquiétants qu'ils étaient pratiquement immobiles.

Enfin, elle qui s'était autrefois passionnée pour toutes sortes d'expériences de décentrement avant-gardistes et d'écriture sous contraintes oulipiennes, avait un rendez-vous amoureux avec sa pensée, réflexe comme dirigée. Grâce à la badine, il lui semblait qu'elle tenait enfin son cerveau à bout de bras, qu'il frémissait d'aise sous ses deux mains et se démultipliait au gré de l'ouverture des fenêtres de son écran.

Puis nous repartions vers d'autres visions. Nous visitions l'humanité, chaque pièce comme une baraque de foire, une obole prête à la main. Nous partions vers d'autres étages, plus haut, plus bas, et j'excitais mon guide à aller toujours plus vite, plus loin : « Emmène-moi, Rhésus, commandeur miséricordieux ! montre-moi ces bords ! »

Happé par le spectacle des ultimes soubresauts de ces destinées étranges, enivré par l'odeur du sang qui montait, je ne prenais plus le temps de considérer Raphaëlle, qui, à la différence de ses camarades, ne dépensait pas cette journée comme si c'était la dernière et qu'il fallait vivre vite. Elle s'était mise au service du projet égoïste de chacun : elle prenait la tension de Céleste, massait ses mains, lui fournissait du sucre et des quartiers d'orange pour soutenir son corps, rangeait ses DVD. Elle réunissait de la vaisselle présentable pour le soir et mettait à bas des lits pour faire de jolies nappes. Elle prêtait l'oreille aux haïkus d'Hector, ravie de sentir qu'elle en inspirait plus d'un. Elle coordonnait ses efforts avec les nôtres, de sorte qu'à nous trois nous pouvions donner l'illusion d'être partout. Cette sollicitude me paraissait naturelle, mais elle cachait une décision que j'aurais dû deviner, et ce manque de pénétration fait aujourd'hui tous mes regrets.

Raphaëlle assistait particulièrement Aquitaine, qui s'était, depuis la veille, entièrement livré à son deuil, et nous inquiétait. Il oscillait entre le déni le plus complet et la fureur contre Claudine, son aimée, qui le laissait cruellement seul. Ainsi, quand il voyait Rhésus, il sortait de son abattement et accourait vers lui en l'appelant « Dina », surnom affectueux qu'il donnait autrefois à Claudine. Il la baisait, lui demandait pourquoi elle l'avait laissé si longtemps, la serrait fort comme autrefois, quand elle lui disait avec un rire effarouché qu'il allait rompre son petit squelette de verre — de fait, il lui avait un jour, pendant l'acte, occasionné une fracture, ce qui avait fait toute une affaire avec Gisèle Cadot. Il lui donnait du chocolat que Dina-Rhésus, par ailleurs barbouillé de truffes, ne refusait pas. Puis il se souvenait brusquement que Claudine était morte, mais alors, au lieu de revenir de sa méprise, il accablait Rhésus de reproches comme s'il s'agissait encore de cette amante qui n'avait pas su l'attendre dans la vie. Bientôt même il devenait violent, de sorte que nous n'avions plus qu'à fuir, le pauvre singe et moi, Raphaëlle s'efforçant de l'apaiser jusqu'à la fois suivante.

Quant à la geste de Ténorio, pour l'essentiel je la tairai. Le pitoyable séducteur madrilène, arrivé à sa fin, s'était mis dans la tête d'explorer en un jour toutes les facettes les plus improbables de la sexualité humaine, et associait à ses pratiques révoltantes êtres consentants ou non, animaux, objets et substances bizarres, lieux inédits. Rhésus prêtait volontiers la main à ses gesticulations. Moi, je fermais les yeux sur mon fauteuil, m'efforçant de penser à autre chose — l'Académie, par exemple, qui pour cette fois me fut d'un certain secours.

Ferri et Margay, eux, déambulaient, toujours affairés, dans les couloirs de l'asile. Ils s'étaient levés aux aurores, et, s'étant arrogé la casquette du commandement militaire, ils entendaient bien s'illustrer dans la défense de la place forte. L'adversité sinusienne les excitait. À nouveau, la lutte contre le capitalisme devenait tangible. Ils baptisèrent leur mission de réarmement, protection et contre-offensive « Opération Stalingrad », c'est tout dire. Traquant partout l'espion en même temps qu'ils cherchaient des armes, ils me faisaient presque peur : il ne faisait pas bon être académicien dans leurs parages, et je redoutais qu'ils ne m'imposassent quelque chose comme le très maoïste exposé d'amertume, que je dusse par exemple m'expliquer sur l'irréalisme bourgeois de mes subjonctifs imparfaits, ce qui n'était vraiment plus une plaisanterie de mon âge. Heureusement, j'avais été résistant indiscutable, et du bon côté. Je ne manquai donc pas une occasion de mentionner les hauts faits d'Aragon sous l'Occupation, et de minorer les travaux d'intendance de René Char. On ne tardera pas à voir comment ils traitaient les suspects.

En prévision de ce qu'ils appelaient « le grand

soir » — la rhétorique communiste ne connaît pas plus de révolutions qu'un écureuil dans sa roue —, ils rassemblaient et fourbissaient donc des armes en divers points stratégiques de l'asile, faisant feu de tout bois. Leur éclectisme guerrier s'alimentait notamment à l'art militaire médiéval. Ils avaient ainsi dérobé toute son huile d'arachide à Ducaton, pour fabriquer des pièges à l'huile bouillante à base de friteuses cachées dans les faux plafonds. De sorte qu'il ne restait plus au grand chef de la place Saint-Sulpice que de la graisse d'oie pour préparer ses tempuras apéritives. Les deux compères regardaient aussi vers les méthodes les plus récentes de guerre moderne. Ils se spécialisaient dans la discipline de la guérilla hospitalière, sous-catégorie inattendue de la guérilla urbaine. Dans leur sillage, aucune seringue ne réapparaissait. De temps à autre, ils m'empruntaient Rhésus pour le dresser secrètement à des opérations commandos. Seul dans mon fauteuil, j'en profitais alors pour faire un rapide somme, avant de retrouver mon guide.

En début d'après-midi, ils décidèrent de régler le sort de leurs prisonniers, ces espions-serveurs de Sinusy, démasqués la veille, et qu'ils avaient pendant tout ce temps tenus enfermés dans les caves suintantes du sous-sol. Avec pour tout public une caméra, et moi-même prudemment endormi dans un coin, ils organisèrent un procès aussi retentissant que bref. Les deux camarades se tirèrent au sort les rôles de procureur et d'avocat. Ce fut Ferri qui perdit, ayant tiré la paille courte du défenseur. Il rejoignit les accusés en boudant.

Le juge n'était autre que Rhésus : il écouta beaucoup, d'un air sévère, posa peu de questions, mais au bout du compte prononça un jugement exemplairement clément, avec de longs attendus dans un langage juridique des plus abscons que Ferri dut traduire aux condamnés ignorants : ils avaient de la chance, apprirent-ils d'abord, ils étaient simplement condamnés à être expulsés du territoire de la maison de retraite, érigée, comme je le découvrais par la même occasion, en Commune libre et indépendante. Cette magnanimité de surface ne doit pas surprendre. Ferri et Margay, abreuvés de télévision, avaient parfaitement intégré que la guerre moderne se gagnait grâce à l'image. C'est donc à eux sans conteste que l'on doit le virage stratégique majeur des insurgés de Vigny, après la première bataille soldée par de lourdes pertes infligées aux CRS : il fallait désormais tuer le moins possible, pour éviter de transformer l'adversaire en victime, mais blesser au maximum, moins le corps des assaillants que leur *image* aux yeux du public. La deuxième partie de la sentence condamnant les espions découlait de ces mêmes principes : les *modalités d'exécution* de la peine n'étaient pas précisées, elles étaient en fait laissées *au bon plaisir* de l'instance exécutoire, à savoir Ferri et Margay. Ils firent donc monter un vieux stock de boîtes de maïs aux OGM acquis autrefois à petit prix par la vile Cadot. Ils en gavèrent consciencieusement les flics espions, avec entonnoirs et bâtonnets de fortune, les encourageant de paroles douces comme « encore une petite cuillerée pour José Bové, mon canard ». Après quoi, en chantant « Hécatombe » de Brassens, ils les déshabillèrent et réclamèrent de Ducaton qu'il interrompît ses préparatifs pour leur accommoder une énorme quantité de marinade tandoori. Il n'obtempéra que devant la menace, agitée par les deux hommes, de la création d'une cellule CGT dans le personnel de son restaurant parisien. Comme on n'avait guère de colorants indiens, Rhésus sacrifia sa réserve de mercurochrome. Alors, un à un, les futurs expulsés furent dénudés, enduits de sauce tandoori, puis relâchés dans ce rouge et biblique état à la porte de l'établissement aux cris de « Reprenez vos poulets aux OGM ! », « À bas la world food ! » et même « Mort aux vaches sacrées ! »...

Le coup fut rude pour l'Intérieur. Sinusy n'eut plus qu'à récupérer sa volaille traumatisée, égaillée rose dans les fourrés du parc. Il confisqua ensuite toutes les images de la scène qu'avaient pu capter télévisions et photographes, mit en place pour ses sbires en pleurs une « cellule de soutien psychologique » ouverte également aux familles, au reste des troupes, à lui-même. Après quoi, furieux, il se retira dans sa tente pour délibérer.

La nouvelle se répandit alors comme une traînée de poudre : Sinusy voulait nous parler. Celui dont plus personne ne doutait qu'il serait le prochain président de la République avait beaucoup insisté. Hector, rigolard, avait dit avec gourmandise : amenez-le-moi.

Rhésus venait tout juste de dresser le couvert pour le banquet du soir. Il y avait mis tout son cœur, et le résultat était étonnant. Rien n'était encore décidé entre nous : nul ne savait si ce dîner serait le dernier. Nous nous affairions pour ne pas en parler, mais il faudrait bien tôt ou tard arrêter nos gesticulations, et voir les choses en face. Continuer : ce mot impossible.

On s'apercevra peut-être que je dis *nous* : en l'espace de vingt-quatre heures, j'avais définitivement fraternisé avec les révoltés de Vigny, jetant mon habit vert aux orties et avec lui ma ridicule condition surnaturelle. L'académicien défroqué n'aspirait plus qu'à être confondu avec les mortels, à revivre un peu en somme, avant d'en finir.

Jamais mieux que dans cette occasion Sinusy ne pouvait incarner le principe de réalité dont il s'était fait le champion sur la scène politique. À n'en pas douter, il venait nous apprendre qu'était fini le beau temps des singes dansant au bord de l'abîme. Que lui-même avait failli y croire... Mais que, comme chacun, il avait besoin maintenant qu'on ne lui mentît plus. Il entendrait dénoncer l'imposture, et nous rappeler nos âges, nos visages, notre raison, notre déraison. Pour le coup, il prendrait sa vraie dimension, celle qu'il avait tant désirée dans le moindre de ses moments, de Père de la Nation.

« Il en a » fut la première réaction articulée d'Hector, lequel ne s'exprimait plus qu'en formes poétiques brèves. Nous étions bien d'accord.

Alors nous fîmes la leçon à Ferri et Margay, que le comique de répétition n'effrayait pas, pour qu'ils ne rééditassent pas avec le ministre d'État le gag du procès finissant en marinade orientale. Un peu vexés, un peu frustrés — car un Sinusy tandoori les alléchait fort, disaient-ils, ajoutant qu'ils voulaient goûter à cette canaille à peine rôtie —, ils nous prirent au mot, et emmenèrent avec eux Rhésus, en déclarant qu'une visite ministérielle n'était pas chose commune et qu'il importait de mettre notre compagnon sur son trente et un. Nous vîmes ainsi revenir Rhésus en grande tenue de réception. Lui qui déambulait d'ordinaire sans affectation, tantôt intégralement en poils, tantôt revêtu d'un simple teeshirt, s'était coulé dans un splendide costume sombre à sa mesure, avec chemise blanche et cravate de soie, et paraissait particulièrement fier de ses mocassins cirés avec soin. Le ministre de l'Intérieur trouverait à qui parler.

Quand Sinusy entra par la porte du fond du grand réfectoire, il nous apparut petit de loin ; par un réflexe que j'ai toujours vu aux êtres qui souffrent de leur taille, il chercha des yeux la personne qui serait le plus à proportion de lui et s'avança vers Rhésus pour le saluer. La poignée de main fut molle et glaciale. Puis il se fit présenter chacun d'entre nous, feignant de ne pas nous connaître alors qu'il avait sans doute mémorisé depuis longtemps nos fiches signalétiques. De près, je remarquai ses traits tirés, quelque chose de cendré dans le teint que je ne lui connaissais pas, un sourire plus crispé que de coutume, un air absent. Je le crus malade. Hypothèse naïve : il était plutôt, comme je le compris plus tard, rongé par une décision secrète qu'il venait de prendre. Le ministre comptait et recomptait sur ses doigts manucurés les longues années qu'il lui faudrait attendre le poste présidentiel auquel l'appelait sans conteste sa grande valeur s'il avait le malheur de commettre la moindre erreur stratégique, et cette arithmétique ne le laissait pas en repos.

Car il faut rappeler que la population, sous perfusion d'informations continues, avait le regard tourné vers Vigny. Contre Sinusy qui jouait là une partie délicate, elle plébiscitait le singe, s'enthousiasmait pour ce qu'elle appelait improprement la « révolte de Rhésus ». Il convenait donc de sortir au plus vite de la crise, en écrasant cette popularité naissante, et de flatter l'imagination du peuple par un de ces coups d'éclat dont il avait le secret.

L'apéritif commença. Sinusy voulut bien, à ma surprise, d'un petit alcool. Se détendait-il ? L'on fit venir le sommelier, mais à sa vue il se ravisa et demanda un jus de pamplemousse. Ce revirement était politique. Au reste, la politique de Sinusy n'était que revirements, mais là n'est pas encore le sujet. Cette petite ruse, outre qu'elle illustre la démarche sinusienne des volte-face à sauts et à gambade — une posture fatigante —, ne lui servait en réalité qu'à faire venir le sommelier, pour s'assurer que celui-ci était en bonne santé, et libre de ses mouvements. Nous l'apprîmes bientôt, Blanchot n'était autre qu'un espion à la solde de Sinusy, le seul qui eût échappé à notre vigilance. Sa science et sa pratique des vins, probablement apprise sur le tas, nous avaient abusés. Et l'ingénieux ministre, rêvant plus que jamais de la victoire finale, venait chez nous couver son cheval de Troie.

Que nous dit Sinusy ce soir-là ? On devine que cela n'avait plus, dès lors, beaucoup d'importance. Lui-même, sa mission de repérage accomplie, était ailleurs. Il nous parla de responsabilité, de dialogue, de bonne volonté et de grandeur, s'épancha sur son grand-père qui, nous apprit-il, était encore vivant, et s'efforça de nous dire ce qu'il comprenait de la vieillesse. Mais jamais il ne parvint à nous donner l'occasion de parler. Je ne l'écoutais guère, et commençais à m'endormir. La journée avait été rude. Pour ne pas baisser dangereusement la garde, je tâchai de me concentrer sur le plus intéressant : la forme et les figures de son discours — et ses attitudes qui en disaient plus que ses longues palinodies. Il s'était assis au milieu de nous pour faire le bilan de la situation, nous contraignant ainsi imperceptiblement à faire cercle autour de lui. Et pour mieux nous tenir en son pouvoir, il tournait son visage alternativement vers chacun, non pas pour s'adresser à quelqu'un en particulier, mais pour accrocher tous les regards, et nous montrer qu'il faisait face. Son front était continuellement incliné vers l'avant, comme un bélier qui se fraie un chemin dans l'adversité compacte. Je constatai qu'il ne se tenait pas bien sur sa chaise, mais voûté, la cravate pendante, les avant-bras en appui sur les cuisses comme un homme harassé par les problèmes de toute une journée, les jambes ramenées sous lui, écartées de telle manière qu'il laissait entrevoir entrecuisse et chaussettes. Comme si le costume n'était qu'un uniforme sans importance, dont le débraillé voulait encore dire : « Attention : travail ! »...

À ses pieds, Rhésus cherchait à attirer son attention. Il s'étendait dans une posture de totale soumission, et semblait quémander caresses ou câlins pour créer un contact. Je croyais voir, dans l'attitude secrètement hostile de ces deux êtres pareillement cravatés, une allégorie des luttes secrètes en politique. Sinusy parlait toujours, imperturbable, le regardant sans le voir. Pour la première fois, notre ami semblait laisser quelqu'un parfaitement indifférent. L'homme d'État avait-il décidé de ne pas se laisser attendrir ?

Aujourd'hui, pour décrire la relation de ces deux meneurs d'hommes, je n'hésiterai pas à parler d'une profonde et instinctive rivalité. Car l'abandon de

Rhésus aux pieds du ministre ne doit pas faire illusion : les bonobos résolvent leurs conflits dans des empoignades érotiques ; leurs déclarations d'amour enferment donc des déclarations de guerre, et réciproquement. Le combat comme l'amour serait sans merci :

Dans le ravin hanté des chats-pards et des onces
Nos héros, s'étreignant méchamment, ont roulé,
Et leur peau fleurira l'aridité des ronces...

« Vous ne me fascinez pas ! »

Le cri de Sinusy me fit sursauter sur ma chaise. Avais-je dormi ? En tout cas, j'étais tout à fait réveillé désormais, et j'entendais clairement le ministre s'adresser directement pour la première fois au singe et lui dire : « Vous ne me fascinez pas ! » Et tout comme il refoulait ses déclarations en première intention, il retint manifestement, sous nos yeux, un coup de pied de profonde frustration. La pauvre bête comprit parfaitement ce geste qui la visait, et je sus qu'elle n'attendrait pas sept ans pour rendre ce coup qu'elle n'avait pas reçu. Le ton monta alors immédiatement, sur fond d'une sourde plainte de Rhésus. S'ensuivit un échange rapide de propos aigres. Sinusy se leva pour partir, et demanda avec qui il devrait négocier à l'avenir, qui serait son interlocuteur : qui, en somme, nous dirigeait. Dans un beau mouvement d'ensemble nous lui désignâmes Rhésus, notre chef et notre seule voix. Comme il feignait de croire à une plaisanterie, Céleste, dans un moment de lucidité, lui dit ces mots sans équivoque :

— La société, l'État et nos familles nous ont abandonnés. À sa manière, Rhésus nous a recueillis et s'occupe désormais de nous. Il faudra nous montrer que vous pouvez faire mieux qu'un animal... Il est clair que nous en doutons.

Et Margay renchérit :

— C'est point difficile de négocier avec un bonobo, m'sieur Sinusy, il suffit de lui donner beaucoup d'amour ! Entendez-vous avec Rhésus, et nous nous rendrons.

Puis comme le lascar se tournait vers moi pour chercher un soutien rhétorique :

— Vous n'avez pas le monopole de la couille, répondis-je au ministre pour signifier clairement que ma vieillesse jetait sa gourme.

Au milieu de tant d'animation, et enhardi par la fonction dont il venait d'être officiellement investi, Rhésus se mit à parler. Il se lança avec une détermination farouche dans un long discours de politique générale, dans une langue de bois qui marquait clairement sa parfaite maîtrise des codes humains. Devant Sinusy qu'aucun adversaire n'avait jusqu'alors pu museler, il tétanisa l'auditoire en rythmant son discours par des coups frappés sur la table avec l'une de ses belles chaussures cirées, des coups à faire trembler la vaisselle et l'Histoire, et à faire frissonner d'enthousiasme Ferri et Margay, qui se croyaient revenus aux plus belles heures de Khrouchtchev. Sur ce, notre tribun velu sauta sur une chaise, et de là empoigna Sinusy à bras-le-corps. Le pauvret se retrouva bientôt à battre des jambes dans le vide... Sur la bouche du ministre, Rhésus appliqua avec lenteur et solennité, sans paraître se soucier de la terreur de puceau qui emplissait le regard de son compagnon d'étreinte, un baiser à la russe d'une passion à soulever à nouveau le mur de Berlin. Qu'il parut long l'instant au cours duquel, les frontières d'espèces s'estompant, ils mélangèrent leurs visages... Rhésus laissa alors son mignon se couler tout pantelant au sol, avant de lui donner le branle d'une petite claque sur la nuque. Hector, en verve, immortalisa le geste à sa façon de poète japonisant :

Costume froissé et grandes dents,
Sourire forcé, mine en dedans,
Va, petit joueur.

Sinusy sortit à huit heures. Avant de repasser le seuil, il eut le temps de vérifier discrètement l'heure sur sa montre. Il respira profondément. Au moins, le minutage était parfait : puisque les journaux télévisés commençaient à peine, il aurait le bénéfice de les interrompre d'un spectaculaire direct et de s'adresser, comme il l'aimait, à la France.

En apparence, il sortit donc indemne de l'asile, et le public put louer d'autant plus son courage que le ministre d'État eut au retour l'habileté de se vêtir d'une modestie sincère. C'est sans fanfaronnade qu'il se glissa sous la tente d'état-major pour attendre la reddition de mes vieux. Mais nul n'aurait pu dire qu'il gardait sur sa bouche, inscrit pour longtemps, le goût de celle de Rhésus.

Nous ne devions pas avoir le temps de nous réjouir. Rapidement, je m'aperçus que quelqu'un manquait à l'appel. Raphaëlle était introuvable. Depuis l'arrivée de Sinusy, personne ne l'avait vue, et l'on ne se souvenait pas qu'elle eût reçu le ministre. L'enlèvement était à exclure. Sinusy n'était pas un maître de l'illusion. La réalité était plus triste et plus blessante : Raphaëlle avait préféré s'éclipser. Elle n'avait pas voulu dîner, ou, selon ses mots qui me revenaient désormais et dont je percevais trop tard toute la portée, elle nous laissait « boustifer la boustifaille ». En dépit de l'amitié sincère qu'elle nous portait, Raphaëlle se refusait à consommer d'elle-même, et dans la promiscuité, son destin. Elle seule avait gardé toute sa lucidité. Elle seule avait conservé cet instinct de vie qui la caractérisa dans toutes les grandes occasions de son existence.

Animale, aussi intimement que Rhésus qu'elle traitait en égal, elle ne concevait pas de mourir autrement que seule, à l'écart de tous. Ce moment n'était pas encore venu, elle le sentait. Elle pouvait vivre et plaire même, encore. J'avais été un vieil aveugle, bien bête à la vérité, dépensant mon temps à noter des signes que j'avais été incapable d'interprêter. Pourtant, sa résolution était prévisible. Elle seule ne s'était pas comportée en vieille égoïste pendant cette dernière journée. Elle seule n'était pas vieille. Elle seule devait vivre.

La mort dans l'âme, nous nous mîmes à table. Les vieillards ont de moins en moins d'appétit : c'est vrai. Nous n'avions plus faim, mais la rage de finir. Au reste, le dîner ne me déçut pas. On nous avait promis un repas d'anthologie, et je ne craignais rien tant qu'une ennuyeuse perfection. C'était sans compter avec Rhésus, et son insouciant génie du chaos.

Dès l'abord, la table avait le charme de l'inattendu. Comme l'établissement ne disposait d'aucune argenterie, et que Raphaëlle avait jugé le fer-blanc de la cantine trop triste, on avait collecté les couverts personnels des pensionnaires, et l'ensemble dépareillé qu'on avait obtenu, avec manches de nacre ou de corne, motifs de coquille ou de lys, design suédois ou italien, reflétait à merveille le composite de cette petite humanité appelée à se mourir autour d'une table. Rhésus, tel un enfant ou peut-être un ange, avait d'ailleurs assemblé ces couverts suivant une loi géométrique bizarre au centre de la longue table et non de part et d'autre des assiettes, lesquelles composaient, à leur tour, une frise rythmée avec des verres de toutes tailles, de tous styles et de toutes matières. On eut dit des phrases tout en boucles, indéchiffrables. Et ponctuant tout cela, des bougies allumées, des fleurs fraîches, du linge tombé du ciel. Autant d'arabesques nous parlant de leur auteur, et de l'énigme de son cerveau.

À la table de Rhésus, chacun s'assit confiant, sans ordre et sans façon. Les places n'étaient en rien acquises et l'on vit les voisins bien des fois permuter, rouler de l'un à l'autre dans leurs fauteuils d'infirmes, de sorte que le repas, malgré l'excellente qualité de la cuisine, tint plus du buffet que du dîner assis. Ducaton avait fait des merveilles. Les contraintes auxquelles il avait dû faire face, avec une cuisinière de cantine dotée de vulgaires feux au gaz, l'absence de chauffe-plats conséquents, les dévastations de Rhésus qui l'avaient obligé à réviser incessamment ses menus, le privant de caviar et de truffes, les initiatives du même charmant trublion qui s'entêtait à déverser toutes sortes de médicaments dans les casseroles dès qu'il avait le dos tourné, tous ces obstacles réels ou imaginaires avaient donné à sa cuisine une fermeté, une inventivité et une audace qu'aucun de ses traditionnels clients n'avait jamais savourées. On eût dit que Ducaton s'était ressourcé tout à la fois à l'*arte povera* qu'imposait le manque de moyens, à ce pan de l'art brut qui fleurit dans les asiles et s'alimente aux psychoses abruties de médicaments, à l'art primitif qui accompagnait l'élévation du singe vers l'homme, mais en mariant de façon critique ces utopies du dépouillement à la profusion flamboyante et noire des vanités baroques. Ducaton nous livra une cuisine de paradoxes et de tensions, rapprochant en elle les extrêmes aussi bien de la vie que de l'évolution.

On porta des toasts. Nous souhaiter mutuellement bonne santé, longue vie, lendemains qui chantent, nous ne le pûmes pas. C'eût été dérisoire. Alors on but aux défaites futures de Sinusy, à Raphaëlle, à Rhésus, à tout ce que nous pouvions encore trouver pour éclairer tant soit peu nos jours. La vie est un épuisant bricolage. L'écriture aussi. À tourner ainsi autour du pot, on a fini par le manger, ce dernier repas. Avec dans les yeux des expressions du bout de la nuit, tout juste relevées par une joie méchante. Avec le sentiment, en fait, d'arracher là tout de même quelque chose, et qu'il y aurait peut-être encore à grappiller, après.

Tout en chaloupant sous l'effet du vin, Rhésus nous apportait les plats dont il était pour moitié l'auteur. Il suppléait ainsi une armée de serveurs, tandis que Morel criait leurs noms comme un maître d'hôtel :

Potage aux minéraux et au lithium !

Ça marche !

Écrevisses dans leur nage de Paracétamol infusée de safran !

Envoyé !

Boudin antillais en trompe-l'œil farci au risotto d'ultra-levures !

Ça roule !

Beignets de cervelles d'agneau en marinade de Cognito !

Servi !

Encornets à l'encre et au Prozac deuxième génération !

Feu !

Chaud-chaud de piments d'Espelette à l'ail et aux amphétamines !

Enlevez !

Aquitaine surtout était insatiable, mais le vide qu'il sentait en lui était probablement impossible à combler. Ce fut cause que Rhésus ne goûta jamais à certains bavarois ou sabayons de banane rose, car ils eurent le malheur de tomber sous la patte du ténébreux inconsolé, comme ces papillotes de bananes plantains confectionnées avec leurs feuilles. Quant à Ténorio, se sentit-il piqué de ne pas se voir, pour la première fois, le plus gros mangeur de la tablée ? Et Morel, voulut-il faire le brave, et s'aligner avec ces colosses, ou bien entendait-il faire honneur à la cuisine de Ducaton, craignant d'apparaître aux yeux du maître, en cette occurrence décisive, comme un amateur un peu tiède ? Toujours est-il que le désir multi-angulaire s'invita à table, et que ses ricochets firent rapidement des ravages.

Morel nous quitta le premier. Il s'étouffa dès son sixième saltimbocca aux litchis, et s'écroula dans son assiette en éclaboussant ses voisins de la sauce bleue au Viagra qui servait d'accompagnement. L'accident excita Ténorio, dont la paterne homophobie se déboutonna en un éclair. Il passa son énorme langue sur le visage du défunt pour ne laisser perdre aucune giclée de sauce, et continua sans débander. Il faut dire que son membre prenait des teintes de plus en plus violacées à mesure qu'il engouffrait ses platées de saltimbocce viagresques. Rhésus, à qui n'échappait aucune pulsion, le masturbait hardiment des deux mains en poussant des hululements de joie, pour lui permettre de s'arc-bouter encore et encore à ses couverts. Ce fut le cœur qui lâcha, bien sûr. Notre Iliade devenait une Odyssée : nous perdions un à un nos compagnons. Dans le silence qui suivit cette double chute, une voix s'éleva. Les sens aiguisés par ses illuminations, Céleste exprima le chagrin général en récitant entre ses dents :

Mon triste cœur bave à la poupe :
Sous les quolibets de la troupe
Qui pousse un rire général,
Mon triste cœur bave à la poupe,
Mon cœur est plein de caporal !

Ithyphalliques et pioupiesques...

Et ce fut là toute leur oraison funèbre, tant nos gorges étaient nouées. Nous conduisîmes les deux corps vers la chambre froide où reposait encore Claudine Arsine, en veillant à ce qu'Aquitaine ne nous accompagnât pas. Imperturbable dans sa mélancolie, il mangeait toujours.

Nous revînmes à table, mais pour un repas que nous ne devions pas davantage finir que nos deux compagnons. Bientôt le banquet devait tourner à la Cène, à l'histoire de trahison. Ducaton nous apporta ce qui devait être un des clous du festin : des ortolans en robe de morphine. Les yeux d'Aquitaine brillèrent d'un éclat noir : c'est lui qui avait fait le vœu de les trouver à sa table. Sinusy avait dû, pour les fournir, se résoudre à quelques démarches humiliantes auprès des anciens réseaux Chaban-Delmas. Ils nous furent servis dans des plats de vermeil.

Les ortolans se dégustent avec les doigts, au-dessus de l'assiette, la tête sous la serviette. Ainsi le veut l'usage, qu'Aquitaine et moi enseignâmes à nos voisins. Ils acceptèrent de se plier au cérémonial, qui leur rappelait les charmes curatifs de l'inhalation, à l'exception de Rhésus qui ne dédaignait pas de retrouver les pratiques carnassières de ses congénères mais refusa absolument de se couvrir les yeux. Il préférait, le carré de coton blanc en travers du front, veiller encore et s'offrir en même temps le spectacle de notre petite troupe de fantômes étouffant sous le drap leurs cliquètements d'os. Inspirant avec délices les effluves d'armagnac et de sirop morphinique, nous flottions, attachés seulement à la réalité par la nécessité de faire craquer les squelettes des petits oiseaux sous nos dentiers fragiles. Bien empêtrés à la vérité avec ces bouchées inadaptées, nous ne fûmes délivrés que par un événement inattendu.

On a pu lire ici et là que l'asile n'avait pu être pris d'assaut que grâce à la trahison de l'un d'entre nous. Je peux ici l'affirmer hautement : seule notre chair était corrompue par l'âge. Voûtés peut-être, mais droits par le cœur et même les tripes, si cela peut faire sens. Les calomnies répandues par l'Intérieur ont-elles d'ailleurs trompé le peuple ? Ce sont ficelles plus vieilles que nous. La vérité est bien ailleurs : la dégustation des ortolans était le moment d'aveuglement choisi à l'avance par Sinusy pour se faire ouvrir la porte par ce sommelier qui lui appartenait et en qui nous n'avions pas su reconnaître Judas. De notre reddition pacifique, il ne voulait pas : il fallait voir ce que « nettoyer » voulait dire, montrer aux Français qu'on ne laissait pas impuni le refus de l'autorité. Tout se passa d'abord comme il l'avait prévu : Blanchot, profitant de notre inattention, glissa sa silhouette grise jusqu'à la porte principale, derrière laquelle se trouvaient déjà des hordes de combattants du RAID. Mais c'était sans compter avec l'instinct vigilant de Rhésus : aux aguets malgré nos agapes, comprenant qu'il se passait quelque chose d'anormal, il bondit dans les faux plafonds, se faufila jusqu'au couloir de l'entrée et relâcha l'huile bouillante des friteuses sur la deuxième vague d'assaut, isolant tout à fait la première. L'opération « Déluge de feu », réécrite en français avec des frites et du sang, avait bien commencé. Chacun cracha son ortolan pour s'aller réarmer.

Très rapidement, le terrain fut laissé aux combattants. Ducaton s'enferma sans demander son reste dans sa chambre froide. Il claqua la porte. Avec l'aide d'Hector, je mis à l'abri les vieux infirmes anonymes dans la petite salle œcuménique. On sait ce qu'il advint. Qu'ils furent trouvés parmi les premiers, et que, mal identifiés par des fonctionnaires de police nerveux qui ne voulurent pas croire à leur infirmité, soupçonnés d'abriter des tas d'armes secrètes sous leurs couvertures, ils furent impitoyablement assassinés jusqu'au dernier. L'émoi soulevé par ce que l'on appela à juste titre « le massacre des grabataires » est la première des trois raisons qui précipitèrent l'impopularité de Sinusy. Il n'est pas près de retomber. On dit que certains de ces malheureux furent poussés dans les escaliers de l'asile. Longtemps l'innocence descendra les marches dans les esprits.

Hector ne voulait pas que je combatte. Il me força à m'enfermer dans le cagibi où j'avais connu Raphaëlle, embarrassé désormais des armes qu'y avaient entreposées Ferri et Margay. Ma mission était peu glorieuse : garde et magasinier de l'armurerie secrète, je ne serais pas ce soldat observateur, ce témoin engagé que je rêvais de redevenir, pas même Fabrice errant sur le champ de bataille et qui rencontra l'envers et les menues incohérences de la guerre, pas davantage Bardamu allant se faire perdre.

Des batailles qui se livrèrent derrière ma porte, je ne sus donc que ce que leur bruit m'apprit, et les quelques bribes d'informations que tel ou tel combattant m'échangea contre une arme blanche ou un cocktail molotov. Je les ai vécus pourtant, ces combats, à leurs côtés. Ce que mes yeux n'ont pas vu me fut livré avec exactitude par mon imagination anxieuse. J'assistai Céleste sur la barricade hérissée de déambulatoires et de seringues gorgées d'anesthésiques. Elle dirigeait de la voix et de son « stick » fétiche notre cher Rhésus qui détroussait, nouveau Gavroche, les corps ensommeillés des CRS pataudS, et renvoyait à leurs expéditeurs les grenades lacrymogènes. Comme si l'on pouvait encore faire pleurer des yeux qui en avaient tant vu. Plantée là, la Fontechevade faisait frissonner de terreur les fonctionnaires de la République en armes lorsque, le chemisier déchiré pendant sur ses hanches, elle leur montrait son buste dépigmenté de vieille, atrophié par les cancers et faisant de terribles plis, en leur criant : « Préparons-nous à mourir ! » Ou, pour le dire dans la langue des nouveaux mystères vidéo qu'elle affectionnait : « Deathmatch ! » Je la revois, la furia Céleste, mortellement blessée en bas de la barricade, mais en vie encore et regardant son ciel factice tout en néons et faux plafonds, magnifique dérision du prince André à Waterloo. Et je l'entends encore invoquer tous les mondes persistants de la toile, en appeler à la légion de ses avatars personnels pour accomplir sa virtualisation ultime. Puis, dans un sursaut génial, et transgressant la règle implicite de tous les royaumes de lutte et de vies renaissantes qu'elle avait traversés, se faire elle-même sauter le caisson avec le pistolet nacré de Raphaëlle, ouvrant historiquement la voie au « suicide game ».

Le désespoir ne manqua pas non plus, sans doute, d'être l'arme la plus dangereuse brandie par Aquitaine. Lorsque, dans l'obscurité la plus totale, les soldats du RAID équipés de lunettes à infrarouges s'élancèrent à l'assaut de l'escalier principal, ils furent immobilisés net par sa silhouette verdâtre qui se découpait en haut. Assis dans un fauteuil motorisé au bord de la première marche, comme un fauve aux prunelles dilatées qui surveille ses proies et frémit de les sentir monter à lui, patient, il attendait. Il y eut des sommations. Mais la manœuvre désastreuse qui avait conduit à l'exécution sommaire des grabataires avait laissé des doutes dans les esprits, et la petite troupe opérationnelle hésitait, figée sur la volée de marches, à mettre ses menaces à exécution. C'est alors que le vieillard s'ébroua en arrachant la couverture qui recouvrait ses genoux. Apparut à ce moment seulement, aux soldats médusés, la ceinture d'explosifs qui ceignait ses hanches. Impossible de tirer, d'autant que sa main, sur la manette du siège automatisé, risquait à chaque instant de le faire basculer et de le projeter vers eux dans les escaliers, avec sa charge fatale. Le face à face dura plus d'une heure, pendant laquelle toute l'intervention fut suspendue. Nous connûmes ainsi un répit précieux. On parlementa. Aquitaine réclamait la tête du meurtrier de Claudine Arsine, l'amour de sa vie. On ignorait jusqu'à la mort de la dame. Aquitaine ne s'en laissa pas conter, et s'arc-bouta sur sa revendication éperdue comme sur la manette de son siège. Comment, dans ce contexte de guérilla hospitalière, deviner que ses pains de plastic étaient un accessoire de théâtre fabriqué par les diaboliques Ferri et Margay ?

Le bluff du roi de pique eut donc un effet psychologique intense, mais provisoire. L'état-major, avec l'accord de Sinusy, parvint à positionner des tireurs d'élite dans des niches insoupçonnées, avec des angles impossibles. Le recul donné au fauteuil par la multitude de balles qui devaient frapper Aquitaine en même temps, en évitant les explosifs, était censé prévenir sa chute dans le vide.

Au signal, ce furent donc cinq ou six gâchettes

qui furent pressées en même temps. Les tirs se concentrèrent d'abord sur la main droite du vieillard ; grêlée par l'âge, elle fut bientôt grêlée de plomb. Et sans laisser le moindre répit au corps d'Aquitaine, pas même le temps de saigner, des balles l'atteignirent aux membres, à distance du faux plastic, et le mirent sur le reculoir. Mais c'était sans compter avec l'extraordinaire quantité de morphine absorbée lors du banquet, et la résistance hors du commun du vieillard, véritable trou noir capable de tout encaisser. Car je fais à présent l'autopsie du corps d'Aquitaine, et je puis dire tout ce qui s'est passé. Des kilos de plomb que je peux extraire de son cadavre, j'infère qu'il se redressa quoique déjà atteint par la multitude de tirs précis et acharnés qui lui donnèrent ce tressautement parkinsonien auquel il avait eu la chance d'échapper longtemps. Que, debout, il marcha encore vers l'escalier, poussé par une dernière soif de vengeance et retenu légèrement en avant par les rafales qui désormais soutenaient son corps et qui le réparaient sans le détruire. Qu'au seuil de l'escalier, il hésita sur sa chute, vacilla, et s'écroula plié en deux sur la rampe, boulet flasque emporté sur ce rail vertigineux jusqu'à s'écraser sur le demi-palier, plein de plomb, de nourriture et de chagrin, emportant avec lui quelques vies de maladroits apeurés, dans un bruit sourd, mat et sans explosion. Ainsi s'abolit-il.

Que vis-je encore dans l'angle mort ? Un apaisement. Il ne restait plus qu'Hector, Ferri et Margay, mais ces trois-là, une cellule biterroise à eux seuls, avaient fait tant et si bien, à la suite d'Aquitaine et Céleste, qu'ils avaient pour un temps pris le dessus sur les troupes d'élite. Rhésus, qui n'avait pas son pareil pour se pendre aux néons, actionnait des pièges, semait le trouble et leur assurait un avantage primordial dans une guerre moderne : la maîtrise de l'espace aérien. Aux forces classiques du dominant, ils ajoutaient par ailleurs les forces non conventionnelles du dominé : ainsi, à l'aide de simple liquide vaisselle répandu sur le sol, avaient-ils rendu impraticables certaines zones stratégiques de l'asile qui devenaient autant de Dien-Bien-Phû des agents de Sinusy. À chaque pas qu'ils faisaient, ceux-ci butaient sur de nouveaux cas d'école. Ils se retirèrent donc, pour compter leurs pertes, et vraisemblablement élaborer une nouvelle stratégie.

Sous sa tente, Sinusy tira rapidement les leçons du déséquilibre des forces. Pour abattre ces antiques roublards, il lui fallait une poignée de vieux roués. Il ne les recruta pas au hasard. Dans l'heure, il affréta un Falcon pour Béziers, qui se posa sur l'ancienne piste privée des usines Fouga. On alla réveiller dans leurs lits de misère tous les anciens OAS qui avaient connu et affronté Hector, Ferri et Margay sur les allées Paul-Riquet. Leur liste était toute prête : quelques jours auparavant, ils avaient déjà renseigné les RG sur les insurgés de Vigny. Sans leur laisser le temps de chercher leur dentier, on leur mit le marché en main : ils collaboraient, et ils retrouveraient une pension conforme au grade dont ils avaient été déchus, grossie de quelques vacations pour former les futures unités du RAID spécialisées dans le troisième âge. Sans hésiter, ils soufflèrent « Vi ! » et préparèrent leur paquetage. L'avion jaune revint rapidement, gonflé par l'énergie du ressentiment imprimé dans ces cœurs biterrois par les anciens exploits électoraux, amoureux et boulistiques de nos trois compères.

À pied d'œuvre, les anciens OAS ne tardèrent pas à retrouver leur langue natale perdue : le plastic. Tout se passa très vite et sans beaucoup d'effusions. Il semblait que des ombres traversaient l'asile. Ferri et Margay se disputaient : le Rital insinuait que son camarade avait parfois des hallucinations. Margay s'entêta et voulut vérifier par lui-même. Inspectant la bibliothèque, il tomba, posé en évidence sur la table, sur un beau volume relié en rouge, sur la couverture duquel se détachait, lettres d'or : *Le Capital, Karl Marx*. Il avait toujours eu envie de l'ouvrir. L'explosion nous fit tous sursauter, et Ferri se précipita vers la bibliothèque, où il trouva les restes fumants et sanguinolents de son ami. Bourrelé de remords, il se jeta sur le cadavre pour l'étreindre une dernière fois, mais une main sournoise avait eu le temps de piéger la carcasse et Ferri sauta à son tour, mêlant à jamais sa chair à celle de son camarade.

Ce fut le signal de l'assaut final : Hector, pris au

dépourvu, n'eut que le temps de se replier avec Rhésus dans mon cagibi qu'il barricada tant bien que mal avec des tables. Rhésus, le poil roussi, des hématomes partout, se léchait le corps en gémissant et nous léchait aussi, pour nous apaiser. Lorsque nous manquions d'armes, il allait en dérober pour nous dans les lignes ennemies et nous les rapportait, accompagnées parfois d'un membre, d'une oreille ou d'un morceau de partie intime arrachés au hasard de ses rencontres. Nous aimions trouver dans sa main le poil blanc des vieux ganelons biterrois.

C'était alors comme le dernier dimanche de la vie, passé assis par terre à deviser, à réciter des poèmes. Il y avait du vin, nous buvions.

Au bout du compte, les munitions vinrent à manquer. Hector avisa un mathusalem de Pétrus 61 prévu pour le plateau de fromage du banquet et auquel nous n'avions pas osé toucher. Il n'était pas question de jeter ce nectar pour lui substituer l'explosif de notre dernier baroud. Il me proposa de partager mais je craignais, encore et toujours, de perdre ma lucidité de témoin : je déclinai. J'eus tort. Car il chargea le mathusalem sur l'épaule de Rhésus et se mit au goulot comme un enfant au sein. Mais quel enfant ! C'était au moins Gargantua !... Il mourut peu avant la gravelle. Cependant, il eut le temps de dire encore, avant que son cœur ne l'eût lâché, ces derniers mots : « Ah ! Que ça glisse !... »

Nul ne saura jamais s'il voulait parler du vin dans son gosier ou de la peur de la mort. Goethe a poussé son dernier soupir sur la même équivoque, en hurlant : « Davantage de lumière ! » Ainsi Hector finit-il sa vie, en Goethe nietzschéen.

Rhésus, avec son vrai regard, m'interrogea.

Si je ne regrette pas de m'être rendu, ce fut peut-être une grave erreur que de livrer Rhésus avec moi. Pendant qu'on m'emmenait à la Santé pour complicité d'assassinat de fonctionnaire de police, complicité d'entreprise criminelle à caractère terroriste, enlèvements, homicides par imprudence, usage de boucliers humains, et j'en oublie, le symbole de la révolte fut en effet transféré dans une cage à Vincennes — le zoo, non le château, quoique le destin du singe rappelât par plus d'un trait les malheurs du duc d'Enghien jadis emporté par un accès de panique froide de Bonaparte. Dans sa marche au pouvoir, Sinusy devait lui aussi se souiller d'une déplorable tache, par hantise d'une vraie rivalité. Le peuple ne lui a pas pardonné, et ne lui pardonnera sans doute jamais, l'annonce du suicide de Rhésus au lendemain de sa capture.

Je n'écris bien qu'en prison. En somme, ma vie n'aura pris de sens qu'à la recherche de demeures étroites, d'habitacle en habitacle, jusqu'au cercueil. Sinusy croyait se venger : le sot, il m'a rendu ma plume.

Je m'attachai donc à ma nouvelle cellule, comme

naguère au cagibi de Raphaëlle, et me mis au travail sans tarder. Au reste j'avais un sujet, et un contrat à honorer. On verra comme mon projet de départ évolua. Mais l'inspiration était là et pour la première fois depuis longtemps j'écrivis avec plaisir.

Quelques jours après mon arrivée, La Cour du Pin vint me rendre visite dans ma cellule. Malgré la différence du lieu où je le recevais cette fois, et en dépit des aigreurs que mes démarches avaient pu lui causer, il ne triompha pas. Il n'était pas là pour me narguer — entreprise qui eût d'ailleurs été vaine — mais pour m'annoncer la triste nouvelle de la mort de Rhésus. L'événement avait produit un drame collatéral dans la sphère de l'infiniment petit : Sinusy avait dû démissionner.

Peut-être craignait-il un nouveau suicide, et se demandait-il comment, avec un décès d'Immortel sur la conscience, il oserait plus tard se présenter à l'Académie. Il me dit qu'à l'évidence je n'avais rien à faire en prison. Qu'il fallait sortir de cette situation. Et de me faire quelques propositions d'aménagements de peine, d'assignation à résidence, d'adoucissement par commutation de ma détention préventive, de liberté en somme, mais — et c'était là le fond ennuyeux de l'affaire — qu'il me revenait de demander moi-même au juge. Le pauvre La Cour du Pin ne s'attendait certes pas, ayant présenté ces offres en gentilhomme, à être jeté dehors. Vieil académicien indigne, j'entendais bien le rester, le faire savoir, et le graver dans les archives judiciaires aussi bien que sur les murs de ma prison. Je réclamais ma première cigarette, la clope du taulard dont effrontément on me privait. Je voulais connaître la promiscuité, le mitard d'avoir trop gueulé, la sodomie, le viol. J'exigeais séance tenante des codétenus aux casiers lourds et abjects.

Tant d'ingratitude le mit en fuite.

Refermant en hâte la porte de ma cellule comme s'il craignait l'infection de mon infamie, le *missi dominici* présidentiel me laissa seul face à mes morts. Dans l'incapacité où j'étais d'aller me recueillir sur leur tombe, mon univers restreint pour jamais aux quatre murs de ma prison, je décidai de leur confectionner ici même un petit cimetière symbolique, le clos de Vigny en quelque sorte, à mon usage. Pour chacun je composai, avec des mots gravés, un petit monument funéraire rupestre, dans la mesure de mes moyens et de mon inspiration renaissante. J'adoptai en guise de tombeau la forme de ces gloses que mon ami Michel Leiris aima collectionner sa vie durant et par lesquelles il espérait élargir le vocabulaire de la poésie. Si le nom de mes amis perdus est leur corps ou leur cadavre, alors je veux qu'il flotte dans ces gloses comme dans un linceul un peu trop grand.

Voici donc la reproduction de ce *memento mori* inscrit sur le mur de ma prison en lieu et place du miroir que j'ai fait retirer :

CIMETIÈRE-GLOSSAIRE DE VIGNY
(Recueil de gloses tombales)

HECTOR : Protecteur octogénaire d'Oc, en or pas toc, troqué directo par la mort avec son croc contre un ectoplasme ocreux — record de la tectonique des corps.

CÉLESTE : C'est à l'Est que se scellent ses cils lestes.

AQUITAINE : A quitté la haine.

ARSINE : Sinistra sine arte simii.

MOREL : Mort amorale en cette marelle : sort en mariole olé-olé, et non en More auréolé ou Rom' ou marlou amélioré (remords).

TÉNORIO : T'es mort, torero mio, terne ténor d'oratorio !

FERRI ET MARGAY : Gare à mon Gai Férir !

RHÉSUS : Ressuscite, et sus ! (Jésus l'eût rêvé.)

DHORLAC : ...

RAPHAËLLE : ...

Je laisse en blanc les gloses des survivants au rang desquels je dois me compter, et je réserve la dernière place à Raphaëlle, avec l'espoir que je n'aurai jamais à remplir moi-même son vide. Assurément, je ne rédigerai pas non plus ma propre glose tombale. Je m'y refuse, comme à toute posture d'outre-tombe. On n'écrit pas, mort. Mais alors, qui noircira ces lignes ? Il me paraît juste de confier publiquement cette charge à Philippe de La Cour du Pin pour meubler ses loisirs.

Lorsque j'ai commencé ce récit, mon projet était bien entendu d'honorer mes engagements, de faire vivre Rhésus dont le mystère n'a pas fini de plonger ses racines au plus profond du cœur des hommes, mais aussi, plus secrètement, de m'adresser à Raphaëlle, de l'appeler à travers les pages et les barreaux de ma prison, pour la faire revenir dans la réalité. Les souterrains de la littérature résonnent de semblables appels, confusément reçus par les lecteurs qui en connaissent rarement les vrais destinataires. Au fil des pages, j'ai cependant reconnu la vanité et la bêtise de ce projet. Si par hasard Raphaëlle, depuis son exil que j'espère lointain, entendait les accents sincèrement amoureux de ma voix chevrotante, qu'elle ne flanche pas, et ne cherche pas à me revoir, sous peine de reconnaître trop tard, derrière cette voix, la chèvre de La Cour du Pin, vulgaire appât ou « appelant » en somme, fait pour la prendre au piège de la sentimentalité tardive et la conduire pour le reste de ses jours dans la gueule du loup, en prison. Je préfère penser à Raphaëlle, ferme dans la distance qui grandit, comme à celle qui est cause de tout et pourtant nous abandonne à la fin, qui nous échappe afin de se poursuivre par d'autres voies — une allégorie de la vie qui continue.

Rhésus en fut une autre, aussi je les associe dans ma mémoire au point de ne plus très bien savoir où se tiennent pour eux les lignes de partage, les traits de leurs visages, les zones de dépassement de la mort. On a franchi l'anhumalité.

Pour moi, je sais que je n'ai pas renoncé. J'écris, et je roule encore. Certes on m'a déchiré mon permis. Et l'on croit m'humilier en transportant sur le sol d'un fourgon cellulaire ma chair entravée, dans l'indifférence des étudiants, tout le long du boulevard Saint-Michel qui conduit aux marches du Palais. Néanmoins, dans la solitude de mon habitacle à la Santé, régulateur de vitesse bloqué, Rhésus sur mes genoux qui donne des coups de volant et appuie sur le klaxon, je roule à tombeau ouvert sur une autoroute à sens unique et qui s'élargit. Au-devant de moi avancent de front Hector, Morel, Aquitaine, Arsine, Céleste, Ferri, Margay et Ténorio, mes amis en éclaireurs. Mais sans cesse je regarde le rétroviseur pour voir si Raphaëlle ne cherche pas à nous rattraper. Je crois sentir sa présence dans mon dos, ma nuque. Ou si elle se tenait dans l'angle mort ?

J'oubliais. Quand on fouilla les décombres de l'asile, on s'émut de n'y pas retrouver Ducaton, même parmi les cadavres. Sur mes indications, on alla ouvrir la chambre froide où il s'était enfermé dès que les premières balles avaient sifflé. On le retrouva là, à côté de nos trois chers morts partis trop tôt, Arsine, Morel et Ténorio, couvert des habits dont il les avait débarrassés pour essayer de se protéger du froid, la barbe gelée mais bien vivant. Il avait traversé en solitaire une aventure digne de Jack London, survivant grâce à son ingéniosité, mais surtout grâce à la boîte d'allumettes qu'il avait gardée dans sa poche après avoir fait flamber les ortolans. Deux jours durant, il avait su entretenir un maigre feu vital, alimenté en bois par les claies de la chambre froide qu'il avait démontées une à une. Mais il avait eu également l'idée décisive d'écorcher trois lièvres, inutilisés lors du banquet, et divers gibiers, pour se confectionner des chaussures, des gants et même une toque. Ce fut un vrai miracle que le retour de ce cuisinier-trappeur moulé dans la robe d'Arsine. Certes il n'avait pas entièrement échappé à l'hypothermie et il fallut bien lui couper quelques doigts, quelques orteils, mais dans l'ensemble il revint sain de corps. Son esprit en revanche connut peut-être quelques dommages. Est-ce d'avoir partagé si longtemps avec ces trois présences l'antichambre atroce de la mort ? Toujours est-il que, jusque dans la cuisine de son grand restaurant parisien, on dit qu'il aboie quand la nuit tombe, parce qu'il se voit cerné par les loups.

Ainsi c'est un autre roman qui s'écrivait à Vigny dans la chambre à côté, non loin de mon cagibi poétique, à l'horizon plus lointain de ma présente cage de terroriste. Autant d'habitacles, autant de romans. Sur le même motif toujours, qu'aurait rapporté Céleste de la prison de ses écrans de vapeur, si elle avait vécu ? Ou bien d'autres encore, que sais-je ? Il suffit de vivre.

SELON WITOLD

— Comment ? Excusez... Je suis un peu dur d'oreille, j'ai cru entendre un mot étrange.

— J'ai l'intention d'acheter des morts.

NICOLAS GOGOL,
Les Âmes mortes

Longtemps je me suis enchanté à des rêves de splendeur. Parfois, la perspective d'une réussite que j'espérais fulgurante me tenait éveillé si tard et dans des transes si douces que l'aurore s'imposant derrière les lourdes tentures de la fenêtre, forçant presque leur trame, illuminant les cloisons endormies d'une gloire latérale, me trouvait en train de me dire : « Tel sera mon sort... » Et une demi-heure après, la pensée qu'il était temps d'œuvrer à ma carrière me jetait hors de ma couche ; je voulais livrer bataille dans l'instant, affronter mes forces encore jeunes aux volontés adverses, et triompher. Je ne cessais cependant, en méditant d'ingénieuses stratégies, de laisser vaguer ma machine mentale qui, comme une voiture lancée sans cocher, s'enfonçait dans des paysages imprévus et insensés.

Qu'importe. Ainsi fut mon entrée dans la Vie : mon ambition, enflammée par les reconnaissances prestigieuses, les grandeurs d'établissement et les succès de femmes que je promettais à ma valeur, était un monstre qui exigeait chaque jour son tribut de chairs pantelantes amalgamées dans le creuset de ma carrière. Ces sacrifices ne me coûtaient que quelques efforts d'organisation et d'esprit de suite. Jamais je ne laissai les obligations me paralyser. Les considérations éthiques ne m'embarrassaient guère plus — pourquoi, diable ? Si bien que les subalternes qui, se croyant mes pairs, croisaient les allées ombreuses de mon succès, y laissaient souvent la santé, toujours leurs illusions, parfois plus.

Depuis deux années, je me trouvais engagé dans le journalisme. Mais tandis que les suaves rêveries qui me tenaient en alerte jusqu'aux premières heures du jour m'intronisaient dans les velours d'un fauteuil directorial, les rédactions me clouaient sur un pliant de pigiste. Antichambres, humiliations, débauches de flagornerie, chiens écrasés, reportages ineptes, refus souvent — que n'endurai-je pas ? On me redoutait, c'était clair. On n'avait pas tort.

Mes rêves de grandeur, loin de se tarir sous la sécheresse d'un sort aussi ingrat, s'opiniâtrèrent et trouvèrent non loin des cercles journalistiques, entendez dans les sphères télévisuelles, le lieu où se donner enfin libre cours : les jeux du cirque.

Je devins leur ardent, leur efficace promoteur.

J'entends là les jeux modernes, ces fameuses téléréalités, divertissements brutaux mais toniques que réclame le peuple du nouveau millénaire et que lui fournissent libéralement les chaînes hertziennes. Chers jeux, chers instruments des ténèbres… Comme dans les amphithéâtres autrefois, les participants doivent être, tour à tour, éliminés. Comme autrefois, on peut les gracier, et pour un temps : avant le prochain combat. Délices de la mise à mort, délices de la mansuétude… Vous noterez que mes gladiateurs, tous ces candidats devenus les idoles des foules, sont moins musculeux et moins armés que ceux qui ravissaient le peuple de Néron. Ils n'affrontent plus ces puantes ménageries de taureaux, ours, sangliers ou molosses qu'exigeait Rome. Le courage ni la force ne sont aucunement requis pour le spectacle, et les combats livrés sont moins sanguinaires que sous l'Empire : la civilisation a fait son œuvre. Mais le public ne se plaint pas de ces affadissements, il gobe et prise toutes mes méritoires tentatives de le divertir. Pourvu qu'il puisse, par le pouvoir de ses SMS, être celui qui décide… Il en redemande, encore, encore, toujours d'autres…

Je passe sur les divers cloportes que je dus, hélas, hélas, écraser pour me retrouver à la tête des meilleurs de ces programmes. Ils pullulaient. Plusieurs crissent encore sous mes pas. Mais je fus parfaitement discret alors, et nul scandale ne vint interrompre ma marche allègre. D'autres, comment l'ignorerais-je, grouillent toujours. Mes semelles sont prêtes.

Certains cancrelats eurent le temps de demander grâce et se proposèrent pour servir mes projets : Barki et Flandres devinrent ainsi mes collaborateurs.

Nous renouveler était le maître mot. Étonner, deviner les désirs inavoués de nos fidèles, de nos détracteurs. Nous usâmes à nos débuts, mes deux acolytes et moi-même, quelques générations de dadais désœuvrés et libidineux des deux sexes, que nous cantonnâmes dans un vaste appartement avec la mission de s'apparier. Le couple qui aurait survécu aux différentes étapes de l'épuration gagnerait un logis avec cheminée et jardinet. Les nains étaient en option et les volontaires vinrent en foule. Sitôt dans la boîte, ils acceptaient leur statut de détenus, et avec joie, semble-t-il, d'être filmés en continu, en tous recoins, et en toute circonstance.

Se faire traiter par la critique bien-pensante d'exhibitionnistes, de paumés, de branleurs, de paupérisés d'une société déboussolée, de crétins ou de rats de laboratoire ne troubla pas mes jeunes participants. Leur réalité, naguère absurde, était devenue télévisuelle... Ils en redemandaient, tout autant que leur public. Mais quel foin médiatique autour du voyeurisme, de la perversité, des impostures de mon programme... On voulait m'interdire d'antenne, me brûler avec mes vanités, puisqu'il était dit que je fournissais au peuple un nouvel opium. J'attentais à l'exception culturelle française. Bref, je sapais le socle de la société. Quel socle ? Foutaises, risibles chimères.

Il n'y a plus de socle.

Tout ce qui écrit écrivit, pour dénoncer... La gratuité de cette publicité me ravit encore : ma carrière était lancée, mon banquier bégayait d'aise lorsque je lui accordais un entretien, et c'est en compagnie de femmes grandes, blondes et roses que je montais désormais sur le pont du bateau.

Le succès de ma première émission, foudroyant en son premier printemps, exubérant comme une frondaison hâtive, faiblit l'année suivante, puis se fana tout à fait.

Sur la place, un forain de feu se gargarise. Que remarque-t-on ? Les passants aussitôt s'amassent en foule. Ils se figent, ils attendent. Le saltimbanque va-t-il s'incendier la bouche, la face, le cœur ? Quelque abomination, vite ! Qu'on récompense leur curiosité, qu'on les fasse frémir ou vomir : qu'on les émeuve. Il manquait aux premiers programmes, je le compris alors, les inestimables frissons que produisent la peur ou l'horreur. Nous les trouvâmes, Barki, Flandres, et moi-même.

De nouveaux drilles acceptèrent avec joie de robinsonner à demi nus sur des îlots hostiles : succès… D'autres se ruèrent dans mes studios pour affronter ce qu'ils redoutaient le plus, mygales ou serpents : réussite… Fait remarquable, mes modestes programmes suscitaient toujours des gloses infinies. Comme on commenta, comme on condamna !

Comme on s'inquiéta ! *O tempora, o mores* ! Ô moderne coutume perverse...

Un tel affolement sociétal était inespéré mais risquait de s'essouffler, comme un enfant qui court sans y penser, trop vite, au-delà de ses forces. Il fallait continuer à maternellement nourrir la machine à gloser.

Choquer, alors... Explorer encore la voie de l'humiliation... Mais où trouver les candidats à toutes les avanies requises ? Étrangement, il n'y avait qu'à se baisser. La société était tombée si bas qu'elle me fournit par charrettes les volontaires prêts à supporter toutes les offenses que requièrent les divertissements sadomasochistes. Des obèses se plurent à s'affamer *live*. Parviendraient-ils à éliminer leur diabolique graisse, à brider leur appétit de porcs ? Des bande-mou, des femmes froides et des éjaculateurs précoces acceptèrent joyeux d'être filmés en d'ahurissantes postures, à la recherche du nirvana. Les plus gros fiascos firent les plus gros succès.

Toutes les humiliations concevables furent à la suite conçues, scénarisées et programmées. On organisa des cocuages en direct. Triomphes, encore et toujours. Le vaudeville est le genre le plus moderne qui soit. Et le conte de fées ? Increvable, le conte. Convoquez les fées du chant, de la déclamation, de la danse. Qu'elles se penchent sur les sujets que vous cloîtrez dans un château. Sous peu, tous les petits cons de France croiront grâce à vous qu'ils pourront un jour prochain devenir « stars ». Rien de moins.

La concurrence se déchaîna bientôt. Un cloporte qui avait échappé à mon attention infligea à des gamins les rigueurs des pensionnats d'après-guerre :

au coin, bonnet d'âne, paume des mains offerte à la férule, culs fouettés nus. Le public bouda : trop vieux jeu. On préféra ma formule, plus téléréelle — et surtout plus moderne ! En banlieue nord de Paris, un internat Pailleron, des adolescents livrés à eux-mêmes. Une plongée dans la barbarie de demain. Le gagnant serait celui qui imposerait le plus durablement son leadership. Après avoir bordélisé quelques cours et traîné des heures en salle de permanence, les candidats s'affrontaient à la console, bâfraient, rotaient et rivalisaient de brutalité. Certains étaient de vraies bêtes, rendus à l'état de Nature, libérés de tous les corsetages de la civilisation, ignorant surmoi, pitié, compassion, fidélité ou honneur, toutes les blagues judéo-chrétiennes... Le champion fut le plus désinhibé. Michel avait la torture facile, innée. Il était très sincèrement raciste, et haineux de manière générale. Un leader-né : il savait déléguer. Le soir, dans les chiottes, il coinçait le nominé, le confiait à ses camarades qui après divers préliminaires le foutaient à poil et le molestaient. Ça saignait, ça hurlait de terreur. Il attendait que le sujet ait pissé sur lui pour intervenir. Il se chargeait alors des mutilations — des broutilles, pas d'organe vital. Pour un nominé, une oreille, pour l'autre un téton, pour un troisième un petit doigt, au cutter. Mais que de commentaires, là encore. Du nanan.

Il fit un jour bouffer son testicule tout juste tranché au petit Mouloud, dont il avait au préalable curé les dents avec la brosse à chiottes. L'Arabe nous fit un arrêt cardiaque. C'était ennuyeux. Mais nous avions bétonné les contrats, et la famille, qui s'était émue, s'estima heureuse d'être autorisée par ma bienveillance à palper gros auprès de la presse magazine — très preneuse, on le conçoit. La justice s'en mêla, voulut condamner le vainqueur pour coups et blessures ayant entraîné la mort. On souhaitait également que j'aille réfléchir à mes péchés pour complicité aggravée de meurtre, à la Santé... Que je m'amende... Ramdam de plus.

Words, words, words. J'arrosai. Je prospérais.

Et faisais feu de tout bois. Ma seule croix, dans l'affaire, était ce goût insatiable du public pour l'inédit. Je passais mes nuits à concevoir l'inconcevable. Le sang versé dépassait les limites ? Je trouvai aussi télégénique, et moins dangereux.

Dans le stade sadique-anal, il suffisait de privilégier l'analité.

Je conçus ainsi un programme dont les invités, autrefois plus ou moins connus, se trouvaient sans préparation aucune confrontés aux dures réalités paysannes. Le soin des veaux, vaches, cochons devait les occuper tout entiers. Mes détracteurs se dirent consternés par le niveau d'ignominie où je ravalais la télévision. Ce fut donc un triomphe.

Les instincts exhibitionnistes mais aussi scatophiles purent grâce à mon dispositif se donner franche carrière. L'on se fit Sisyphe du fumier : les tas, à peine avaient-ils touché terre, devaient être déplacés... Puanteurs, simagrées, blagues épaisses. Le spectateur se passionne ; lorsqu'il voit la gadoue, il cherche le purin. Il le trouve : vaches et chevaux déféquèrent, truies et moutons ventèrent, et les humains, qui macéraient dans la bouse comme des gonocoques dans le sperme, à leur tour et par empathie sans doute, déféquèrent et ventèrent.

On rit énormément. Les recettes s'envolèrent.

Mais on se lasse aussi de la merde.

Satisque spectaculi ex homine mors est : et le clou du spectacle que donne un homme, c'est sa mort. Filmer la mort : il suffisait de lire Sénèque, de le lire enfin, pour sortir de l'impasse.

Voyez les vieux qui prolifèrent dans les pays riches, au point d'en être devenus le gouffre inavouable. On ne les appelle plus les vieux, sauf entre soi : les néologismes, les périphrases tentent de feutrer l'horreur qu'ils inspirent, quatrième âge, plaie secrète, peste grise.

Ils ne produisent plus, ne consomment guère, et nous ruinent. Tirez les conclusions qui s'imposent. Envisagez ce potentiel, immense.

J'élaborai ainsi la formule de « Morituri ». Simple : on réunit des vieux, et on fait fonctionner le principe éprouvé de l'Interactivité. On fait tourner la manivelle de l'élimination. C'est le public, lui seul, qui décide de la scénarisation majeure du programme. Il désigne qui clamsera le premier. Il hésite entre la mémé alzheimer et le pépé cirrhosique... Moderne faucheuse, il tranche le fil du goutte-à-goutte ; un coup de fil ou un SMS, et couic, un vieux de moins.

C'est lui aussi qui élit celle ou celui qui en réchappera, *in fine*.

On zigouille sans cruauté : il suffit de débrancher. Oubliez de donner le bassin : occlusion intestinale, et c'est réglé. On interrompt le processus de l'acharnement thérapeutique qui est devenu l'aberrante norme, on laisse faire la vie, on laisse faire la Mort.

— Dans ce nouveau jeu, les vieux meurent vraiment, mais vraiment ? insistaient, un peu incrédules, mes collaborateurs.

Mais pourquoi pas ? Ils allaient mourir de toute façon, alors… C'était ça aussi, notre réalité, non ? Et comment ! Et puis le vainqueur gagnait plusieurs centaines de milliers d'euros, pécule qui l'assurait de vivre chez lui, dans un appartement de bon standing, et aussi longtemps que dieu lui prêterait vie, servi par un bataillon empressé de médecins, psychologues et plaisantes infirmières.

La célébrité, tardive certes, mais éclatante, lui était, implicitement, promise. Et lorsqu'il en viendrait à mourir de sa belle mort, enterrement de première classe.

La presse serait là.

Que mon propos soit bien clair, Barki et Flandres. Il faut traiter avec des vieux, des vrais, n'est-ce pas, des décrépits, difformes, souffrants, des à bout, pas de ces fringantes rombières poudrées comme des poupées et scintillant sous leur brushing, ou de ces papis liftés aux prothèses dentaires peryoxydées qui vous vendent des croisières ou des complémentaires de retraite en gambillant entre des marmots, leur descendance — toutes ces divas publicitaires qui sourient tendrement, la main tendue vers l'Autre, vers l'avenir, dans un geste de transmission intergénérationnelle.

Je veux donner à voir ceux qu'on ne rencontre plus désormais tant ils nous effraient, mais qui, hors de notre vue, ailleurs, alentour, s'obstinent à vivre toutefois, et donc vieillissent, et tous les jours vivent et vieillissent davantage, éhontés.

Mais je vous vois qui reculez, soudain effrayés. Laisser mourir les vieilles gens, dans leur coin, pourquoi pas, comment faire ? Les assassiner, tout de même...

Vous refusez.

Vous refusez, vous avez des principes qui vous honorent, certains interdits fonctionnent toujours, tu ne tueras point, mais en fait si, vous tuerez, car outrés mais fascinés, vous regarderez mon émission, comme tout le monde. Ceux qui vont mourir vous salueront bien bas.

Ouvrez les yeux sur leur ombre, ouvrez le nez un instant sur leur chair et ses humeurs, haut les cœurs, mes braves, plongez, imaginez-les, représentez-vous ces monstres courbés et chassieux, quasi aveugles autant que sourds, souffle court, presque un râle, atrophiés et hargneux, tordus et bossus, étiques, la canne à la main et la couche au cul, peu joyeux, déments tôt ou tard, eux qui tous, tous sans exception, attendent. Discrètement attendent de passer, parqués, comme autrefois les ladres à la léproserie, en diverses institutions. Humez-les, mes braves, et, j'en viens au fait, comptez. Comptez, puisque la simple évocation de leur inutilité ne vous a pas convaincus, additionnez le nombre de soins, et multipliez par le contingent de seniors — à vos calculettes. Quelques instants, envisagez le *coût* de tous ceux qui seraient, depuis lurette, rongés aux vers, n'étaient les miracles de la moderne médecine. De plus en plus longtemps, interminablement, là est le nœud de l'affaire, on les chauffe, on les nourrit et les blanchit, on les lave et les essuie, et on les charrie, et on les médique, les vaccine, les chirurgique et puis les réanime, et puis les intube, et les supporte et toujours les assiste dans leurs dépendances chroniques et irrémissiblement aggravées, et physiques, et psychiques, et enfin totales.

Addition, soustraction : combien valent-ils, combien nous coûtent-ils ?

La gueule des danseuses...
Pourquoi acceptons-nous de payer ?
Jusqu'à quand ?

Souvent surviennent en notre for ces questions, si intimement qu'on les murmure à peine : certains tabous résistent. Ce qui est parfait pour mon audience audimatée, sans la pudeur qui s'offusque, qui ou quoi provoquer...

Les économistes vous le diront, toutefois : les seniors nous parasitent tant que, tel le gui qui joliment ébouriffe le pommier et en dix ans vous le laisse sec et bon à abattre, ils nous auront. Alors, nous crèverons de leur vieillerie. Ils auront dilapidé nos retraites, ils nous auront tondus, ces voraces.

Voilà donc, non loin, la pléthore vioquarde qui prolifère, bientôt elle revendiquera, déjà elle vous inquiète. Le principe d'une régulation s'impose à tous les esprits soucieux des équilibres sociaux. C'est une affaire de civisme bien compris. Mais chut : faire, et ne rien dire. Malthus passe pour un scélérat, alors le Malthus des vieux, que n'entendrait-il pas ?

Il faudrait prendre des mesures... Mais lesquelles ?

Un programme de téléréalité, pour faire mouche, ne doit pas seulement choquer. Il doit répondre aux questions informulées.

Le petit monde de la télévision me crut devenu fou.

Les chaînes dispensent, à flots continus, du rêve. Le public réclame la Jeunesse alliée à la Beauté, ronchonnaient la Bassesse alliée à l'Arrogance, j'ai nommé Barki et Flandres, mes conseillers éclairés et cassandres railleuses. De la chair fraîche et non rancie, du galbé et du pulpeux, des boucles blondes et non des crins blanchis, des gorges siliconées et non ptosées.

Le public voulait bander, s'entêtaient-ils, tapant du pied.

Éros et non Thanatos, répétaient les deux drôles.

Imaginez seulement, répondis-je à mon staff inquiet, de conjuguer les deux : Éros ET Thanatos. La formule a fait ses preuves, non ? Mais dans cette réalité subsumée que l'on nomme téléréalité, vous avez un nouveau concept.

De la fornication, c'est promis. Tout le monde baise, mais si, mais si. Mais de la Mort avant toute chose. La vieillesse extrême nous laisse sans voix, elle nous tend le miroir de notre épouvantable futur. Nous allons donc filmer subjectif, caler micros et caméras au plus proche des pathétiques ruines en court sursis, partout, salles de soins, chambres, couloirs, escaliers, toilettes, réfectoire, morgue. Le grand saut comme on ne l'avait jamais vu, son avant, son pendant, et son après : pour de vrai !

Les vieux de la réalité, telle était la pâte de l'émission à laquelle je consacrai désormais toutes mes forces. Bonne pâte que l'on me fournit à l'envi : tous les jeunes retraités voulant profiter enfin de l'existence mais affligés d'une mère impotente, tous les hospices et toutes les maisons de retraite surpeuplés, tous les asiles où les aliénés en fin de vie devenaient ingérables, toutes les prisons encombrées de voyous qui, bien que nonagénaires, persistaient dans le crime de vivre, étaient prêts à me livrer, par fourgons, cette précieuse argile.

Nous accueillions ces livraisons à bras ouverts : qui dit surpopulation réelle, dit surpopulation téléréelle. Il y allait de notre crédibilité.

Les vieux étaient tellement vieux qu'ils signaient ce qu'on voulait.

Mais pour que de la horde émergent quelques figures qui feraient le succès de ce programme, je conseillai à mes fidèles Barki et Flandres, qui établissaient le cahier des charges de l'émission avant de procéder au recrutement des victimes et à la scénarisation de leur mise à mort, de procéder à quelques sélections. Ils furent attentifs aux métissages, à tous ceux que réclame la diversité de notre public. Mes story-editors s'attachèrent à la variété des noms, sexes, sexualités, couleurs, bouilles, morphologies, et pathologies. Un raccourci du monde — du sous-prolétaire standard à l'artiste jadis fameux, du SDF au sénateur, de la putain à la marquise... La mort fauche aveuglément, vieux topos.

Et après les sélections, qui durèrent quelques semaines, on me proposa assez opportunément un violoniste jaloux, trois voyous, un vétérinaire, un manchot qui ressemblait déjà, disait-on, à un squelette, un soldat de première classe, un sergent-chef, un riche amateur d'opéra, deux professeurs (l'un d'histoire et l'autre de physique-chimie), un producteur de télévision, plusieurs peintres, dont un figuratif spécialisé dans le portrait et un autre nécrophile, un poète, un patron, un officier, un missionnaire, un metteur en scène, deux médecins, un étrange magistrat, un jazzman jamais content, un industriel allemand, un garçon de café, l'héritier d'un banquier, un expert, un doyen, un diplomate, deux marchands, deux géants de l'industrie hôtelière, un décorateur, un danseur, deux cuisiniers, un critique d'art, un couple de serviteurs, un concierge, un comte de Gleichen, un clown, un chimiste, un chef magasinier, un chef de travaux, un capitaine, un boxeur et deux bourreliers.

Et tant d'autres...

Les femmes ? Les femmes sont increvables, elles durent plus longtemps encore que leurs compagnons en vioquerie, il m'en fallait donc énormément, 55 % au moins des effectifs... Je les fis chercher chez un connaisseur, excellent fournisseur mais connu seulement de quelques *happy few* — dont *myself* —, et l'on me livra, après une Ève, vingt-six autres vieilles femmes, anonymes (dont neuf de chambre, une de lettres, trois de maison de prostitution, une fictive, j'y reviendrai si j'ai le temps, une amoureuse, une mal vêtue, deux gomorrhéennes), accompagnées de treize vieilles filles (trois de cuisine, une de banquier, une aux yeux bleus, celle aux yeux d'or, une pauvre et à l'article de la mort, une pauvre et petite), et puis dix-neuf dames — certaines belges, en gris Dior quand ce n'était pas en rose, et même en rouge.

Et la grosse, l'énorme, la gigantesque Mme Galuchat.

Hommes, femmes, en ligne et bientôt en tas — analogies de chair bientôt défunte.

Je serais l'empereur de leur dissolution.

Qui a vu un jongleur a vu le sort. Ces projectiles tombant, montant et retombant, ce sont les hommes dans la main du destin.

Projectiles et jouets.

Beau travail, Barki et Flandres, on les tient. Ils sont bouclés, comprenez-vous ? Disposons d'eux, parfaisons-les. Arrachons-leur les ongles et les crins, crevons quelques yeux humides, perçons ce qui reste de tympans, brisons deux ou trois cols du fémur. Stimulons à notre guise les sécrétions de sanies. Assommons de tranquillisants. Fournissons aussi, en abondance, ne soyons pas ladres, béquilles et fauteuils roulants : c'est le *minimum minimorum* de leur télégénie.

En cet état, toupies entre nos mains, nos facétieuses mains.

Encagez-moi la horde dans un lieu, usine désaffectée, hospice du IIIe millénaire, ou château gothique, à vostre guise.

Un Manoir ? dites-vous... Banal. Mais soit.

Je fis donc trouver une ancienne maison de maître, spacieuse et proche de Paris, à Vigny-sur-Seine.

Y fis convoyer mes croulants, puis tapai fort — une quotidienne en avant-soirée et un prime-time hebdomadaire, le samedi, grosse artillerie. Je croyais à ma cause, j'étais ivre d'enthousiasme. « Morituri » serait mon chef-d'œuvre.

Moteur, et à-dieu-va !

Qu'il n'y ait pas eu, entre le public et les antiques candidats, le coup de foudre qui permet de marquer des points très tôt n'est guère surprenant. Que voyait-on des heures durant ? Du gris et du rabougri. Tout cela d'un gai... Les propos échangés à travers les chicots portaient exclusivement sur le rabâchage des souffrances, l'heure des repas, le contenu des gamelles, la maîtrise sphinctérienne, le refus des médicaments. L'audimat chut.

Mes habituels soutiens financiers me conseillèrent bientôt de renoncer au projet. Ils préconisaient la chair tendre, les verts paradis, suggérant que je pourrais faire d'une pierre deux coups, B.A. sociale et emballement médiatique, en allégeant les surplus de la DASS. Il suffisait de livrer quelques sujets prépubères des deux sexes à des pédophiles qui assument. Le tout selon le principe du volontariat, bien entendu. Titre de l'émission ? « Nymphetta-Nymphetto ».

Trop long. Je notai toutefois l'idée, point idiote, mais persistai dans mon apostolat du grand âge, convaincu malgré les incrédules que, approchant de si près la Mort, nous toucherions sous peu au Sacré.

Barki et Flandres, se plaçant d'un point de vue moins transcendant et plus pratique, doutaient de plus en plus : les croulants les déprimaient eux, qui avaient l'œil du spécialiste et la pierre bien accrochée — comment dès lors auraient-ils pu séduire le spectateur ? Comment celui-ci, victime, par un effet de contagion télévisuelle, de la neurasthénie qui anéantissait tous ces vieux, au point de les faire paraître morts, déjà, aurait-il pu être titillé par le caprice d'éliminer un tel plutôt que tel autre ? Mourra, mourra pas, s'en fout...

Aveugles amis ! Aveugle public, qui n'aviez pas su entrevoir les rares héros qui, dans cette masse uniforme, se distinguaient de mille manières... Ceux que leurs comparses traitaient avec toutes les veuleries du respect et toutes les flagorneries de l'empressement zélé...

Je ne voyais qu'eux, vieux frères d'omnipotence : ceux qui, un pied dans l'abîme, sur Vigny encore, régnaient.

Ignoriez-vous, Barki et Flandres, que jusqu'au bout les sociétés humaines sont d'étranges organismes dont la survie ne se fonde jamais sur des principes d'égalité ? Que dans les conditions les plus clémentes comme les plus rudes, elles reconstituent hiérarchies, castes ou classes ? Au Manoir comme à la cour de Versailles, de la place de village au cabinet ministériel et de la nursery au mouroir, se distinguent les déprimés et les combatifs, les timides et les audacieux, les veules et les féroces, les écrabouillés et les écrabouillants.

Il nous suffisait donc d'identifier les leaders, puis de les suivre, de repérer la constellation des troupes, chefs de guerre, bataillons, alliés, vassaux et portefaix, et tout prendrait forme. Nous observerions ces hommes qui n'étaient déjà presque plus humains, corps qu'ils étaient devenus, comme des bêtes, comme des hyènes ou des gorilles parmi les savanes dont les coups de griffes ou de dents, à chaque instant, assurent l'éphémère survie...

Nous suivîmes cette piste, et tout fit sens. Dans le magma pré-décomposé de Vigny surnageaient en effet deux Morituriens parfaitement féroces, qui avaient en quelques jours reconstitué toutes les conditions du règne dont ils avaient été probablement déchus ailleurs.

Deux femmes.

La grosse Honorine, veuve Galuchat, figurait assez bien un tonneau aussi large que haut, arrimé par quelques sangles à une chaise roulante, et couronné d'un bouchon cylindrique qui prétendait faire office de tête. Délicieuse Honorine... Moins de cheveux que de moustache, les maigres oreilles atrophiées jusqu'à n'être qu'un prurit violacé, et plus une seule dent, si bien que la bouche, qui s'était profondément enfoncée dans la mâchoire, semblait une ride plus large que les autres.

Mais cette ride parlait, ou plutôt ordonnait. Honorine Galuchat, percluse de douleurs sans doute peu supportables, et paraplégique depuis plusieurs décennies, réquisitionnait pour son service tous les vaillants vieillards qui jouissaient encore, les veinards, de la bipédie. D'un jappement bref, la dame se faisait convoyer en tous lieux, ou se faisait livrer friandises et litrons, car elle buvait.

Souvent la ride morigénait, plus vite, moins vite, à gauche toute, stop, de dieu, c'est parti, direction les vécés, mais ne secouez donc pas ma chaise mon pauvre Joseph, ou mon pauvre Ernest, ou d'autres misérables encore, vous avez donc juré de briser mes vieux os, et traînons point dans ce corridor, vous savez que je crains comme l'enfer les courants d'air, rien de plus vicieux, de plus traître, attention à ma surinfection bronchique, attention à ma toux (expectorations rauques), rah, rah, enfin nous y sommes. Vous serez gentil, vous irez me chercher mes mots fléchés, c'est ça, le livre jaune, ça me remettra de ces émotions. Vous avez encore dû l'oublier au réfectoire, et vous penserez aussi, mon brave, aux lunettes sur ma table de nuit, si vous croyez que j'ai mes yeux de vingt ans, vous oubliez tout, Papi, vous gagatez...

Alzheimer, sifflait-elle, dans l'oreille d'un représentant de sa nombreuse parentèle, un petit-neveu, ou petit-filleul, dès que son chevalier servant s'était éloigné. Et regard caméra appuyé. Alors le jeune cinquantenaire, venu la visiter à Vigny et la pourvoir en médicaments, vitamines, provisions solides et liquides, autant qu'en nouvelles fraîches du dehors, qu'elle distribuerait avec parcimonie à ses esclaves, car il fallait bien des su-sucres pour ces canassons, riait de tout, de son entrain et de son antiquité, et de sa méchanceté épatante de méchante éternelle... Et il applaudissait aux pires vacheries, et s'en émerveillait, esbroufé, et prétendait, béat, qu'elle les enterrerait tous, lui compris...

Et en effet. Voilà comment la rusée se jouait de l'interactivité télévisuelle : le public captait comme une image subliminale de la mort le fugace regard caméra, et le soir, pendant la grand-messe de la diffusion en pré-prime time, ce serait le vieil Ernest ou le vieux Jojo, ou le vieux Riri, le gaga de service chercheur de lunettes et de mots fléchés, qui serait nominé...

Mme veuve Galuchat ne manquait pas non plus de féliciter, féliciter pour la qualité de la manutention ou de l'approvisionnement, féliciter Jojo au nez d'Ernest, et Ernest à la barbe du gros Riri. Et ainsi, jouant de leur jalousie à vif, elle divisait, émulait, et régnait.

Exceptionnelle Honorine... Le public en raffola. Elle eut ses fan-clubs, ses sites internet. La chaîne commercialisa des produits dérivés : cache-col gris au point godron, rosé de Vigny dit Nectar d'Honorine, et une gamme de chaises roulantes et de bassins en titane. On vendit aussi très bien les posters.

Le public raffola tout autant de mon second monstre. Après le tyran, donc, la Reine.

Raphaëlle était aussi mielleuse qu'Honorine était revêche, aussi agile que l'autre était impotente, aussi plaisante que l'autre était repoussante. Si l'on était attentif, quelque bizarrerie, dans les yeux, la forme des paupières ou le galbe des joues, trahissait l'intervention du chirurgien. Car c'était une vieille moderniste, qui ne lésinait pas sur les pots de crème et autres poudres de perlimpinpin. Elle ne régnait ni en ordonnant, ni en humiliant, ni en cultivant, par l'exposition de maux ou de plaies, le terreau de la culpabilité qui conduisait les nigauds d'Honorine à exécuter ses ordres tout en se sentant responsables de son calvaire, l'excuse à la bouche et le rouge aux joues.

Raphaëlle exterminait en séduisant. Elle amusait, surprenait, réconfortait, chatouillait jusqu'à l'âme, fédérait, organisait, réglait les différends internes (entre mourants) ou externes (avec la production), régentait son monde avec l'assurance des femmes que la vie a habituées à tout obtenir.

Tandis que le tonneau tonnait, Raphaëlle rosissait, roucoulait, suggérait — sourire ou clin d'œil...

Et l'on se mettait en quatre pour lui procurer friandises ou liqueurs, car elle buvait.

Mais qui ne buvait pas ?

Et quelle énergie elle vous mettait à sa pathétique survie. Dès l'aube, la bête sautait du lit, se livrait devant les caméras à des exercices d'assouplissement suivis de quelques contorsions cocasses, elle si décharnée, sans plus de fesses que de ventre, de cuisses que de seins, elle sans plus de chair s'infligeait des séances d'abdo-fessiers endiablées, puis douche froide, petits cris ravis, avant de se faire servir par Ténorio, Morel ou Aquitaine un robuste petit déjeuner, constitué de quatre œufs en omelette, et des charcuteries et fromages d'Auvergne que lui procurait son fidèle Hector...

Barki lui ayant fait savoir qu'on apprécierait beaucoup qu'elle vécût *sa vie de femme* sans tabous, elle avait compris qu'aussi longtemps que ses frasques éveilleraient la curiosité priapique des téléspectateurs, elle n'aurait rien à craindre. Elle allumait donc tous les papis, sodomisait Hector et branlait Céleste, quand ce n'était pas l'inverse. Pour le reste, elle s'adaptait, et se contentait de flirter, baisers chastes, idylle romantique avec Dhorlac, l'« académicien toujours vert », comme l'avait surnommé la presse people, sémillant et portant beau mais la prostate en déroute, et, pour les choses du sexe, inoffensif depuis longtemps. Et de trinquer avec la vieille à la santé des téléspectateurs et de ses lecteurs.

Prenez-en de la graine, mes braves, disais-je autour de moi, notre rusée a tout compris, voyez-la se jouer de la terreur qui nous tord les tripes, de notre hantise de vieillir, admirez-la qui nous offre libéralement le spectacle de sa pugnacité. Tant qu'elle survit, elle nous démontre que tout est possible.

Un tel, ou telle autre, avec qui elle conversait en prenant le thé, comme pour s'enquérir de ses chagrins du jour, était par elle condamné dès qu'il montrait des signes de faiblesse ou d'insubordination : un clin d'œil ou un sourire caméra, et c'était joué. Un nouveau nominé, un nouvel éliminé.

Du grand art. Parfois, elle rencontrait des malins, des prudents, une Malon ou un Morel qui, pressentant que leur méforme leur serait fatale, évitaient toute confrontation avant d'être rétablis, filaient en silence dès qu'elle arpentait gymniquement le Manoir de Vigny, refermant sur eux la porte de leur chambrette. Les condamnés en sursis, tapis dans la pénombre de leur refuge, se laissaient alors filmer à huis clos, réclamant lumières et micros, et tout pâlichons et tremblotants narraient leur vie, oyez oyez bonnes gens ma passionnante, ma fabuleuse existence, et c'était à qui en rajouterait le plus, fallait se battre et passionner le client, et papamaman, et les névroses, et mes guerres, et la première et la seconde, et mes amants et mes amours, et mon ulcère et mes méfaits, des méfaits en veux-tu en voilà — vies de quatre-vingt-dix ans résumées en quelques malheureuses minutes, étrange confession païenne, galimatias d'antique Schéhérazade à l'attention de quelque diable-Scharriar attentif à la somme de péchés réellement commis. Et Morel l'homo sans tabou, amoureux des garçons jusqu'au bout, et Léonce Malon, la grenouille de bénitier transformée par Hector Torregrossa en courtisane, histrionnaient autant que leurs maigres forces le leur permettaient, s'attardant aussi longtemps que possible dans la lumière aveuglante des projecteurs, avant d'être happés par les ténèbres du Rien.

Et si nous revenions à nos loups ? Ces candidates ne désignaient guère au public les protégés de leur rivale… Pourquoi s'épuiser… Elles préféraient donner en pâture au minotaure télévisuel la chair de leurs chevaliers servants ou de leurs confidentes, alternant les plus misérables et les plus redoutables, avec un sens du rythme, du suspens ou de la cruauté qui nous laissaient pantois, Barki, Flandres, et moi-même.

Raphaëlle, comme la grosse Galuchat, fut donc jusqu'au bout à la tête d'une des deux armées qui s'affrontaient sur le terrain clos de Vigny. Fan-clubs pour la belle comme pour la laide, dans toute la France, produits dérivés itou : crèmes quatrième âge, ligne de vêtements et de chaussures adaptées aux oignons, durillons et orteils en griffe, pantalons sarouels unisexes, très amples, qui dissimulaient les protections, cassettes et DVD d'aérobic, lubrifiants génitaux.

Les commandants en chef de ce que la presse a appelé l'« Armée du Bonheur » étaient le très télégénique Hector Torregrossa, dit Toro, ou encore, l'Homme, robuste moustachu jadis syndicaliste, toujours prêt à batailler sur tous les fronts de l'Injustice faite aux Vieux, et Céleste Fontechevade, gomorrhéenne active et sévère armée d'une canne, et littéralement fascinée par sa Reine de quatre-vingt-trois ans qui en quelques risettes avait pris le pouvoir sur son cœur, mobilisant ainsi à son profit son intelligence tactique. Céleste, la tête, Hector, les muscles. Mais Céleste aimait aussi la baston.

Autour de la Galuchat, je cite, l'« Armée des Tristus » : Chancelade, ancien militaire, Pierpont, ancien boxeur, Buffon. On portait beau dans le camp de Raphaëlle, on prenait des airs rogues dans celui d'Honorine. Les biceps gonflés ? Les cannes agitées ? Manœuvres d'intimidation... C'était à qui ferait le meilleur cinéma.

Les téléspectateurs, guidés par mes deux vedettes, décidaient le soir, après leur morne journée de tâches absurdes, des destinées humaines. Plaisir, alors, enfin. Frissons métaphysiques de l'exécution capitale... Je disais bien que l'on toucherait au sacré : le public jouissait du même arbitraire, de la même liberté dans l'aléatoire, que Dieu.

On touchait aux ténèbres, à la part d'ombre. On assistait, dans la Chambre du Soir, au Passage. Le nominé, souvent, se livrait, s'abandonnait. On tamisait les lumières, on parsemait le lit de fleurs, l'élu tendait le bras, on cherchait tendrement une veine : la messe en *ut* de Mozart vous donnait la chair de poule.

Certains téléspectateurs protestèrent toutefois : les Morituriens paraissaient si apaisés, n'était-ce pas truqué ? N'aurions-nous pas eu la fâcheuse idée de mélanger à la liqueur létale de la morphine ?

Or on voulait de la réalité : pas d'enjolivements... L'ennui, le discrédit menaçaient à nouveau.

Il fallut donner des doses plus raides et renoncer aux analgésiques. Dès lors, le *passage* fut souvent moins serein, on eut des cris de détresse, des hurlements de douleur enragée. Certains lançaient des imprécations, d'autres tentaient d'arracher le goutte-à-goutte. Ils étaient attachés. L'audience grimpa. Léonce fit un tabac : l'agonie dura trois heures, bercée de plaintes insoutenables. On retarda les publicités, puis le JT. Toujours pas crevée. Les yeux exorbités, la bave l'étouffant presque, elle hurlait qu'on l'achevât. On annula la rediffusion d'un événement footballistique majeur. Et on fit plus d'audience que toutes les autres chaînes confondues.

Devenu Dieu, le téléspectateur devint aussi bien croque-mort : par SMS, il pouvait décider, aussitôt la mort constatée, de la qualité du cercueil. Je fus surpris de voir quel empressement on mettait à choisir entre le modèle Cardinal, en chêne massif, mouluré et sculpté, capitonné de suédine et équipé de six poignées en argent massif, et le modèle Amérique, trois filets or, poignées laiton, finition acajou brillant polyester, ou encore le Parisien Sapin, modèle économique, sans garniture ni fioritures. Mes spectateurs étaient des dieux qui avaient des goûts d'Ancien Régime, qui voulaient pour leur peuple trois États, même pour leur peuple de cadavres.

Là encore on put commercialiser. Gros profits. C'est qu'elle coûte cher, la dernière demeure.

Nous rencontrâmes au bout de quelques mois des difficultés imprévues. Les deux cheftaines, sentant leur tour prochain, mettaient moins d'entrain à désigner le nominé du jour. Avaient-elles secrètement signé un pacte de non-agression ? Toujours est-il que pendant plusieurs émissions, aucun signe, aucun clin d'œil ne vint proposer à notre spectacle la victime attendue. Le public, livré à lui-même, fut tellement déconcerté qu'il s'abstint. Une semaine pluvieuse passa sans qu'une seule agonie ne vînt l'égayer : les vieux faisaient la grève de la mort.

Une autre chaîne hertzienne avait programmé une nouvelle émission de télé-réalité, « Chien d'Aveugle », qui enthousiasmait. Toto le toutou, qui sauvait tous les jours la vie de Samantha, une ravissante blonde mamelue et malvoyante, devint la coqueluche des Français. La presse sonna le glas de « Morituri » : la *bonté* allait-elle avoir raison de la *cruauté* ? Une télévision empathique allait-elle triompher de nos programmes cyniques ? Barki et Flandres rappliquèrent, mine sombre, haleine lourde, à court d'idées.

Il faut bien reconnaître que seul Hector pouvait débloquer cette situation de crise. Ayant sollicité un entretien avec la production, dont il exigea qu'il fût diffusé en *prime* et juste avant une pause publicitaire, il expliqua que, si l'on n'améliorait pas les conditions d'agonie, le Manoir courait au « clash social ». Les cris des Mourants perturbaient les Survivants, on inventait des atrocités qui rappelaient les Camps. Je voulus le raisonner, prouver que tout était contractuel, et que mes prisonniers condamnés étaient non seulement consentants, mais volontaires. Il en appelait à mon éthique, à mon sens de l'humain. Je proposai d'insonoriser la Chambre du Soir. Il me fusilla du regard : je dus céder sur la morphine.

Hector pinailla ensuite : on s'ennuyait, enfermé au Manoir. À mourir, grincha-t-il avec un mauvais rire. Il voulut négocier des heures de promenade, qu'il appelait ses perm', mais je m'y montrai ferme, car si l'on ouvrait les portes, les stars étaient bien capables de nous filer entre les doigts. Que diriez-vous d'agréables compagnies féminines ou autres, aux frais de la production, suggéra Barki, mais le vieux dédaignait de répondre et se rongeait vaguement les ongles, attendant la suite. Un moniteur diffusait dans un angle de la pièce « Toto », l'émission de mes concurrents, si bien qu'on ne pouvait rien rater des attentions charmantes dont le toutou entourait l'incandescente Samantha : je vis l'œil d'Hector s'éclairer. Pour le clebs, bien entendu.

Ce fut comme une révélation.

« On veut des bêtes » était le nouveau slogan, qu'il répéta vingt fois dans un crescendo d'enthousiasme. *Des* bêtes ? soupirâmes-nous, qu'est-ce à dire… *Plusieurs* animaux ? un chien par Moriturien ?

— Pourquoi pas un chien collectif, que vous vous partageriez, suggéra le Dr Muret : vous pourriez tous lui donner des ordres, des soins… Pensez, cher ami, aux problèmes d'hygiène, de surcroît de travail, de nuisance sonore si nous faisions dans le parc animalier. Soyez raisonnable, pour une fois.

Pauvres couilles, rétorqua Hector, l'ennui naquit un jour de l'uniformité. Chaque vieillard, mes braves, doit pouvoir choisir sa bestiole, selon son goût, son caractère, ses peurs ou ses rêves, comme dehors, comme avant.

Et que le meilleur gagne, ajouta-t-il en souriant largement à la caméra.

Les SMS affluèrent. Les animaux agréaient. On voulait du poil ou de la plume, des animaux purs et d'autres impurs, et des oiseaux, et peut-être bien tout ce qui se meut sur la terre. Des hangars entiers de SPA pouvaient nous livrer toute leur viande vivante de chiens et chats recueillis. Les égouts de Paris mettaient aussi à notre disposition rats noirs, blancs ou cendrés. Nous dûmes nous incliner. Il fallut nous organiser dans l'urgence…

Dehors, la pluie continuait de tomber. Printemps pourri.

— Mais qu'en faire, après, ronchonnait Cadot, décidément hostile à l'idée.

— Après, après... répondit Hector comme à une bonne blague : après nous, le déluge, Madame.

Céleste voulut un chat, Raphaëlle une licorne, Honorine un crotale, Roquefeuille un perroquet, Lino et Ferri, faute d'un attelage de chevaux blancs rapides comme le vent, des gerbilles, blanches, dents en biseau, queue longue et velue, Ténorio un labrador, noir, Arsine un corbeau, Morel une colombe, Chancelade un âne nain, Buffon un tigre du Bengale, Riri un ours, et Dhorlac un jars.

Hector eut son singe.

C'était l'ultime plaisir offert à leur corps croûteux : tendresses, effusion, oubli de soi, toutes ces friandises métaphysiques et orgasmiques pour quelques euros ou même gratis. À l'odeur infecte de Vigny, déjà saturée des relents de vieux à l'extrémité mêlés à ceux des morts en jeune décomposition, vinrent s'ajouter des effluves puissants de ménagerie. Ça piaillait, piaffait, jacassait, miaulait, aboyait, béguetait, cacardait, criaillait, feulait, hurlait, poussait le rut, bâfrait et chiottait, trottait de-ci de-là, un condensé de pullulante vie.

Il se forma d'indéfectibles couples. Les eaux montaient.

Raphaëlle ne quittait plus Paquita, une chèvre efflanquée et vindicative qui s'avéra être un bouc et que la vieille femme bichonnait en prenant des airs émus façon Pompadour, passant des heures à lisser son pelage avec un peigne à poux. Ou encore caracolait dans les couloirs avec l'odorant biquet qui la suivait comme un chiot. L'octogénaire s'élançait à l'assaut des étages en petites foulées pour éliminer les toxines et la concurrence, puis esquissait devant les caméras, en minaudant, quelques pas déhanchés et tragi-comiques autour de sa bête — fichue Esmeralda en sursis... Céleste approuvait du regard ces manifestations de juvénile tonus, mais ne commentait pas, toute à Swann, son chat gris, un chat coupé, gros et gras, aussi teigneux, laid, lubrique et vieux que sa vieille. Impossible de les séparer, ils se parlaient, disait-elle, sans parler. Tout le temps : muet colloque... La nuit, le matou faisait sarabande et caprices, impossible de le faire coucher ailleurs que dans le lit des deux folles. Il se glissait sous la couverture, se faufilait à sa guise, et dormait là, ronronnaient-elles, à leurs pieds, sage comme une image. Une image de quoi ? Pourquoi tant de chahut et de gloussements, certains soirs ? Que faisait le minet, au juste ? Le bouc, jaloux, tirait de ses dents jaunes sur la couverture qu'il broutait carrément, voulant avoir le fin mot de l'histoire. Céleste menaçait de l'évacuer, mais l'autre tenait tête, mordillait la canne des Indes qui le menaçait, prêt à la dévorer avec la couverture et sa propriétaire au bout. Raphaëlle intercédait, Céleste fermait les yeux, Paquita le bouc se glissait à son tour sous les couvertures, et Céleste maugréait, et le chat miaulait, et la bique broutait, et Raphaëlle riait, et le téléspectateur adorait.

Retombés en enfance, tous nos vieux eurent donc grâce à ma largeur d'esprit leur doudou, ce que Muret, qui faisait désormais office de psy cathodique, appelait d'un air fin, l'air content de lui et en enroulant une frisette, leur « animal transitionnel ».

Je passerai sur la fable de l'ânon et du jars amoureux, autant que sur celle du crotale qui, ayant chassé l'ours, dévora le tigre et les deux souris, pour me consacrer à la célébration de Rhésus. Hector le chanceux avait hérité d'un singe qui louchait, tout juste adulte bien qu'il eût déjà de la barbe au menton. Debout, il l'était toujours, dressé ferme sur des mollets qu'il avait fort courts, grand comme un chimpanzé, laid comme un macaque et noir comme un gorille ou un diable. Hector l'aimait passionnément et dans sa démence l'appelait son Chef des Troupes ou son Étincelant Guerrier, ou encore, les jours fastes, sa Solution à la Crise que traversait l'Humain depuis les dernières crises du Capitalisme Mondialisé. Et en effet, Rhésus fut comme la réponse des vieux — à l'émission, à leur sort de mortels, à leur muette détresse d'abandonnés.

On va savoir pourquoi et comment.

Venu au monde par une nuit sans lune, au plus noir de la plus sombre des forêts, au beau milieu d'une épaisse savane, tôt privé de mère par des chasseurs, Rhésus avait dû pousser à la dure, toujours par monts et par vaux, par bois, ruisseaux, steppes et forêts, puis cages et chaise à électrodes, et avait souvent dormi seul, et rarement libre, ce qui avait fini par le doter d'une fière constitution, large et massive, d'une musculature solide qui contrastait avec son idiosyncrasie tendre, et d'une âme aussi élevée que possible, toute pétrie d'un amour qui nous apparut bientôt, à nous autres cyniques pris de court, comme — que le mot soit lâché — une quintessence de l'Amour.

Au physique, Rhésus montrait la face comme l'homme, les yeux enfoncés, de longs cheveux aux côtés de la tête, le visage nu et sans poil, aussi bien que les oreilles et les mains. Ses oreilles encadraient largement la tête, comme deux parenthèses autour d'une question. Cet animal aimait à marcher toujours debout, avec, il faut l'avouer, une élégante fierté. Il était aussi gai que le jour est long. Il régnait, par sa seule présence, sur les hommes comme sur les bêtes.

Les singes toujours ont eu le sens du spectacle. Il ne tarda pas à se distinguer. Dès qu'un vieux l'approchait, il lui prenait un doigt et le fourrait dans sa bouche. Le vieillard était adopté. Et ainsi, de proche en proche, tous les Morituriens, les Tristus comme les autres.

Cette bête fut pour nous une aubaine : grâce à ses facéties, nous gagnâmes à la cause de la téléréalité les derniers récalcitrants. Rhésus avait un faciès très mobile, exprimant toutes les émotions qui le traversaient, joie, peur ou peine, et que ses traits accusés semblaient souligner pour les caricaturer. Son strabisme léger faisait son doux regard encore plus troublant, rendait plus intense l'impression de tristesse dont il ne se départait jamais, même au milieu des rires et des galipettes.

C'était une forte tête, qui, racontait-on (car la presse ne tarda pas à s'intéresser de près à sa biographie), avait su s'échapper d'un laboratoire de la région lyonnaise où l'on entendait pratiquer sur lui diverses expérimentations, sur son derme, sa libido, sa réactivité aux agressions psychiques, son aptitude à utiliser des signes symboliques, ses sécrétions hormonales ou sa résistance au virus HIV, sans lui demander aucunement son accord et en le maintenant captif comme un esclave d'un autre âge... Mais celui qu'un ignare avait pris pour un vulgaire rhésus n'était pas d'un sang à devenir singe cobaye, il était d'une race autre, éprise de liberté et de libertinage — en cela et en tout point fort en avance, comme l'avait compris Hector et comme je le compris à mon tour, sur l'espèce humaine à laquelle notre petit divertissement allait le confronter. Le jars, le clébard, le tigre ou le perfide crotale eussent sans doute voulu faire prévaloir sûr l'étrange faune du Manoir quelque traditionnelle loi du plus fort et trouvèrent peut-être les actions du primate ridicules, inconséquentes ou extravagantes. Mais le singe, expert en papouilles, sut leur ouvrir un mode relationnel bien supérieur, semblait-il, à celui de leur jungle : la négociation érotisée.

Rhésus, bonobo dans son jeune âge et tout à la pétulance de ses désirs, copulait à un rythme ahurissant, toujours prêt, plusieurs fois par heure, et avec feu. Il marchait tambour battant de l'un à l'autre et debout comme un homme, promenant de la sorte, partout où l'attirait sa joueuse curiosité, son sexe bandé large et long comme un légume d'avril et qui brinquebalait avec naturel sur ses impressionnants testicules en fleur. Ce fut, on s'en doute, un événement médiatique sans précédent, que ce singe érotomane prêt à offrir sa santé, ses forces, son âme et son engin à tous nos rescapés mâles et femelles, toujours fidèlement à leurs côtés dans leur bataille pour survivre et jouir encore, et eux s'ingéniant à attirer son attention pour lui présenter leur bouche ou leur croupe selon les caprices inventifs de leur libido ressuscitée. Bacchanale, scandale, succès, produits dérivés : que demande le peuple d'aujourd'hui ?

Rhésus n'était pas qu'un priape jovial, il était, j'insiste, un singe sentimental. Il talquait donc, et langeait, gavait et abreuvait, jamais accessible au dégoût, au contraire. Les odeurs et les visions les plus ignobles paraissaient galvaniser sa tendresse.

C'était comme si sa chair, pourtant recouverte d'une peau sombre et dure comme un cuir, endurait au plus rose les souffrances des autres, comme si l'On eût décrété que la douleur ne devait plus être admise en ce monde, et qu'il eût été désigné par ce Dieu bien inspiré pour chasser de Vigny toutes les vilenies et les supplanter par une bonté suffisante et agissante. L'ange poilu prenait sans bruit les mourants dans ses bras, leur chuchotait des réconforts, malaxait leur cœur prêt à abandonner la chamade... Certains même semblèrent ressusciter d'une mort cliniquement avérée, mais je passerai sur ce point controversé.

Il apparut bientôt que Rhésus jouissait de ses succès dans tout le Manoir, et au-delà. Les vieux du dehors heurtaient à nos portes. Cadot refusa toute nouvelle admission. Les hussards d'Honorine Galuchat venaient aussi en foule rendre leurs hommages au singe d'Hector, et n'oubliaient guère de lui demander sa protection. Quant à Céleste et Raphaëlle, elles déféraient à toutes ses volontés. À ce rythme, l'émission et son programme d'élimination tournaient court... Pour nous, au bout du compte, Barki, Flandres et moi-même, nous étions conquis en dépit de nos intérêts par cet homoncule...

Lorsque Honorine persécutait un de ses souffre-douleur, Buffon, Dhorlac ou un autre, Rhésus s'interposait, bien décidé à ne jamais laisser la haine se donner libre carrière. Il vous amadouait l'antique matrone en quelques vastes caresses bien pensées et avec tant de doigté qu'assez vite elle se trouvait à frétiller. Il y eut même des réconciliations fameuses entre elle et sa rivale, Raphaëlle ne résistant pas mieux que l'autre au charme rhésussien. La partie carrée, unissant la Princesse, la gouine, l'obèse et le singe fut, je le pense, le morceau d'anthologie de cette œuvre toute de dilection et d'acrobaties inouïes, et qui reste à écrire.

Les vieux avaient gagné. Plus un spectateur ne voulait les voir finir.

Notre programme, avec ses nouveaux développements, déclencha bientôt une puissante fièvre herméneutique dans les milieux alors passablement endormis de la sociologie, de l'anthropologie, de l'éthologie, et j'en oublie. On colloqua, on thésa, et, inévitablement, on débattit à la télé.

On établit savamment que la subversion de notre programme ne tenait pas tant à l'accouplement filmé en gros plans d'une bête avec des humains qu'à la nature des combats dont la bête avait imposé la quotidienne ferveur. Rhésus avait déclenché — d'abord *intra muros,* puis dans le pays tout entier — une surenchère de bonté qui réduisait à néant tous les credos darwinistes. Non, les individus n'étaient pas biologiquement programmés pour lutter à la vie à la mort. Oui, l'Amour pouvait être plus fort que la guerre... La subversion rhésussienne était métaphysique et politique. Elle fut donc historique.

Nous dûmes accueillir dans l'enceinte du Manoir les caméras du JT. Hector put ainsi déclarer qu'à imiter Rhésus, ce que les vieux et les moins vieux faisaient partout d'après ses informations — et il n'avait pas tort —, on allait entrer dans une ère nouvelle : une ère irénique succéderait à l'ère agonistique, la loi du plus fort devrait capituler devant la loi du mieux aimant… L'ordre capitalistique, la folie ultralibérale qui avaient transformé les vieux en d'inutiles débris mis au rebut avaient fait long feu. Les valeurs de Rhésus devaient désormais devenir celles de la République.

Du reste, une réforme constitutionnelle depuis longtemps s'imposait…

Et les seniors du dehors, à ce spectacle, changèrent notablement. Ils existaient, à nouveau. Lors du concert au Cirque d'Hiver qui devait célébrer l'anniversaire de l'émission, le public (conquis, debout, déchaîné) applaudit à tout rompre la file des vieux et des bêtes qui parcourut, à petit pas mais en parade, les gradins puis les escaliers qui conduisaient à la piste. Fanfare, grosse caisse et cymbales. Le spectacle débuta avec un duo de vedettes, Hector vêtu de blanc et Rhésus, devenu l'idole des vieux, nu. Tous criaient avec leurs deux crooners des rengaines d'autrefois, *L'Internationale*, *Que serais-je sans toi*, et *C'est mon homme*. Lorsque, après plusieurs rappels, le calme revint, Dhorlac, sorte de secrétaire perpétuel de cette académie de vieillards et de bêtes, se glissa sur la piste, richement vêtu de son habit vert, son épée dégainée lui servant de canne. De sa voix qu'il savait belle, il improvisa à partir des notes d'Hector un discours auquel il imprima cette manière qui n'était qu'à lui, solennelle et ironique à la fois. Prenant à témoin les Anciens et les Animaux tous couverts de crasse empestée, ainsi que le public massé sur les gradins et les téléspectateurs, il déclama, parfois psalmodia, une bordée de questions oratoires qui nous plongèrent dans un silence de mort :

Qu'était cette société qui ne supportait plus ses

vieux ? Qu'avaient-ils fait pour qu'on les laissât mourir seuls ?

Qui prierait pour eux ? Qui prendrait le deuil ? Qui fermerait les volets, arrêterait les pendules, voilerait les miroirs ? À qui diraient-ils leurs dernières volontés ? Qui se signerait au passage de leur corbillard ? Qui les pleurerait ?

Dhorlac riait. L'on se taisait. Rhésus saisit le bicorne de l'Immortel et s'en coiffa, observant silencieusement la foule silencieuse, puis se dégagea des bras d'Hector et hulula affreusement, comme si l'on eût voulu le crucifier. Il s'ébroua, et enfin dansa, trépigna, se jeta de caméra en caméra et de gradins en gradins. La poursuite le cherchait follement, les lumières tournoyaient, les techniciens improvisaient, le public s'excitait, Barki admonestait Flandres, l'audience montait, les Morituriens trépignaient, le singe avait perdu la tête, on avait perdu le singe. On criait. Rhésus apparut enfin, suspendu sous le chapiteau à un câble, le long duquel il glissa avec grâce pour rejoindre Hector, sur ses épaules.

Les deux amis improvisèrent ensuite un rap guttural sur un rythme de zoulous. La salle, à nouveau, était soulevée par de grands élans d'amour, ça beuglait unanime… Le perroquet, l'ânon, le jars, le crotale ou leurs fantômes, et sans doute les fruits de leurs amours, battaient la cadence. La colombe s'envola, qui ne revint pas. Les vieux allaient-ils croître, croître et se multiplier ? Allaient-ils remplir la terre ? Des fans cacochymes, quasi aveugles et debout sur leur brancard, brandissaient des banderoles de drap plus ou moins blanc où était inscrit, en lettres rouge sang : Rhésus on t'aime, ou encore Rhésus = Roi.

On va voir ce qu'il advint de cet étrange règne.

Il s'avéra bientôt que Rhésus, dans sa grande bonté, n'était pas pour autant bon chrétien. Ceux qui avaient voulu voir en lui le nouveau messie, le Jésus du nouveau siècle, en étaient pour leurs frais. Rhésus n'était au vrai qu'une bête, une bête vive à la riposte. Et si l'on giflait trop fort la joue droite d'un de ses vioques, ce singe tâtait certes les couilles de l'agresseur dans un geste véloce de réconciliation bonobesque, mais, en cas d'échec des négociations, il mordait, et à tous crocs. Plus dangereux alors que les fauves et crotales, ses amis.

Ainsi, je m'étonnai à peine de sa réaction lorsque nous dûmes prendre des mesures pour nous protéger des Morituriens, qui, enivrés par l'énorme popularité de l'émission, ne mettaient plus de bornes à leurs « revendications » : Rhésus se rangea évidemment à leur côté, prêt à lacérer ou à étrangler quiconque ne traitait pas avec les égards requis ses protégés, nous compliquant ainsi considérablement la tâche.

Il fallut un soir attacher Céleste à son lit. La lubricité de la vieille tribade s'était étrangement déchaînée depuis qu'elle avait consenti à se livrer à la polysexualité rhésussienne. Non contente de dévergonder la plupart des gueuses de l'asile, elle viola à qui mieux mieux tous les sbires de la Galuchat qui osèrent rôder sur son territoire. Cette femelle alpha nous mit dans un tel embarras (Pierpont avait faillir claquer d'apoplexie au climax d'une fellation bien rythmée) que nous fûmes une nuit contraints, alors qu'elle poursuivait Honorine Galuchat avec un litre de Baby Oil, de la menotter à son lit et de lui administrer, sous l'œil d'une caméra, un sédatif. Raphaëlle prévint Hector qui prévint Rhésus, qui se transforma sur les écrans en gorille hurleur, frappa formidablement des poings sur son torse, attirant ainsi à lui toutes les caméras de l'émission, puis bondit de place en place pendant plusieurs minutes sans que personne ne pût l'approcher, et enfin secoua le lit de la vieille endormie avec un tel désespoir et une telle fureur qu'il l'assomma tout à fait. Le plan-séquence sur Céleste, gisant sur le côté gauche du lit, vêtue d'une seule chaussette trouée, tête affaissée sur le torse, et sa langue pendant jusqu'au menton sans qu'on sût si c'était l'effet du barbiturique ou du choc crânien provoqué par les gestes désordonnés de Rhésus-King Kong, fut décisif pour la *cause des vieux*.

Cette image choc fit la une de *Paris-Match* et de plusieurs news magazines. Dès la semaine suivante, Hector et Raphaëlle firent circuler une pétition pour alerter la population sur les *maltraitances* subies par les vieux de Vigny. On affirmait que la vieille était morte *droguée* par la production, étouffée par sa langue, et sauvagement attachée aux barreaux de son lit de douleur. On dressait la liste des sévices infligés aux Morituriens depuis le début de l'émission, notamment au moment des agonies. La France, qui s'était repue de mon émission, voulut s'émouvoir de ce qu'on appelait le crime de « non-assistance à personne en douleur ». On dénonça, en vrac, toutes nos « pratiques barbares ».

En réalité, l'incident du Manoir mettait brutalement en lumière le scandale du sort globalement réservé aux personnes âgées. *Le Parisien* produisit des *témoignages accablants* sur les pratiques inhumaines qui avaient cours dans plusieurs institutions à la périphérie de la capitale. Il apparut qu'un peu partout en France, dans de nombreuses maisons de retraite autant que dans le secret des familles, des vieux par milliers, que dis-je par millions, vivaient au quotidien le calvaire qui avait été donné à voir lors de ce que la presse avait appelé « la Scène des menottes ». On enquêta, on interviewa. Ligotages systématiques, mais aussi coups, gifles, brûlures à la cigarette, bousculades, contusions diverses, escarres par manque de soins, abus sexuels, furent longuement évoqués dans cette chasse aux sorcières gérontosadiques. Les maltraitants, établirent plusieurs spécialistes, étaient souvent un membre de la famille sous l'emprise de l'alcool ou à bout de patience, ou un soignant déprimé voire désinhibé.

La pétition circula sur Internet, et le scandale fût sans proportion avec le regrettable incident de cette bonne vieille Fontechevade. La France dut comparaître à Bruxelles, sommée de rendre des comptes sur le sort qu'elle réservait à ses personnes âgées. Il fallut bien se rendre à l'évidence : les Français n'étaient pas plus *barbares* sur ce chapitre que leurs voisins allemands ou italiens… C'était toute une organisation générationnelle qui était en faillite : celle des pays riches qui, du fait des progrès de la médecine et de la qualité de la couverture sociale, subissaient un dérèglement démographique impossible à endiguer. Les masses âgées et inactives, devenant pléthoriques, suscitaient rejet, rancœur, répulsion — et sadisme de rétorsion de la part des cadets.

Dans tout le monde occidental, et à la suite de cet épisode malheureux, le début du troisième millénaire vit donc se développer un grand désarroi des adultes face à leurs parents âgés. Une génération entière de jeunes seniors, élevée dans l'idéologie libertaire des années soixante-dix, s'était trouvée incapable d'assumer ses ascendants. Ce n'était guère surprenant : pour tous ces individus, le sens assigné à l'existence avait toujours été la quête systématique et forcenée du plaisir. Les vioques, en continuant d'exister, rappelaient fâcheusement à leurs rejetons, par le simple spectacle de leur déchéance, qu'ils faibliraient à leur tour. Eux-mêmes déjà âgés, et plus que jamais soucieux de leur épanouissement personnel, désireux en somme de *s'éclater jusqu'au bout* (permanence, malgré la douche du sida, de l'idéal du Sea, Sex and Sun), ils avaient longtemps cru pouvoir oublier leurs géniteurs. Ils les avaient donc, dans un premier temps, spoliés au jour le jour, faisant leurs poches, volant leurs chéquiers ou cartes bancaires, détournant des fonds, obtenant par l'intimidation ou la force des procurations abusives... Et puis quand les carottes étaient cuites, quand il n'y avait vraiment plus eu grand-chose à en tirer, ils les avaient remisés dans la première maison de retraite prête à les accueillir. Après quelques mois de liste d'attente, ils avaient en général été délivrés.

Le *phénomène Rhésus* contribua à un renversement dialectique de la donne sociale. Reconnus dans leurs besoins et leurs particularités ontologiques (mise en place en 2008 d'un Comité de Vigilance contre les mauvais traitements subis par les *sujets vulnérables*, procès retentissants et rémunérateurs contre des maisons de retraite fautives, remboursement par la sécu des psychanalyses de vieux, immense succès dans les années 2010 du documentaire *Le vieillard est une personne*), les vieux sortirent du ghetto social où les avait confinés la fin du XXe siècle, et donnèrent de la voix. L'increvable Hector trouva là l'objet inespéré d'une nouvelle croisade et sut, une fois de plus, trouver des alliés précieux. Il associa sa force de persuasion à l'habileté tactique de Céleste (qui avait, on s'en doute, parfaitement survécu aux barbituriques et aux commotions crâniennes) et à l'activisme voyou de Ferri et Margay. Raphaëlle rouvrit son carnet d'adresses, et, aidée de quelques amis de Dhorlac, gagna à l'idée d'une réhabilitation sociale, économique et politique des anciens une bonne partie du Sénat. La Grande Loge entérina le mouvement. Les fonds affluèrent. Ainsi la joyeuse bande de Vigny fut-elle à l'origine d'un très efficace lobby des vieux, puissant dans toute l'Europe, puis sur toute l'Amérique du Nord. La cause des vieux n'était pas glamour, mais elle était devenue politiquement correcte.

Dans les années qui suivirent, beaucoup de « jeunes seniors » durent ainsi capituler devant le pouvoir des aînés. Les vioques, déjà insupportables lorsqu'ils étaient reclus, étaient devenus massivement ingérables depuis qu'une loi avait interdit le placement en institution sans le consentement de l'entrant, et qu'une autre avait rendu *de facto* impossible le placement sous tutelle. Les vieux réapparurent un peu partout, revanchards, vindicatifs, hargneux, arrogants. Ils s'installèrent dans les villas des jeunes seniors ; ils étaient oisifs. On les vit pulluler dans les grandes surfaces, les restaurants, les émissions de variétés, les sex-shops. Aidés par Jurispapy, de nombreux dépossédés intentèrent à leurs enfants des procès pour récupérer leur héritage capté, qu'ils gagnèrent. L'opinion était pour eux... On sera tous vieux un jour, après tout. D'autres *victimes vulnérables* obtinrent d'importants dommages et intérêts pour avoir été psychologiquement harcelés. Jurispapy exigeait 30 % des sommes recouvrées, sommes qui servaient à aider les vieux les plus démunis. On le voit, une sympathique répartition socialiste des richesses récupérées s'organisa. La révolution d'Hector était en marche. Le fric était parfois de provenance un peu occulte... Ferri et Margay, désormais à la tête de la célèbre *mafia grise*, collectaient des fonds grâce à divers sites internet commercialisant frauduleusement les produits dérivés de l'émission, et tout y passait, de la bibine d'Honorine à la ligne de pantalons antifuites. Les cercueils Grand Manoir se vendaient sur eBay comme des petits pains. Mais surtout, le serveur pornographique Video Gérontohot faisait florès. Tout cela finançait bien sûr la milice mise en place par Hector au service de la *cause*.

Ils étaient partout.

On avait connu la guerre des sexes. On découvrait la guerre armée des générations. Guerre, guérilla, exactions en foule. Éduqués aux slogans d'Hector et de Céleste, tous les anciens regardaient en boucle les DVD de l'émission-culte « Morituri ». Rhésus était le nouveau Che ; la liberté et la luxure, les nouveaux dictats. Les vieux aussi voulaient vivre et jouir jusqu'au bout, férocement. Consommer, s'éclater, bâfrer des produits mous... Toute population en surnombre engendre des comportements agressifs incontrôlés. Des débordements sexuels se banalisèrent. Des collectifs de vieux homos séquestraient des trentenaires pour assouvir leur inventive libido. Des hordes de vieilles sybarites firent pire encore. Les vieux, globalement, étaient devenus des monstres.

Des monstres, préoccupés uniquement de la satisfaction immédiate de leurs désirs, irréductibles à toute forme d'autorité, et qui commettaient avec joie des actes de vandalisme à l'encontre de l'*ordre jeuniste*. Il fallut bien convenir que cette évolution sociétale était catastrophique, mais qu'y pouvait-on ? De 2010 à 2015, le nombre de délits commis par des très vieux avait augmenté de 41 %, de 2015 à 2020, il fut multiplié par dix. Les incidents spectaculaires se répétèrent : on se souvient des meurtres atroces perpétrés par des serial killers de quatre-vingt-dix ans, des suicides collectifs de jeunes seniors ou de soignants poussés à bout... On enchaînait les journées d'étude, les colloques, les publications sur les gangs d'antiques barbares. Il y eut les fameuses Assises de 2013 interrompues par la sodomie et l'assassinat, filmés en direct, de Jean-Pierre Foucault victime de trois vieux satanistes, drogués et issus de la meilleure institution de Neuilly. En France, les Pouvoirs publics, sous la pression des médias qui avaient bien sûr dramatisé outrancièrement les kidnappings, meurtres et divers actes éhontés commis par des ancêtres, voulurent agir. Il va de soi que tous les efforts déployés dès la fin des années 2010 furent vains. Entre 2010 et 2020, plusieurs sites de jeunes seniors battus par leurs presque centenaires parents apparurent sur la toile, tandis que trente antennes de l'École des Enfants de Vieux furent créées sur la seule ville de Paris. Chaque antenne recevait sept appels par minute, nuits comprises.

Visiblement, la classe des cinquante-soixante-dix ans était dépassée. Le 13 mars 2011, Marie-Michelle Wellbekke, de Douai, soixante-six ans, assassina son père Victor, âgé d'à peine quatre-vingt-huit ans, en diluant une importante dose d'arsenic dans sa Ricoré matinale. Après avoir débité sa dépouille à la scie égoïne, elle en avait consommé une partie en tartare, et avait congelé le reste dans des barquettes et sachets plastique acquis au Monoprix du centre ville, à l'exception des oreilles et des orteils, évacués dans le vide-ordures de sa HLM. Interrogée par la brigade criminelle, la sexagénaire, une aide-cuisinière tout juste retraitée du CHU de Lille, appréciée du reste par le personnel de l'hôpital pour ses qualités de propreté et de sérieux, avait avoué les faits sans difficulté, presque avec soulagement. Ses frères et sœurs, moins âgés qu'elle, étaient au chômage ou au RMI, et ne voyaient plus leur père

Victor depuis des années. Jamais ils n'avaient consenti à l'aider financièrement. Quant au vieux, depuis quelques mois, il refusait en signe de deuil de changer son polo à l'effigie de Rhésus. Victor refusait également de se laver sous prétexte que Rhésus, naguère, ne se lavait point et gardait son ordure sur lui... Il empestait donc terriblement, et se montrait de plus en plus agressif à l'égard des jeunes : il avait été exclu une semaine de la structure d'accueil de jour des alzheimer pour avoir chié dans la trousse de sa soignante, Mme Espinoza, dont il n'appréciait pas l'autoritarisme d'un autre âge. On n'avait pas accepté qu'il l'ait forcée à bouffer sa merde devant les autres vieux.

Avec sa fille, sa violence ne connaissait plus de bornes. Il faut dire qu'il y allait un peu fort sur les médicaments. Il l'insultait sans retenue, la frappait à mort quand elle éteignait la télé, l'enculait avec des canettes de bière à la première occasion. Marie-Michelle s'était sentie fatiguée, révoltée même.

Les motifs de la congélation étaient plutôt d'ordre financier. Le 19 novembre 2007, le gouvernement Sinusy avait fait voter par l'Assemblée le projet de loi Vateuf, réduisant drastiquement toutes les retraites des femmes n'ayant pas eu d'enfants. Marie-Michelle, restée fille, se retrouvait avec des revenus miséreux, et la bouche inutile de son père. Un goinfre, en plus, à ce qu'elle avouait. Il fallait bien vivre. Et donc, en l'occurrence, aider à partir celui qui, avec Hector et son singe, avec tant d'autres, avait pensé qu'il n'allait pas mourir...

« Drame de la misère », avait titré *L'Humanité*. Tout le monde sait par ailleurs que la chair humaine se rapproche beaucoup, pour le goût, de celle du porc, animal omnivore comme l'homme. On avait retrouvé des étiquettes sur les sachets congelés : côtelettes au lard, filet Soubise, rôti braisé au chou, crépinettes à la crème fleurette. Il y avait peut-être un peu de gourmandise dans tout cela. Ou de déformation professionnelle ?

Le procès de Marie-Michelle Wellbekke se tint en janvier 2017, juste avant la présidentielle. C'étaient les débuts de la VIe République. Il y avait plusieurs années que Rhésus était mort.

D'APRÈS MOI

Ainsi parlaient Raphaëlle, Céleste, Ludo, Dhorlac et Witold. De leurs cinq récits mal aboutés, il me reste à déduire le cadavre exquis de Rhésus.

Ce faisant, je me déplie.

Je ne me veux pas. Je me regarde : je m'effraie — cet œil petit, ces chairs blettes, et ces gestes, est-ce vraiment moi ? Je m'entends et je me désespère. Peut-on parler avec cette voix ? Peut-on vivre avec ?

Ne rêvons pas. On survit. Il le faut bien.

Mais que d'efforts pour vivre interminablement avec moi. Je m'amadoue, pourtant, me leurre et m'apprivoise, je me compose un reflet flatté de moi qui serait acceptable. Soulagement, pendant les quelques instants où je coïncide avec ce moi mieux. Mais crotte et purin, le moi est là, gros bloc, et le reflet bientôt se brise comme un miroir à l'impact du granit lancé à toute force, et je tombe tête en bas sur un sol en ciment. Le crâne s'ouvre et à sa suite le corps se fend en deux. La colonne vertébrale, seule, reste pointée vers le ciel, cocasse paratonnerre de quel orage ? Je ne sais, tandis que s'effondrent avec symétrie mon moi gauche et mon moi droit. Vite la mort, que je me repose de toutes ces avanies. Mais sitôt qu'il a touché terre, mon corps recouvre son unité, l'esprit suit, et le tour est joué.

Je suis sans cesse encombrée d'un moi qui n'est pas celui que j'aurais emporté, si l'on m'avait donné le choix. On m'a fait une méchante blague.

Les spécialistes du moi ont apporté à ce cas critique quelques améliorations. Qu'ils en soient ici remerciés. Mais las ! Las ! Cautère et jambe de bois... tout cela n'a pas tenu devant la vie.

Le pire est qu'on ne me plaint pas, bien au contraire, rares sont les consolateurs. On pense sans doute que je suis satisfaite du paquet. On n'imagine pas cette fâcherie de toujours, ces réconciliations sans lendemain. Cœurs fermés à toutes les compassions, cœurs de pierre ! Je sais, les mouches souffrent aussi. Les plaint-on ?

On n'imagine pas les nuits difficiles, les abattements, les désespoirs. Comment imaginerait-on ce misérable fatras puisque je souris ? Car j'ai été dotée d'un moi au regard affable. Il semble tout heureux, tout béatement satisfait de lui et de son sort. Le masque du bonheur fut livré en même temps que le sujet malingre et souffreteux qu'il dissimule. Il est si étroitement collé à la peau que l'arracher serait sans doute dangereux. Reste donc le moi qui fait risette et ferait presque le malin, mettrait du baume sur les plaies du monde...

Certains donc louchent dans ma direction, m'imaginent enviable, et m'envient. Comme la jalousie confère à la méchanceté l'efficace d'un virus, ils se déchaînent par hordes, et m'accablent. On m'ôterait volontiers, dans la mêlée, tout le fruit de mon travail, on m'amputerait de mes muscles ou de mes avoirs, on me déglinguerait bien la gueule, quitte à ne pas être poli. Je dois montrer les dents, ce qui m'afflige car je ne me suis guère remise des imperfections de ma denture, qui égalent presque celles de mon âme.

Je me trouve engagée dans des combats que je n'aurais pas voulus mais nécessaires à ma survie sociale. C'est épuisant et grotesque. Encore que je ne crache pas sur les joutes, après tout, comme diversion. Et donc, à la première alerte, je sors les oriflammes et les artilleries, prête à toutes les batailles.

Mais parfois, pour éviter tous les embarras afférents au moi et les épuisements de la guerre, je cesse d'être moi. Je non-suis alors avec passion. Je deviens platane, écorce, ongle, forêt, odeur, tubercule ou biscuit, état, lumière, chaleur. Le moi lumière tiède est extatique, et je ne le quitte qu'à regret. Autre moi que je voudrais ne jamais quitter : le moi musique, prélude et fugue, mais le bruit rond des gouttes de pluie sur le zinc du toit est presque aussi bien.

Je suis souvent envahie par tout autre que moi. Il s'infiltre par la bouche et les oreilles, sans doute même par la peau, car je suis poreuse. Les manœuvres d'approche ne m'alertent guère, je vois venir sans crainte ce qui va dominer le moi chétif, l'occuper corps et âme, tendrement l'asservir, lui ôter toute force et tout désir d'agir hors de son emprise. Ainsi fit Rhésus.

Il entra par l'oreille gauche, la plus près du cœur. Depuis longtemps je me morfondais, à guetter sa venue. J'entendis l'histoire de Rhésus, rapportée par un raconteur habile qui sait me plaire, et cette histoire, l'air de ne pas y toucher, devint, en veux-tu en voilà, toute mon histoire. J'écoute, je m'étonne, je rougis, j'en perds le souffle plusieurs secondes, je suis sous le coup d'une euphorie, de rires, d'élans. Quoi, quoi, redites-moi ! Rhésus, encore ! Et j'étreins soudain le monde avec les bras de Rhésus, et par sa bouche presque gueule je crie ma peur et ma haine longtemps encagées.

Cela tient du miracle qui préserve de tout. Qu'importent mon reflet au miroir et ma voix emprisonnée dans l'oreille du monde : je ne me vois ni ne m'entends, seul vit en moi Rhésus aventurier qui m'emmène à sa fantaisie, et Alléluia ! Le Temps peut bien mâcher mes chairs, les contingences sont libres aussi de ligoter ma volonté, toutes les instances du Surmoi et du Survous peuvent se mobiliser pour me rappeler à la raison... Je bondis, en califourchon glorieux sur la bête que mon poids n'affaisse jamais. Quelles parties, alors... Le monde est léger, je prends du bon temps, je ris et m'oublie. Mon tempérament profiteur abuse sans doute de l'aubaine. Le jour se lève et se couche que je suis toujours enlacée à mon sauveur, ravie de sa chaleur exorbitante, et je néglige tous mes devoirs. Rhésus se lassera-t-il ?

Il se lasse. En quelques enjambées il se met hors de ma portée, l'instant d'après il a disparu. J'appelle. Mais vous pouvez bien vous égosiller, il file au plus loin. Allons Rhésus, sois miséricordieux, entends les plaintes de ma terreur. Vas-tu me laisser souffrir au milieu du rien ? Comment ferai-je seule le deuil de mon éternité ? Me livreras-tu à mes démons ?

Rhésus en allé, je claudique aussi longtemps que mes jambes veulent bien me porter, mais tout est bon pour me mettre à bas. Le vin m'abrutit, la poésie m'attriste, la vertu m'assèche. Le temps se passe au profond du lit, et qu'on ne me parle pas de la beauté du jour. Je deviens plus que jamais baudruche au sol, bonne à être piétinée. Le verbe me quitte enfin, les phrases se défont, et chaque mot à prononcer m'est une peine qui m'enchaîne à la perplexité. Je reste sans voix, et la guerre m'habite. Rhésus, pourquoi m'as-tu abandonnée ? Comme je pleure ma bête et ses douceurs... Bien des incantations muettes sont nécessaires à son retour, qui peut se faire attendre un hiver entier de lourde neige. Je serai peut-être seule jusqu'à la mort. L'horreur de cette perspective conduit à envisager les aspects pratiques de la mort volontaire et anticipée. La corde est prête lorsque Rhésus s'approche d'un pas prudent, et je ne crois plus aux retrouvailles. Je ne suis qu'un sac, toile maigre. Le revoilà ? On ose à peine respirer.

En moi grandit ensuite la bête, ah bestiole, remuements, vaisseaux, sourire à dents et à langue. La vie est là, à nouveau. Et grandissant, voilà que mon Rhésus se fait roi guerrier, Thrace au secours des Troyens, bonobo bénévolent, singe poète, fils de Dieu ou flux vital du sang. Entêtée de ma bête, j'ai refermé la corolle des peines, je me suis réconciliée. J'ai échappé à l'humain, je suis un singe, singe de la vie, singe de la mort, et encore, singe devenu signe, je suis verbe, et je me plais à faire grimacer, dans la texture anagrammatique du nom de ma bête, le signe qui singe le signe premier. Tandis que bouillonnent aux quatre coins de moi mille désirs, la vie continue son cours sans que j'y puisse rien, on m'interpelle, la réponse fuse (rapidité, toujours, du tonus), la conversation s'engage, j'y parais tout attentive. Mais, velue, membrue et douce, je ne suis qu'à Rhésus, à l'invention de ce qui sera *Rhésus*.

POST-SCRIPTUM

(Ce livre comprend des citations, souvent modifiées voire anamorphosées, de : Honoré de Balzac, Charles Baudelaire, René Belletto, la Bible, François Bon, Céline, François-René de Chateaubriand, René Char, Éric Chevillard, Cicéron, Colette, Denis Diderot, Euripide, Marco Ferreri, Gustave Flaubert mais le moins possible, La Fontaine, Sigmund Freud, André G., Olivier Gallet, Anne F. Garréta, Homère, Internet, Mme de La Fayette, Michel Leiris, Marie Louise, David Lynch, Herman Melville, Henri Michaux, François Mitterrand, Michel de Montaigne, Vladimir Nabokov, Blaise Pascal, Gargas Parac, Georges Perec, Gurgus Puruc et surtout Gyrgys Pyryc. Mais aussi de Marcel Proust, François Rabelais, Arthur Rimbaud, Paul Scarron, Stendhal, Laurence Sterne, Élise Viguier, Dominique de Villepin et Marguerite Yourcenar. Les citations de Raymond Queneau ont été, ponctuation exceptée, fidèlement restituées.)

DU MÊME AUTEUR

Aux Éditions P.O.L

RHÉSUS, 2006 (Folio n° 4755). Prix du 15 minutes Plus Tard, Mention Spéciale du prix Wepler Fondation la Poste et prix Madame Figaro/Le Grand Véfour.

Aux Éditions Héloïse d'Ormesson

LE DEGRÉ SUPRÊME DE LA TENDRESSE, 2008. Prix Jean-Claude Brialy.

COLLECTION FOLIO

Dernières parutions

44595. Alessandro Baricco	*Homère, Iliade.*
4596. Michel Embareck	*Le temps des citrons.*
4597. David Shahar	*La moustache du pape* et autres nouvelles.
4598. Mark Twain	*Un majestueux fossile littéraire* et autres nouvelles.
4599. André Velter	*Zingaro suite équestre* (nouvelle édition)
4600. Tite-Live	*Les Origines de Rome.*
4601. Jerome Charyn	*C'était Broadway.*
4602. Raphaël Confiant	*La Vierge du Grand Retour.*
4603. Didier Daeninckx	*Itinéraire d'un salaud ordinaire.*
4604. Patrick Declerck	*Le sang nouveau est arrivé. L'horreur SDF.*
4605. Carlos Fuentes	*Le Siège de l'Aigle.*
4606. Pierre Guyotat	*Coma.*
4607. Kenzaburô Ôé	*Le faste des morts.*
4608. J.-B. Pontalis	*Frère du précédent.*
4609. Antonio Tabucchi	*Petites équivoques sans importance.*
4610. Gonzague Saint Bris	*La Fayette.*
4611. Alessandro Piperno	*Avec les pires intentions.*
4612. Philippe Labro	*Franz et Clara.*
4613. Antonio Tabucchi	*L'ange noir.*
4614. Jeanne Herry	*80 étés.*
4615. Philip Pullman	*Les Royaumes du Nord. À la croisée des mondes, I.*
4616. Philip Pullman	*La Tour des Anges . À la croisée des mondes, II.*
4617.Philip Pullman	*Le Miroir d'Ambre. À la croisée des mondes, III.*

4618. Stéphane Audeguy	*Petit éloge de la douceur.*
4619. Éric Fottorino	*Petit éloge de la bicyclette.*
4620. Valentine Goby	*Petit éloge des grandes villes.*
4621. Gaëlle Obiégly	*Petit éloge de la jalousie.*
4622. Pierre Pelot	*Petit éloge de l'enfance.*
4623. Henry Fielding	*Histoire de Tom Jones.*
4624. Samina Ali	*Jours de pluie à Madras.*
4625. Julian Barnes	*Un homme dans sa cuisine.*
4626. Franz Bartelt	*Le bar des habitudes.*
4627. René Belletto	*Sur la terre comme au ciel.*
4628. Thomas Bernhard	*Les mange-pas-cher.*
4629. Marie Ferranti	*Lucie de Syracuse.*
4630. David McNeil	*Tangage et roulis.*
4631. Gilbert Sinoué	*La reine crucifiée*
4632. Ted Stanger	*Sacrés Français ! Un Américain nous regarde.*
4633. Brina Svit	*Un cœur de trop.*
4634. Denis Tillinac	*Le venin de la mélancolie.*
4635. Urs Widmer	*Le livre de mon père.*
4636. Thomas Gunzig	*Kuru.*
4637. Philip Roth	*Le complot contre l'Amérique.*
4638. Bruno Tessarech	*La femme de l'analyste.*
4639. Benjamin Constant	*Le Cahier rouge.*
4640. Carlos Fuentes	*La Desdichada.*
4641. Richard Wright	*L'homme qui a vu l'inondation* suivi de *Là-bas, près de la rivière.*
4642. Saint-Simon	*La Mort de Louis XIV.*
4643. Yves Bichet	*La part animale.*
4644. Javier Marías	*Ce que dit le majordome.*
4645. Yves Pagès	*Petites natures mortes au travail.*
4646. Grisélidis Réal	*Le noir est une couleur.*
4647. Pierre Senges	*La réfutation majeure.*
4648. Gabrielle Wittkop	*Chaque jour est un arbre qui tombe.*
4649. Salim Bachi	*Tuez-les tous.*
4650. Michel Tournier	*Les vertes lectures.*
4651. Virginia Woolf	*Les Années.*
4652. Mircea Eliade	*Le temps d'un centenaire* suivi de *Dayan.*
4653. Anonyme	*Une femme à Berlin. Journal 20 avril-22 juin 1945.*

4654. Stéphane Audeguy — *Fils unique.*
4655. François Bizot — *Le saut du Varan.*
4656. Pierre Charras — *Bonne nuit, doux prince.*
4657. Paula Fox — *Personnages désespérés.*
4658. Angela Huth — *Un fils exemplaire.*
4659. Kazuo Ishiguro — *Auprès de moi toujours.*
4660. Luc Lang — *La fin des paysages.*
4661. Ian McEwan — *Samedi.*
4662. Olivier et Patrick Poivre d'Arvor — *Disparaître.*
4663. Michel Schneider — *Marilyn dernières séances.*
4664. Abbé Prévost — *Manon Lescaut.*
4665. Cicéron — *«Le bonheur dépend de l'âme seule».* Tusculanes, *livre V.*
4666. Collectif — *Le pavillon des Parfums-Réunis.* et autres nouvelles chinoises des Ming.
4667. Thomas Day — *L'automate de Nuremberg.*
4668. Lafcadio Hearn — *Ma première journée en Orient* suivi de *Kizuki le sanctuaire le plus ancien du Japon.*
4669. Simone de Beauvoir — *La femme indépendante.*
4670. Rudyard Kipling — *Une vie gaspillée* et autres nouvelles.
4671. D. H. Lawrence — *L'épine dans la chair* et autres nouvelles.
4672. Luigi Pirandello — *Eau amère.* et autres nouvelles.
4673. Jules Verne — *Les révoltés de la Bounty* suivi de *maître Zacharius.*
4674. Anne Wiazemsky — *L'île.*
4675. Pierre Assouline — *Rosebud.*
4676. François-Marie Banier — *Les femmes du métro Pompe.*
4677. René Belletto — *Régis Mille l'éventreur.*
4678. Louis de Bernières — *Des oiseaux sans ailes.*
4679. Karen Blixen — *Le festin de Babette.*
4680. Jean Clair — *Journal atrabilaire.*
4681. Alain Finkielkraut — *Ce que peut la littérature.*
4682. Franz-Olivier Giesbert — *La souille.*
4683. Alain Jaubert — *Lumière de l'image.*
4684. Camille Laurens — *Ni toi ni moi.*

4685. Jonathan Littell — *Les Bienveillantes.*
4686. François Weyergans — *La démence du boxeur.* (à paraître)
4687. Frances Mayes — *Saveurs vagabondes.*
4688. Claude Arnaud — *Babel 1990.*
4689. Philippe Claudel — *Chronique monégasque* et autres textes.
4690. Alain Rey — *Les mots de saison.*
4691. Thierry Taittinger — *Un enfant du rock.*
4692. Anton Tchékhov — *Récit d'un inconnu* et autres nouvelles.
4693. Marc Dugain — *Une exécution ordinaire.*
4694. Antoine Audouard — *Un pont d'oiseaux.*
4695. Gérard de Cortanze — *Laura.*
4696. Philippe Delerm — *Dickens, barbe à papa.*
4697. Anonyme — *Le Coran.*
4698. Marguerite Duras — *Cahiers de la guerre* et autres textes.
4699. Nicole Krauss — *L'histoire de l'amour.*
4700. Richard Millet — *Dévorations.*
4701. Amos Oz — *Soudain dans la forêt profonde.*
4702. Boualem Sansal — *Poste restante : Alger.*
4703. Bernhard Schlink — *Le retour.*
4704. Christine Angot — *Rendez-vous.*
4705. Éric Faye — *Le syndicat des pauvres types.*
4706. Jérôme Garcin — *Les sœurs de Prague.*
4707. Denis Diderot — *Salons.*
4708. Isabelle de Charrière — *Sir Walter Finch et son fils William.*
4709. Madame d'Aulnoy — *La Princesse Belle Étoile et le prince Chéri.*
4710. Isabelle Eberhardt — *Amours nomades.*
4711. Flora Tristan — *Promenades dans Londres.* (extraits)
4712. Mario Vargas Llosa — *Tours et détours de la vilaine fille.*
4713. Camille Laurens — *Philippe.*
4714. John Cheever — *The Wapshot.*
4715. Paule Constant — *La bête à chagrin.*
4716. Erri De Luca — *Pas ici, pas maintenant.*
4717. Éric Fottorino — *Nordeste.*

4718. Pierre Guyotat — *Ashby* suivi de *Sur un cheval.*
4719. Régis Jauffret — *Microfictions.*
4720. Javier Marías — *Un cœur si blanc.*
4721. Irène Némirovsky — *Chaleur du sang.*
4722. Anne Wiazemsky — *Jeune fille.*
4723. Julie Wolkenstein — *Happy End.*
4724. Lian Hearn — *Le vol du héron. Le Clan des Otori, IV.*
4725. Madame d'Aulnoy — *Contes de fées.*
4726. Collectif — *Mai 68, Le Débat.*
4727. Antoine Bello — *Les falsificateurs.*
4728. Jeanne Benameur — *Présent ?*
4729. Olivier Cadiot — *Retour définitif et durable de l'être aimé.*
4730. Arnaud Cathrine — *La disparition de Richard Taylor.*
4731. Maryse Condé — *Victoire, les saveurs et les mots.*
4732. Penelope Fitzgerald — *L'affaire Lolita.*
4733. Jean-Paul Kauffmann — *La maison du retour.*
4734. Dominique Mainard — *Le ciel des chevaux.*
4735. Marie Ndiaye — *Mon cœur à l'étroit.*
4736. Jean-Christophe Rufin — *Le parfum d'Adam.*
4737. Joseph Conrad — *Le retour.*
4738. Roald Dahl — *Le chien de Claude.*
4739. Fédor Dostoïevski — *La femme d'un autre et le mari sous le lit.*
4740. Ernest Hemingway — *La capitale du monde* suivi de *l'heure triomphale de François Macomber.*
4741. H.P Lovecraft — *Celui qui chuchotait dans les ténèbres.*
4742. Gérard de Nerval — *Pandora* et autres nouvelles.
4743. Juan Carlos Onetti — *À une tombe anonyme.*
4744. R.L. Stevenson — *La Chaussée des Merry Men.*
4745. H.D. Thoreau — *« Je vivais seul, dans les bois ».*
4746. Michel Tournier — *L'aire du Muguet,* suivi de *La jeune fille et la mort.*

Composition Nord Compo
Impression Novoprint
à Barcelone, le 3 juin 2008
Dépôt légal : juin 2008

ISBN 978-2-07-034670-7/Imprimé en Espagne.